美大生・月浪縁の怪談

白目黒

富士見L文庫

CONTENTS

イラスト：Minoru

【月浪縁】

今から荒唐無稽だが誓って嘘《うそ》偽りのない真実を語ろうと思う。

私、月浪縁《つきなみよすが》は霊能力者だ。

……君、「なんで霊能力者が美大生なんかやってるんだよ」と思ったでしょう？　たしかに「霊能力者」と「美大生」じゃ、全然関係ないような気がするけど、実際、この進路は私の異能との兼ね合いで選んだものなんだ。

ふつう、美術大学に進路を決めた人っていうのはものを作ることが好きな人、ものを作ることに向いている人なんだろうと思う。もしくは大学より先の進路、広告代理店やゲーム会社への就職や美術の研究者への道を志して、作品作りが得意じゃなくても受験する人もいるのかもしれない。

私の場合は物心ついた頃から絵を描くのが好きだったクチでね。暇さえあればなんでも描いた。飼っていた猫や家族をモチーフにすることが多かったかな。中でも一番枚数を描いたモチーフは兄だったと思う。

私が小さいころは両親が仕事をしているあいだ、兄が遊び相手になってくれてたんだけど、なにしろ八つほど歳《とし》が違う、そこまで離れていると喧嘩《けんか》もしないが話題も合わない。だから二人でいるときは兄が漫画や本を読んだり宿題を済ませたりしているところを、クレヨンとかマーカーペンでスケッチする、という過ごし方をしていた。

兄はときどき思い出したように私の描く絵を見て「マジックを使うときは薄紙を下に敷いとけよ」と注意してきたり、「縁画伯」とか茶化しながら大げさに褒めたりすることはあったけど、描くことや作品をけなされたり、からかわれたりしたことは一度もなかったから、私は調子に乗ってどんどん描いていった。

あるとき色鉛筆で描いた、本を読む兄の横顔の絵は五歳の女の子なりに結構いい感じに完成できたんだ。

特に芸術にピンと来る方じゃない兄も絵を見てなにか感じるところがあったらしい。

「おっ、いいじゃん」なんて言って笑って、髪の毛を混ぜ返すように撫《な》でてくれた。

その絵は私にとってお気に入りの一枚になった。

あんまり気に入ったものだから、スケッチブックから丁寧に絵を切り離して、子供部屋の壁にセロハンテープで貼って飾ることにしたんだ。

次の日、目が覚めたらテープの粘着力が弱まって絵が床に落ちていた。せっかくの絵なのに汚れてしまうのは嫌だったから、すぐに貼り直そうと拾い上げて、絵を見て、──目を疑った。

兄の顔が変わっていた。

横顔を描いたはずなのに絵の中の兄はこちらを見て、嘲笑《あざわら》うような、とにかく嫌な笑みを浮かべている。おまけにハケで乱暴にインクを垂らしたみたいな、粘度のある赤い汚れ《テクスチャ》が兄の顔を覆っていた。

絵の中の兄は頭から血を被《かぶ》っているように見えた。

血みどろの顔の中に光る、弓なりに細められた目が異様で、怖くて、変わり果てたお気に入りの絵に私はもう、火がついたように泣いたよ。

「私の描いた絵はこんなのじゃない」って。

泣き声を聞きつけてすっ飛んできた母に事情を伝え、要領を得なかったところは兄を呼び出して代わりに説明してもらった。とにかく、昨日描いた絵が朝起きて全くの別物に変化していたことは納得してもらったんだ。

母は絵を眺めて、これは厄払いになっていると言った。兄がするはずだったケガを、私の描いた絵が肩代わりしているのだと。

強力な霊能者の母が言うことだから……不気味に変質した絵だけど、母曰《いわ》くの厄払いになっているなら捨てるわけにもいかないと思った。

私は絵を本棚の端、ファイルに挟んでしまいこんだ。あんな不気味な絵はもうしばらくは見たくもないし、見る機会もないと思っていた。


でも、そうはいかなかったんだよね。


その日の夕方のことだった。

中学校から帰った兄を出迎えに玄関に行くと、兄は額を押さえながら、靴も脱がずに立ち尽くしていた。シャツの袖口が赤く汚れていて、ケガをしているようだったから、私は慌てて救急箱を取りに行った。

どうしたのか、なにがあったのかを尋ねると、兄は「母さんの言ってたこと、本当だった」と、自分で絆創膏《ばんそうこう》を貼りながら眉をひそめて言った。

兄の右眉の上、おでこのあたりの傷はバイク事故を目の当たりにした際、とばっちりでできたものらしい。

「本当はこんなもんじゃすまなかったんだと思う」と、兄は青ざめた顔で事故の瞬間、それから体験した奇妙な出来事について、たどたどしく語りはじめた。

いつもの道筋だった。駅から少し離れた交差点で、兄は特になにも考えずに信号待ちの列に加わった。横にいるサラリーマンのおじさんも、大学生らしい女子グループもなんとなく見覚えがあるような気がする普段通りの光景で、なんの前触れもなかった。

それなのに本当に突然、周囲にいた人間が全員ピタリと動きを止めた。ちょうど、動画の一時停止を押したかのようだった。

フラッシュモブかなにかの撮影かと思ったけれど、カメラもなく、それらしい様子ではない。そもそも動くモノがなにもないのだ。

突如として無音・不動に変貌した世界の中に、低く轟《とどろ》くエンジン音が聞こえてきた。

バイクだ。

一台のバイクだけが静止した世界で爆走している。

遠目から見た運転手は鬼の形相の赤黒い顔をした男。

彼が自分を轢《ひ》き殺《ころ》す気だと、兄にはすぐにわかった。しかし、兄もまた猛スピードで近づいてくるバイクを前に、指一本動かせなくなっていたんだ。

(逃げられない)

視覚と思考だけが動くのを許されていた。

(このままだと確実に死ぬ)

兄はあまりの出来事に焦りを通り越して変に冷静になったそうだ。妙なところが引っかかったらしい。

(なんで俺は運転手の顔がわかるんだろう? あの人ヘルメットしてるはずなのに)

——そう思った途端。

兄と衝突する手前でバイクが、どこからか飛び出してきた赤い光に弾《はじ》き飛《と》ばされ、奇妙な軌跡を描きながら横転した。運転手の男の体がバイクから投げ出されて地面に転がる。騎手を失ったバイクはものすごい速さで兄の横をすり抜け標識にぶつかり、断末魔の轟音《ごうおん》を立てたかと思うと、無残な姿でようやく止まった。

車道に投げ出された男と、ひしゃげたバイクを呆然《ぼうぜん》と眺めていた兄は周囲の悲鳴、喧騒《けんそう》で我に返った。

音が戻ってくるのと同時に右眉の上に鋭い痛みが走る。どうやら飛んできた石かなにかの破片で額を切っていたようだ。

再生ボタンが押されたかのように、いつのまにか止まった時間が動き出しているのを確認すると、兄は、混乱したまま騒然とする交差点を足早に立ち去った。

家に帰るまでのあいだ、兄はずっと私の絵と母の忠告とを思い出して、もしかして間一髪の状況だったのではないかと肝を冷やしていたらしい。

学ランの胸ポケットに母がひっそりと護符を忍ばせていたのだと兄が気付いたのは、玄関先で私の顔を見たときだった。兄にバイクがぶつかる寸前、どこからともなく現れた赤い光は母の持たせた護符の効果だった。

胸ポケットからボロボロになった護符を取り出しながら、「直感したんだ」と兄は言う。

「やっぱり、本当は、俺は、あのバイクに轢かれているはずだったんだ」

「縁があの絵を描いてくれなかったら、俺はたぶんこの世にいない。だって、そうじゃなかったら母さんは俺に護符を持たせてない。だろ?」

「縁の絵が俺を、守ってくれたんだな」って。

私は兄の言葉を聞いて、しまいこんでいた絵を見に行った。

するとファイルに挟みこんでいたあの絵は確かに、私が描いた横顔の構図に戻っていたよ。赤いテクスチャは剝がれて、すっかり元どおりになっている。ただ、兄がケガをした眉の上だけは、絵の中でも色が少し薄くなっていたけど。

後日、母が話してくれたところによると、バイクの運転手は母の仕事がらみで揉《も》めた人間だったそうだ。

母はどうも彼を不幸にするような仕事の仕方をしたようで、母への憎悪と殺意が彼を怪異にしてしまったのだと言った。

人は殺意や自殺願望なんかに取り憑《つ》かれると生きながら怪異に変じることがある。

怪異は注がれる思念が強いほどに力を増し、人が怪異を怖いと思えば思うほど強くなる。

バイクの運転手は教えていないはずの兄の居場所や顔を探し当てたり、時間停止の力を持っていたのだから、母はよほど強く恨まれたんだろうね。怪異を祓《はら》うのが仕事なくせに、怪異を生んでどうする、とは思ったよ。

「恨まれるのは慣れている」と平然と公言している母だけど、その一件では珍しく兄に真剣に謝って、私を褒めそやしたからよく覚えている。

その一件は、私の絵に異能があるらしいと気づかせる出来事だった。

……実はこれっきりですまなかったんだ。

いちいち話してると夜が明けちゃうから省くけど、何度か同じようなことを繰り返した。

そうしてわかったのは、私が自分でいい出来だと思った人物画には赤い汚れ《テクスチャ》が載って、それに伴い絵画がおぞましく変化することがあること。

赤いテクスチャはモデルに振りかかる災難——いわゆる厄を予告した上で、厄のもたらす被害を軽くすること。

テクスチャの濃度で、元々モデルが受けるはずだった被害の度合いが推測できること。

テクスチャの形に怪異の性質が反映されているから、怪異の正体を推測する手がかりになること。

厄が終わると赤いテクスチャはなくなるけど、モデルが厄によって受けたダメージが絵画に反映されるから、放っておくと私の描いた本来の絵には戻らないこと。

そして、この〝厄払いの絵画〟の法則がわかるまで、何度も怪異と遭遇してしまうほど私の周囲では怪奇現象が起こるということ。

勘のいい人なら気がついていると思うけど、私はいわゆる霊媒体質というやつだ。

ありとあらゆる怪異が私のそばに寄ってくる。

怪異はさっき話したバイクの人みたいに普通ではありえないような超常現象を引き起こすし、生きてる人間には一部の例外を除いて有害だ。

そんな怪異が四六時中まとわりついてくるわけで、私の置かれる状況は探偵小説の探偵が常に事件に巻き込まれているような感じと思ってくれたらいい。

これはもう、生まれた頃からの宿命のようなものなんだと思う。なにしろ家系が家系だ。

母の血筋は全員霊能力者なんでしかたない。

それに、私に備わる異能〝厄払いの絵画〟は怪異の動向を捉え、災いを払い、人を死なせないようにできる。前向きにとらえれば貴重な手段だ。

だから美術を学ぼうと思った。

絵を描くのが下手くそのままだと思うように異能と付き合っていけないからね。「私が納得できる良《い》い絵」を描かないと私の絵は怪異に反応してくれない。異能を使いこなすためには美大に通って、絵を描くためのしっかりした理論や上達の方法を勉強、模索する必要があったんだ。

こうしてここに美大生の霊能力者が誕生したわけだ。

最後まで聞いてくれて、どうもありがとう。

※

語り終えて月浪縁はにこやかに微笑《ほほえ》む。あごのラインにそって切りそろえた髪の毛が柔らかく揺れた。

「さて、君にも語るべき怪談があるはずだ」

落ち着いた声に誘われるように、聞き手はおずおずと口を開いた。

聞き手と話し手が入れ替わる。

そうしてまた、怪談が始まる。

第一章
ドッペルゲンガー

私立東京美術大学・映像学科一年、芦屋啓介《あしやけいすけ》は語る。

【芦屋啓介】


俺が美大に入学したきっかけは葉山英春《はやまひではる》だ。

もともとは美術にも写真にも興味がなかった。

昔は、物心のついたころから中学時代までみっちり剣道漬けで、それ以外のことにかまっているヒマがなかったんだ。高校でも竹刀を振ることに時間を費やすつもりでいたんだが、運悪く入学直前になって車に轢《ひ》かれた。

命は助かったけど足が悪くなって、走ったり長時間の運動に耐えられなくなった。

「リハビリすれば普通に歩けるようになります」って医者が言うんで、なんとか根性で高校に行けるように努力はしたが、それでもやっと登校できたのが五月だ。松葉杖《まつばづえ》をついて学校に行ったらもう、そのころにはなんとなくのグループができてるんだよな。——馴染《なじ》めなかったよ。

なまじスポーツ推薦で進学校なんかに入っちまったもんだから勉強もついてくのに必死で、ずっと空回りしてるような感じがしてた。

……そう。スポーツ推薦だ。足がダメになってる俺は当然部活もできないから、推薦は取り消しになった。本当ならある程度免除されてたはずの学費も親に全額工面させる羽目になって。

最悪だったな。

学校に行くのも憂鬱だったが家に帰るのも気詰まりだった。

毎日、人がいなくなった教室に追い出されるギリギリの時間まで残ってた。それでやることはただひたすらボーッとしてるか、寝てるか。体が腐っていくような気がしたけど、だからってどうにかしようって気にもなれなかった。

葉山に会ったのも、放課後の教室だった。いまでもよく覚えてる。

シャッター音で目が覚めた。目を開けると夕暮れの教室で、窓から身を乗り出して写真を撮っている奴がいた。首から下げた重厚感のあるデジタル一眼レフのカメラと、細身の体形がちぐはぐに見えた。葉山はいまでもそうだけど、どっちかと言うと撮るより撮られる方が向いてそうな見目をしている。

明るく染めた髪の毛が、夕日に染まって真っ赤に光る。

俺が見ていることに気づくと、葉山は、

「おはよう芦屋君。起こした？」とヘラヘラ笑って言った。

これまで喋《しゃべ》ったこともないのに名前を呼ばれて、ちょっとびっくりしたんだよな。

「名前、覚えてたのか」

「そりゃ覚えてるよ。同じクラスだし、芦屋君は割と目立つし」

机に立てかけていた俺の松葉杖に目をやってから葉山は言うと、もう用が済んだと言わんばかりに窓の外に集中し始める。何度もファインダーを覗《のぞ》き込んでシャッターを切った。ときどきカメラ本体についてるモニターを確認して百面相をしている。楽しそうだった。

「楽しいよ」

葉山はカメラを見たまま俺に言う。

「見る？」

頷《うなず》くと、葉山は何枚かの作品を見せてくれた。

撮ったばかりのサッカー部員がおもちゃみたいに見える校庭の写真。昔の怪獣映画に出てくる作り物のような東京タワーとビル群。ミニチュアの人間が蠢《うごめ》いている渋谷《しぶや》。鉄道模型みたいな山手線《やまのてせん》の車体と線路。……どれも現実がジオラマのように見えてくる不思議な写真だった。

「これ、アプリの機能で似たような加工を見たことあるけど、普通のカメラでも撮れるんだな」

「特殊なレンズを使って、高いところに登って見下ろすように撮るんだ。プロはヘリに乗ってドアを開けっぱなしで撮ったりもする。高所恐怖症にはキツいよな」

「ヘリに乗るのか、葉山は……」

もしかしてこいつは行動力の化身ではないのか。などと思いながら聞くと、葉山はなんでかキョトンとした様子だった。

「……いや、高校生に空撮はハードルが高い。展望台がせいぜいだ。いつかはやってみたいけど」

「興味あるなら芦屋も撮ってみれば？」と、続けざまに提案してきたのには、脈絡がなくて正直驚かされた。そのころの俺はカメラなんてろくに触ったこともなかったから。

「そんなしっかりしたカメラ持ってないし、なにを撮れって言うんだ？」

「芦屋はスマホ持ってる？」

葉山は俺が使ってるスマホの機種を確認すると満足げに頷いた。

「それで充分写真は撮れる。被写体——撮るべきものは……まずは、自分が『いいな』って思ったものかな」

それから葉山は『いい』の種類を列挙した。かっこいい、かわいい、きれい、すごい、すがすがしい。とにかく『いい』を少しでも摑《つか》んだら反射で撮るのだと。ぼーっとしてると見逃すようなものだとなおよいのだと。

「なんで？」

「あとで見返した時に自己肯定感が上がる。宝探しみたいな感覚があるんだ。なんか、自分が生きてる世界の解像度がちょっと上がるような気がすんだよね」

ヘラヘラ笑いながら言う葉山の顔からは自信と、少しの照れと、作家としての自負のようなものが窺《うかが》えた。

俺は同い年の人間が、俺とは全く違う趣味嗜好《しこう》で、この現実世界で人生を楽しんでいることを目の当たりにして、気づけばスマホを構えていた。

カシャ、と擬似的なシャッター音が教室に鳴り響く。

「……なんでいま俺を撮った？」

葉山は目を丸くして言った。

無理もない。正直なところ俺自身、葉山を撮った明確な理由を説明するのが難しかった。言われた通り、反射でシャッターを切ったのだ。

「……『いい』って思ったから？」

語尾に疑問符をつけて答えると、葉山はますます目を丸くしたあと、くしゃっと笑った。

「なんだそれ」

葉山はなにがツボにハマったのかひとしきり腹を抱えて笑うと、俺が撮った写真は消さなくていいと前置きした上で「人を撮るときは許可を取ろうな。事後承諾でもいいから」と真面目に忠告した。俺が葉山から最初に教わったことがそれだった。

葉山は、俺の聞いたことをわかる範囲で教えてくれた。わからないことは一緒に調べた。葉山は映像分野に関しての興味関心が人の百倍くらいあったから、暇さえあれば映画とか写真展とかに連れ出してくれて、気がつけば俺は写真に夢中になっていた。

撮り方によって、現実よりも写真の方が何倍もきれいに見えたり、反対にあやふやでわけのわからないものに写るのが面白いと思った。

俺が腐ったまんまだったらたぶん気づきもしないで通り過ぎていただろう、季節の移り変わりとか、そのとき感じていた色や匂いや光を残しておけるのが『いい』と思った。

葉山に写真を教わってからずっと世界が膨張していくような気がしている。この感覚をもっと、勉強したいと思って美大を進路に選んだんだ。

幸い、葉山も俺も現役で、希望の大学の希望の学部に進学できた。それなのに。

葉山は、おかしくなってしまったんだ。

今年の秋に、俺を含めた映像科の友人四人で写真のグループ展を開くことにした。共通のテーマみたいなものは特になく、自分の好きなものを好きなように撮って制作しようっていうざっくりした企画だ。

もちろん葉山もグループの一人だった。『雑然』をテーマに作品を作っていた。

五分単位で目覚ましが設定されてるスマホ画面。シリアルの牛乳が思い切りこぼれたままのテーブル。どうしようもないほど絡まってるイヤホンのコード。玄関で蹴っ飛ばしたみたいにバラバラの靴……といった具合で、ズボラで、整頓されていない、砕けた感じの写真を寄せ集めて『雑然』を表現したかったらしい。

どれも洒落《しゃれ》ていて雰囲気のある写真だった。構図や色、光、モチーフの選び方、加工の仕方に至るまで、葉山のことだからおそらく死ぬほどこだわったんだと思うが、不思議と鑑賞者をリラックスした気持ちにさせる作品群だったんだ。

『雑然』というテーマがテーマだから嫌みのないまとめ方にしたいと葉山は苦心していたが、その甲斐《かい》はあったんじゃないかと思う。

ただ、その中の一枚に問題があった。

その写真は渋谷のスクランブル交差点で大勢の人間が行き交う様子を撮ったものだった。葉山は人が行き交う様子に『雑然』を見出《みいだ》したらしい。

人の顔はなるべく写らないよう、誰もカメラに視線を合わせないように、葉山はあえて一眼レフじゃなくスマホでさりげなく人波を撮った。

一応気を配ってはいたものの、当然のように何人かの顔は写り込んでしまっていた。とはいえ、どれもおおむね視線を外していたし、ピントも合っておらずはっきりと誰かわかるように写っているわけじゃない。……だが、一人だけ、人ごみの中に明らかに撮られていることに気づいているような写り方をしてる男がいた。

そいつは雑踏の只中《ただなか》にたたずんでいた。服装は白いシャツに黒いキャップとパンツ。リュックサックを背負っていて、歳《とし》は俺たちと同い年くらいの雰囲気だった。キャップを目深に被《かぶ》っていて顔立ちがはっきりしないにもかかわらず、強烈な視線を感じるというか、こちらを見ている気がするんだから最初から変な写真だった。

葉山には撮り直しを勧めたんだが「同じ場所、同じ時間帯に撮った写真は他にもいくつかあったけど、アングルも人波の感じもダントツでよかったから、これを使いたい」って言って聞かなかった。

ただし、そのままだと作品にするには難のある写真だ。それは葉山自身もわかっているようだった。

なにしろ視線を感じるくらいあからさまに、キャップの男は正面を向いている。写真のど真ん中に突っ立ってたからトリミングしようもない。そいつが主役の写真になっていた。葉山のテーマにしていた『雑然』とは程遠い。なんなら『雑然の中に一人立つ男』的な写真になってしまっている。だから葉山は写真を修正した。フォトショップを使って、心霊写真から幽霊を取り除くようにキャップの男を『除霊』したわけだ。

——それがよくなかったんだよ。

なにが起きたかって言うと、作業した日の翌日、葉山がノートパソコンを確認したら修正したはずのデータがなくなっていた。

元のデータと修正したデータの二つがパソコンに残ってるはずだったのに、開いたら両方修正前のデータになっていたんだ。

これが一回や二回だったらうっかり保存するのを忘れたことを疑うだろうが、五つほど修正前のデータが並んだ時点で「これはおかしい」と葉山は思った。

修正しても修正しても修正前に戻ってしまうなんてこと、普通はあり得ない。

だから葉山は俺を含めたグループ展のメンバーに「試しに画像を触ってみてくれないか」と頼んできたんだ。

作品に使うわけじゃなく、単純に〝修正が出来るかどうか〟を知りたいと。

いま思えば、葉山らしくもない、通常なら考えられない申し出だった。

葉山は〝神は細部に宿る〟をポリシーにしている。

作品を作るにあたって、テーマ、モチーフ、撮影機材の種類を死ぬほど吟味して、ロケーション、撮影時間、データの修正・加工の仕方、出力する用紙、展示方法もひたすらとにかく納得いくまでこだわる奴なのだ。

実際、今回も葉山はあらゆる吟味をした上で撮影機材に『スマホ』を選んでいる。

「スマホは写真を勉強していない人でも持っているカメラだから『雑然』というテーマの作品を作るときに一番適してると思うんだ。一眼レフならクオリティの高い写真が撮れるけど、今回のテーマにそれはいらない。高尚な雰囲気はお呼びじゃないし……」

などと小一時間は『スマホを選んだ理由』を語れると思う。

その葉山が、友だちとはいえ他人に作品データを触って欲しいと頼んできた。

いくら実験・検証が目的とはいえ、自分の作品データを修正させるなんてことは絶対に嫌がるはずの葉山が、だ。

口調は冗談半分でも本気で検証して欲しいのはわかったから、俺も修正を手伝ったよ。

もしかしたら葉山と同じように、気づかないうちに手元に修正前のデータしか残ってない、といったような、不可思議な出来事が起こるのかもしれない。

そんなふうにちょっと期待もしたわけだが、俺の作業中は全く、これっぽっちも、なにもなかった。

手元には普通に修正後のデータが残っていた。

だから俺は頼まれた通りに、展示のために共有しているクラウドサービスを使って葉山に修正後のデータを送った。正直肩透かしではあったが、葉山の心配はとりあえずこれで解決するだろうと思った。

にもかかわらず、その日の映像科の授業に葉山は血相変えてやってきたんだ。

「おまえらほんとに修正したんだろうな⁉」「ふざけてるのか⁉」って取り乱した様子で。

あまりにも喧嘩腰《けんかごし》の態度だったからまず落ち着いてくれと頼んで、少なくとも自分はきちんと修正してからデータを送ったことを話した。スマホからでも確認できるだろうと思ってクラウドのデータを見てみると、葉山の言うとおり、どういうわけか修正前のデータに戻っている。

幸い、身の潔白は証明できた。俺は修正作業をしたノートパソコンを持ってきていたし、当然こちらには修正後のデータが残っていた。それを見せて葉山には納得してもらった。

他のメンバーも、ちゃんと修正したデータを送っていることが確認できた。それぞれ手元にあるのは修正後のデータだ。でも、何度見ても共有クラウドにあるのは全部修正前のデータなんだよな。

授業が始まるからいったん話し合いはお開きになったけど、俺は全然集中できなかった。修正前のサムネイルが三枚並んだ画面を思い出して、これは葉山が動揺するのも無理はないし、不気味だとも思った。

授業が終わるとまた展示メンバーで話し合った。

「撮り直した方がいいんじゃないか？」と、誰かが言い出したことに、一も二もなく賛成した。

修正するよりも同じアングルで別の写真を撮った方がいい。なんなら、その人混みの写真を没にするなり、別のものに差し替えることはできないのかという話になった。

葉山はどうしてもスクランブル交差点の写真は必要だと言い張った。いつものこだわりのようにも思えたが、普段取り乱すこともない葉山が怒鳴るのを見たってこともあって、嫌な執着の仕方に思えた。

とにかく、現状原因は不明だが手元にあるスクランブル交差点の写真は修正できない上に、そのまま修正なしで写真を展示するのも嫌だということで、結局撮り直すことに決めたらしい。葉山にも思うところはあったようで、撮り直しの時に暇なら渋谷までついてきてほしいと言い出した。気味が悪かったからだろう。その気持ちはわからんでもないので、俺は葉山に付き合うことにした。

ちょうど渋谷には用事があったからそのついでに。

他の連中はバイトなり課題なりで忙しく、都合がつかなかったから渋谷に行くのは結局俺と葉山の二人になった。

スクランブル交差点に着いたのは昼の三時過ぎ。渋谷は相変わらず人が波のようにうごめいている。大きなモニターではアイドルが笑顔で歌とダンスを披露しているが、それに目を留める人間は一人もいない。九月の半ばは刺すような日差しと煮えるような暑さのピークは過ぎているものの、まだまだ日差しも強いし、暑い。

俺と葉山は雑談しながら信号が何度も青から赤、赤から青に変わるのを繰り返し眺めた。雲がかかって、日差しが和らいだところを葉山は狙っていたからだ。あんまり季節感が強すぎる写真は撮りたくなかったらしい。そして葉山はちょうど良《い》い光の塩梅《あんばい》になった瞬間、素早くスマホを構えて、撮った。

「うわっ……!?」

急に葉山がスマホを取り落とした。

真っ青になってそのまま突っ立って固まっているものだから、しょうがなく俺は葉山のスマホを拾って、そのとき画面を見たんだ。

写ってたよ。キャップの男。

でも辺りを見渡してもそれらしい奴はもうどこにもいなかった。

……嫌な感じだ。気色悪い。

そう思っていたら、「悪い、芦屋。俺もう帰るよ」と、我に返ったらしい葉山が震える声で言う。

俺の返事もろくに聞かず、葉山はスマホをひったくるように受け取って駅に走っていってしまった。

一人取り残された俺はというと、やや途方に暮れていた。一応用事はあると言えばあるんだが、のんきに買い物するような気分でもなかったから、帰ろうかと思った途端に、後ろから声をかけられた。

「芦屋くん？　なにボーッとしてるの？」

聞き覚えのある声に振り向くと、月浪縁《つきなみよすが》が立っていた。

月浪は日傘を片手にやたら愛想良く笑っている。

「合格お祝いの打ち上げ以来かな。科が違うと同じ大学の中でもあんまり会わないものなんだね。……ところで、なんだか顔色が悪いけど、どうしたの？」

月浪と話すのはかなり久々だった。同じ予備校に通っていたとはいえ、志望する学科が違えば関わりもなくなる。それでも月浪の人となりについて、多少は知っている。

高校一、二年の頃、志望学科が油画科だろうがデザイン科だろうが一緒くたにデッサンや塑像《そぞう》、平面構成の基本をやる期間——基礎課程のときに俺と月浪は同じ教室で絵を描いていた。その際、月浪は自由課題になると世界各国の妖怪やら幽霊やらをテーマに描きまくっており、しかもそれがやたらに上手《うま》かったので覚えていたのだ。〝ホラー・オカルトにやたら詳しい絵の上手い女〟というのが俺の月浪縁への印象だった。

だから、俺は月浪に相談に乗って欲しいと頼み込んだ。同じ予備校に通っていたから葉山のことも知っているし、月浪なら解決の糸口を見つけてくれるかも……とは正直思っていなかったけど、荒唐無稽な現象を一笑に付したりしない誰かに、それでいて冷静な第三者に、話を聞いてもらいたかったんだ。

月浪は唐突な提案に驚いていたようだが、俺がよっぽど切羽詰まっているのを察したのか、すぐに頷《うなず》いてくれた。

近くにあった喫茶店に入って、俺は注文するや否や、葉山を発端にグループ展のメンバー、俺の身に起きた出来事を洗いざらいぶちまけていた。

月浪は黙って話を聞いたあと、そう間を置かずに尋ねてきた。

「修正する前の写真って、いま見れる？　見せてもらえると嬉《うれ》しいな」

俺は月浪に、持ち歩いていたノートパソコンを開いて見せた。データを確認すると、月浪は目を瞬《まばた》いて確認してくる。

「この人、葉山くんに似てるけど、本人、ではないんだよね？」

月浪の指摘に少々返事をためらった。

——そうだ。キャップの男は帽子のつばで顔立ちがほとんど見えないにもかかわらず、実のところ葉山に似ているのだ。

葉山自身の物言いからして別人なのだろうと思っていたのだが、月浪に改めて聞かれると、これが葉山ではないと百パーセントの自信を持って口にすることはできなかった。

けれど、一つだけ確信を持って言えることがある。先ほど葉山が撮った写真に写っていたキャップの男は、絶対に葉山本人ではない。

「違うと思う。さっき俺の目の前で葉山が撮った写真にも同じ人間が写っていた。アングルから言って自撮りでもない」

月浪は腕を組んで考えるそぶりを見せる。

「うーん……確かにそれは気味が悪いな。ドッペルゲンガーみたいな感じだし」

思いもよらない単語が出てきて、思わず月浪の言葉を反芻《はんすう》する。

「もしも自分とそっくりの人間に出会ったら死ぬって話の、あれか？」

キャップの男が葉山のドッペルゲンガーだというのは、妙にしっくりくる仮説ではあった。だがドッペルゲンガーの伝承に今回のケースが完全に当てはまっているかというとそうでもない。

「葉山はドッペルゲンガーが自分に似てるって気づいてないみたいだし、なによりドッペルゲンガーを写真に撮っても死んでないぞ」

そこまで言ったところで、引っかかりを覚えて自問する。

「……もしかしてレンズ越しの遭遇は出会ったうちに入らないのか」

「さあね」

月浪は愉快そうに目を細める。

動揺してあれこれ考える俺を面白がってるようにも見えた。

「ちなみにドッペルゲンガーを二回見ると目撃者も死ぬらしいよ」

「……………」

写真を修正したときに一回。先ほど葉山が撮った写真でもう一回。俺はすでに、葉山のドッペルゲンガーを二回見ている。

絶句した俺を月浪はおかしそうに見やって「芦屋くんの推察通り、レンズ越し、写真越しの遭遇はカウントされないんじゃない？　ピンピンして見えるけどね、君。あはは」などと笑って言うが、正直笑いごとではない。

このタイミングでウェイターが注文の品を運んでくる。クリームソーダとアイスティーだ。気分と裏腹に氷がカランと、涼しげな音を立てた。

俺がガムシロをかき混ぜながら静かに気分を害しているのに気づいているのかいないのか、月浪はちょくちょくアイスクリームをすくいつつ、気を取り直した様子で話を続けた。

「念のため確認するけど、葉山くんはこの写真の人物が自分と似ていることに気づいているわけではないんだよね？」

「ああ。そういうそぶりを見せたことはない」

不思議なことに、葉山はキャップの男と自分自身を結びつけて考えたりはしていない。むしろ俺や、グループ展示のメンバーの方が先に、あれは葉山自身なのではと疑っていた。

もっと言うなら、写真の修正を頼んできたとき、葉山がタチの悪いイタズラを仕掛けてきているのでは？　と思っていた。

だが、血相を変えて教室に駆け込んできた葉山は本気で怯《おび》えているように見えて、これはもしかするとイタズラではないかもしれない、と考えを改めたのである。少なくとも、俺は。

「なら、やっぱり気づかせないほうがいいと思うよ」

月浪の言葉はそれとなくだがドッペルゲンガーを、心霊現象を当たり前のように肯定しているのだと気づいて正直驚いたが、続いた言葉はそれを覆すようなものだった。

「あと、早めにお祓《はら》いなり精神科なりにかかることをお勧めするね」

両者を一緒くたにしていいものか疑問である。

「……ドッペルゲンガーにお祓いと、精神科の両方が効くのか？」

「ドッペルゲンガーは幻覚の一種ではないかとも言われているから、そっちの方向から治るならそれに越したことはないだろうと思って。お祓いはお祓いで、カウンセリング的な効果があると思うしさ」

月浪は心霊現象と幻覚、どちらの可能性も完全には否定しなかったが、どちらかといえば幻覚の方を疑っているようだった。

だが、葉山が精神を病んでいるにしても、腑《ふ》に落ちないことがある。

「俺もさっき見たんだぞ、葉山のドッペルゲンガーを」

「直接は見てないじゃない」

ほとんど間髪を容《い》れずに言われて、思わず低い声が出た。

「なに？」

「芦屋くんは葉山くんのスマホの画面を見たんだよね？」

月浪は落ち着いた様子で事実を確認してくるばかりだ。俺が頷くと、月浪は心なしか厳しい声色で続けた。

「だったらそれ、見たうちに入らないよ。写真ならいくらでも捏造《ねつぞう》できるでしょう」

意味するところがわかった瞬間、怖気《おぞけ》が走る。

「それは……葉山が、やっぱり自作自演してるってことか？」

「芦屋くんの話を聞いて、ふつうに考えればこれが一番自然な答えだと思う」

月浪は俺の問いかけに真面目な顔で見つめ返した。

正直、ドッペルゲンガーが存在するという話よりはよほどあり得る話である。

あらかじめスマホに合成した写真を仕込んでおけば、心霊現象を演出することはできる。

クラウドで共有したデータにはもちろん葉山も触れる。俺や展示メンバーのパソコンに残っている修正後のデータになにも変化がなかったのも、葉山が手出しできなかったからだと考えるのが自然だ。

だが、いたずらにしては葉山の反応があまりに真に迫りすぎている。

なにより――。

「なんのためにそんなことを？」

　悪ふざけの範疇《はんちゅう》をとうに超えた自作自演を、友人に披露する意味も理由も、さっぱりわからないのだ。

「理由や動機についてはわからないな。そういう可能性もあるだろう、とだけ」

　月浪はゆるく首を横に振ると、歯切れの悪い様子で続ける。

「ただ、話を聞く限りでは葉山くんはかなり激しく動揺していたり、気分が悪そうな感じだったりもするから、私も単なる自作自演とも思えないというか……ごめんね、きっぱりとしたことは言えないや」

　当事者でない以上、あくまでも月浪は第三者として客観的な意見を述べるしかないし、それ以上のことはできない。手をあげて眉を下げる月浪のジェスチャーが示す通り『お手上げ』なのだろう。

「いや、こちらこそ急に引き止めてすまなかった」

　俺は、葉山が本当に心霊現象に悩まされているのか、それとも月浪の言うように自作自演と思い込みで自家中毒に陥っているのかの判断ができなかった。この場ですぐに判断できるようなものでもなさそうだと理解した。

　その時点で少しだけ冷静になれたのだと思う。

　月浪を割と強引に喫茶店に引きずり込んだことが後ろめたくなってきた。

「すまん。月浪は用事があって渋谷まで出てきたんじゃないのか？」

「いや、用事が済んだ帰りだったんだよ。友だちの個展を見に行ってその帰り。気にしないで。おごっていただくわけだしさ」

月浪はおどけるように氷とアイスの残滓《ざんし》が残ったグラスを掲げた。話の最中にいつの間にかきっちりと飲みきっている。

それからふっと真面目な顔になって、テーブルに目を落とし「もしも」と呟《つぶや》く。

俺と目を合わせて、再び同じことを言う。

「もしも、本当に困ったことになったら、親戚にその手のことの専門家がいるから紹介してあげるよ」

「その手のこと、と言うと？」

「いわゆるお祓いとカウンセリングの両方。私、実家がお寺なんだよね。そして兄が精神科医なんだ。身内ながらキャラが濃いよねえ。あはは」

投げかけた疑問に返ってきたのは気楽な調子の告白だった。

納得と心強さと、そして妙な脱力感を覚えた俺はきっちり飲み切られたクリームソーダと、半分残ったアイスティーの代金を支払って渋谷を後にした。

……そして月浪の言う『本当に困ったこと』というのは案外すぐに訪れた。

合同展示の準備が着々と進んでいく中で、葉山が大学に出てこなくなったのである。

スクランブル交差点での出来事もあり、なんとなく嫌な予感はしていたが、葉山から「場所代は払うから合同展示は不参加にしてほしい」という連絡が来て、それっきり音信不通になった。メール、各種SNSでメッセージを送っても無視。電話にも出ないので、いよいよこれはまずいと思った。

他のメンバーはというと以前から葉山の挙動がおかしかったのも手伝って「場所代払ってくれるならそれでいいけど、どうしちゃったんだろうな、あいつ」などと困惑しきりだ。仕方なく、俺が様子を見にいくことに決めた。

葉山の住むアパートは大学からほど近い国分寺市《こくぶんじし》にある。かつて表参道《おもてさんどう》などにあった同潤会《どうじゅんかい》アパートの劣化類似品のような見目をしており「レトロだ」「ヴィンテージだ」などとかつて葉山は気取って言ったが、いわゆるオンボロアパートだ。

三階建ての黄ばんだ白壁にはツタが覆い茂り、天気が崩れるとホラー映画のセットめいた湿気と不気味さが漂う。これは夜に訪ねても同じで、アパートのそばにあるこれまた〝ヴィンテージ〟で錆《さ》びついた街頭に照らされることでいわくありげな雰囲気が頂点に達するというわけだ。まさに夜七時を回った現在の情景である。

これまで葉山の家を訪ねたときには「やたら不気味だ」と思いつつ、気にしないで二階の角にある葉山の部屋の扉を叩《たた》けたものだが、今回は家主まで怪奇現象真《ま》っ只中《ただなか》なのでどうしても気分は重くなった。

意を決してインターフォンを押すと、葉山はあっさりとドアを開けた。顔色がやたら悪い以外は六畳の部屋も荒れておらずきれいだったが、ふと、画面が割れたパソコンが目に入った時に直感的な恐怖を覚える。

やはり、葉山はまともな状態ではない。

葉山はローテーブルを挟んで薄いラグの上に腰を下ろした。俺も同様に座り、一番に気になったことを口にする。

「葉山、顔色がひどいぞ。具合が悪いのか？」

「ああそう？　そうかな……」

葉山の返事はどこかぼんやりとしていた。

「……自覚がないのか？」

「どうだろう？　ゴミ出し以外で外に出てないからかな。日に当たってないからかも」

俺の顔がこわばっているのを怒っているのだと勘違いしたらしく葉山は「芦屋はたまに母親みたいなこと言うよな」と茶化した。しかしその口調にもキレがない。

「なんでそんなことになってるんだ」

「モニターがダメなんだ！」

パッと葉山は顔をあげて、目を爛々《らんらん》とさせながら言う。

「〝アレ〟が！　パソコンとかスマホとかテレビにまで映り込むようになったんだよ。俺が〝アレ〟をなかったことにしたから。本当はそこに居るのに居なかったことにしたから怒ってるんだ……！」

俺は、震えながら支離滅裂なことばかり口にする葉山をなだめようと試みた。

「落ち着けよ。俺は……」

「落ち着けねぇよ！　落ち着けるわけがないだろ！」

言葉を遮り、怒鳴り散らす葉山を見て、やっぱり俺にはどうしてもこれが自作自演だとは思えなかった。長い付き合いだが、こんなに取り乱した葉山は見たことがない。

「おまえ東京にどれだけモニターがあるかわかるか⁉　全部に出てくるんだ、全部！」

肩で息をするようにしてこちらを睨《にら》む葉山に、思わずため息がこぼれる。

俺は、こんな風に、葉山を怒らせにわざわざこいつの家まで来たわけではない。

「葉山。俺は葉山が大学に出てこない理由も、グループ展に出るのを止めるって言い出した理由もきちんと知りたい。それで、できれば戻ってきて欲しいんだ」

高校の入学前に事故に遭った俺に、スポーツ推薦で学校に入ったくせに足を悪くして部活どころじゃなくなった運のない奴に、写真を教えてくれたのは葉山だ。

正直なことを言えば、腐りかけていた俺にとって時間を潰せるものがあればなんでもよかったんだと思う。でも、そのとき出会ったのが葉山で、写真だったことが、俺にとってどれほど幸運だったのかもわかっている。

俺が写真に夢中になったのは葉山のフットワークにつられたところもあるだろう。何度展覧会に連れ立って足を運んだかわからない。美大に受かるかどうかなんて全く確証のなかった時でさえ、写真での表現を仕事にしたいとなんの臆面もなく口にしていた葉山に励まされた。

俺がいま、美大生をやってるのは間違いなく、葉山のおかげだ。

ドッペルゲンガーだか自作自演だかなんだか知らないが、そんなものに足を引っ張られて葉山が写真の勉強をやめてしまうなんてことは、絶対に、ダメだ。

「なんでこんなことになっている?」

努めて冷静に聞こえるように言葉を選んだからか、葉山もどうやら少しは落ち着いたらしい。俺の背負ってきたリュックサックをあごでしゃくった。

「……おまえ、どうせパソコン持って来てるんだろ。共有してるクラウドのデータ見てみろよ、なんで俺がこうなったかわかるから」

葉山は血走った目で俺を睨んだ。興奮か恐怖かで、体が震えているように見える。

言われるがままにノートパソコンを取り出してローテーブルの上に置き、共有クラウドのフォルダを開いた。途端に出てくる『修正後』と名付けられたデータが、何百と並んでいるのがサムネイルからわかる。全部真ん中に、キャップの男が写っている。

それが――スクロールしていくうちに写っているものが変化していくのがわかった。

最後の方は、全てが黒く塗りつぶされたようなデータの羅列ばかりが残っている。

葉山が喚《わめ》いた。

「顔の表情もどんどん変わってくるんだ。どんどんどんどん、目つきが鋭くなって迫ってくる。どんどん迫ってくるんだよ。〝アレ〟が！」

俺は、このままだと本当に取り返しがつかないことになるとわかった。

たぶん、そのうち鏡だとか、夜の窓ガラスを見てもダメになるんだろうとも。

なぜなら、葉山が見ているのはおそらく自分の顔だから。

真っ黒の画面に映り込んだ自分自身に怯《おび》えているからだ。

そう思った途端。部屋の灯《あか》りが明滅する。

葉山が「来た」と慄《おのの》き震えだした。

ジジッ、と、死にかけのセミの鳴き声のような耳障りな音と共にパソコンのモニターにノイズが走って、真っ黒い画面になった。

葉山は「見ろよ。映ってるだろ?!」と叫び、俺の方に画面を押し付けた。画面の中に、俺でも葉山でもない、人影のようなぼやけたなにかが揺らめきながらぼうっと浮かびあがるのを見て、俺は月浪の言葉を思い出していた。

『ドッペルゲンガーを二回見ると目撃者も死ぬらしいよ』

理解するや否や冷や汗が全身から噴き出す。

これは、葉山のドッペルゲンガーだ。

だけど葉山はモニターに映るのが自分のドッペルゲンガーだと気づいてない。

その僅かな認識の齟齬《そご》が葉山を生かしている。

だが俺は違う。月浪に聞いてドッペルゲンガーがドッペルゲンガーであることを知っている。

写真越しに見るのはカウントしない。本当か？　モニター越しならどうだ？　なにがセーフでどれがアウトなんだ？

だんだんとぼやけた像のピントがあっていくのに、どうしてか目が離せない。

回転する思考の陰に、笑う月浪縁の顔が見えた気がした。

こちらをからかうチェシャ猫のような笑み。

『芦屋くん、なにボーッとしてるの？』

その声に我に返って、俺は咄嗟《とっさ》にノートパソコンの画面を叩きつけるようにして閉じた。

顔を上げると、呆気《あっけ》にとられた様子の葉山と目があった。

葉山の顔を見て、俺は息の仕方を思い出すように、深く息を吸って、吐く。

確かにボーッとしている場合ではなかった。ひとまずこれで対処できたはずだと、束《つか》の間安堵《まあんど》した瞬間、ピンポーン、とインターフォンの音が鳴る。

「俺が出る。いいな？」

葉山の返事を待たずに玄関まで行った。

扉一枚挟んだ先にいる誰かを確認するためにドアスコープを使う勇気はなかった。この先にいるのがドッペルゲンガーではないという、保証がない。

しかしこのままいつまでも突っ立っているわけにもいかないので、仕方なく、

「誰だ？」と尋ねる。

「こんばんは、月浪縁です」

知った人間の声に安心して力が抜けそうになったが、ここであっさりドアを開けてお陀《だ》仏《ぶっ》の可能性を排除できなかった俺は、

「おまえ本当に月浪か？」と口走っていた。

しばらくの間をおいて、含み笑いの声が聞こえた。

「ずいぶん疑心暗鬼じゃないか芦屋くん。……まあ気持ちはわかるよ。よっぽど怖い目に

遭ったんでしょ？」

「じゃあおまえ、俺がなんで警戒するかもわかってるよな？」

なんで月浪がここにいるのかとか、聞きたいことは山ほどあるが、とにかく扉を挟んでそこにいる〝おまえ〟がドッペルゲンガーでないことを証明してほしい。

俺の要求に月浪は少しの沈黙のあと、答えた。

「そうだな。今日の私は黒い半袖のブラウスにブロックチェックのフレアスカート、サンダルを合わせたコーディネートなんだけど、葉山くんと同じ格好だろうか」

「全然違いますけど⁉」

思わず敬語で即答してしまった。とりあえず月浪が葉山のくたびれた紺のスウェット姿とも、あるいは俺のカーキのTシャツとデニムとも似ても似つかない格好なのは理解した。

「じゃ、鍵を開けてくれよ芦屋くん。私がドアを開けるから。そしたら下から順に姿を確認すればいい。手に武器を持つなりすればもっと安心できるかな？」

俺は月浪のアドバイスに従う。

鍵を開けてすぐ、玄関ドアの取手にぶら下がっていたビニール傘を拝借して竹刀の代わりに、何年かぶりに構える。目線を下にする。

軋《きし》む音が響いて、ドアが、開いた。

サンダル……サンダル……と心の中で唱えながら、実際華奢《きゃしゃ》なつくりの黒いサンダルを目にするとどっと安堵が全身に広がった。

顔を上げると、自己申告通りの装いの月浪縁が、疲れた俺を笑っている。

「改めましてこんばんは、月浪です」

※

やる気の無い拍手が部屋に響いた。

芦屋啓介が怪談を語り終えたのは国分寺市にあるアパートの一室。葉山英春の部屋。

芦屋はほんの数分前に起きた出来事を語らされたのである。

「はい。どうもありがとう」

適当な拍手の音源、芦屋に怪談を語るよう迫った張本人であるところの月浪縁は、極めて事務的に礼を言った。

チェシャ猫のように目を細めて笑う縁を一瞥《いちべつ》すると、芦屋は精神的な疲労から長く息を吐く。

しかし、なぜだか知らないがやたらに身体《からだ》が軽い。

どうしてこうなったのか。芦屋は思い出して、少々途方に暮れる。

葉山のアパートを訪ねて来た月浪は一人ではなかった。

ドアを開けた縁は連れの男と一緒につかつかと部屋に入ってくる。

縁と連れ立って歩く男に芦屋は見覚えがなかったが、ボストンタイプのメガネの奥の穏やかな顔立ちはどこか縁に似ているように思えた。

縁は所在無げにフローリングの床を黙って眺めている葉山を見つけると、アルタートケース――主に絵を持ち運ぶために使うカバン――を左手に持ち直し、右手でヒラヒラと手を振ってみせる。

「やあやあ。お久しぶりだね、葉山くん」

「……月浪さん?」

さすがに葉山も美術予備校時代の同輩の顔は覚えていたらしい。

だが、なぜ縁が自宅に訪ねて来たのかはわかりかねる、といったような顔で葉山は首を捻《ひね》っている。

縁は葉山に向かってにこやかに頷《うなず》いた。

「そう。美術予備校の基礎課程で一緒だった月浪縁だよ。こっちは総合病院で働いている兄の月浪健《たける》」

「どうも。はじめまして、こんばんは」

葉山は困惑した様子で縁と健の兄妹《きょうだい》を見比べている。わけがわからないのだろう。

この時ばかりは葉山と自分は同じ気持ちかもしれないと芦屋は思う。

しかし月浪兄妹は終始マイペースに事を進めるつもりらしい。縁は葉山に目をやると、首を傾《かし》げて健に問いかけた。

「兄さん、どっちだと思う？」

健は縁の疑問に答える前に、メガネを外してシャツの胸ポケットに突っ込んだ。それから葉山の顔をジッと、検分するように眺める。柔和な顔立ちの健だが、真顔になるとその印象は彫像のように無機質だ。

葉山は無遠慮な視線に怯えたように肩を震わせたが、そのうち、ぼうっと魅入られたように健の目を見つめ返した。

健の眼差《まなざ》しに薄青い光が宿った気がして、芦屋は瞬《まばた》く。

だが、次の瞬間には普通の目に戻っていた。妹の縁と同じ、黒く色の濃い瞳である。気のせいにしては、明らかに目の色が変わっていたように思えた。いぶかしむ芦屋をよそに、健は不意に葉山から目を逸《そ》らすと、縁に向かって静かに答える。

「……俺が対処できるほうだな。母さんに頼むと面倒だから、正直助かる」

「なら葉山くんのことは兄さんに任せるよ。私は芦屋くんをなんとかするから」

芦屋がどういう意味かを尋ねるより、健が葉山に向かって口を開く方が先だった。

「じゃ、葉山くんだっけ？　保険証と財布ありますか？」

健は医者らしくテキパキと指示しながら、葉山に向かって愛想良く微笑《ほほえ》む。

「縁から大体の話は聞いています。写真に写りこむ男を処置しますので、僕の勤める病院に行きましょう」

葉山は健を呆然《ぼうぜん》と見つめて、震える唇で呟《つぶや》く。

「病院に行けば……なんとか、なるんですか?」

「なりますとも。それが仕事ですから」

自信と確信がうかがえる言葉だった。そしてやはり、健の目の色が青色に変わっている。

今度は見間違いではない。

葉山は健の目の色が変わったことにはさほどの関心がないらしい。

「病院にいけばなんとかなる」という言葉を信じきって安心したように、ほっと肩の力が抜けた様子だ。

葉山はゆっくりと立ち上がり、縁と芦屋に目を向けた。

「ごめん芦屋。あとのこと、頼むよ」

久々に、葉山の落ち着いた声を聞いた気がした。

芦屋は頷くことしかできなかった。

そうして葉山は嵐のように現れた健に連れられて、アパートを出ていったのである。

主人のいない葉山の部屋に残されたのは芦屋と縁の二人だ。

「よいしょ、と」

縁はテーブルを挟んで芦屋の前に腰を下ろした。

能天気な声に我に返って、怒涛《どとう》の展開になにがなんだかわからないままの芦屋は縁を問いただした。

「今の、なんだ？　月浪の兄さん、目の色が……」

「異能を使うとどうしても変わっちゃうみたいなんだ。メガネのレンズ越しに見るとなんでか黒いままなんだけど」

異能、という言葉を聞いても、芦屋は不思議とあり得ないとは思わなかった。ただ――。

「……葉山になにをした？」

低く尋ねた芦屋に、縁は瞬いて微笑む。

「ドッペルゲンガーのような怪異は、『解決できる』と強く信じればそれだけで解決できる場合がある。兄は異能を使って葉山くんと、それから芦屋くんにも自分を少しだけ信用させた」

「『異能を使った』と聞いても、案外すんなり受け入れてるでしょう。それこそ、兄の異能のせいですね」とおどけた様子で続けた縁に、芦屋は無言で首肯する。

「安心して大船に乗ったつもりでいてくれよ。兄は葉山くんを治療するためにここに来たんだ。必要なら兄の勤める病院の場所を教えてもいい……」

「大丈夫なんだな？」

つらつらと言葉を連ねる縁を遮って芦屋は真顔で尋ねた。縁は流石《さすが》に真面目な面持ちになって、息を吐いて答える。

「保証する。兄がなんとかすると言ったのなら、大丈夫」

その顔に嘘《うそ》はなさそうだと見て、芦屋はもう一つの疑問を縁に投げかけた。

「『芦屋くんをなんとかする』って、どういう意味だ」

「言葉通りの意味だよ」

縁の目がチェシャ猫のように弓なりに細くなる。

「そして、今から荒唐無稽だが誓って嘘のない真実を語ろうと思う。私、月浪縁は霊能力者だ」

縁が語ったのは幼少期の縁と健の身に起きた出来事を例にした、縁が霊能力者であること、霊媒体質という特異体質の持ち主であるという主旨の話だった。

話の結びに縁は「さて、君にも語るべき怪談があるはずだ」と言った。

意図もなにも説明しない、唐突な問いかけだった。

普通なら、芦屋は縁に応じて怪談を語るようなことはしなかったと思う。

けれど、その時ばかりはなぜか語らなくてはいけない衝動に駆られたのだ。言葉をせき止めておくのが辛《つら》かった。

だから芦屋は縁が言うところの怪談を、語った。

自分の身に起きた出来事を初めから終わりまで語りきった今、精神的な疲労と裏腹に、やたらに体が軽くスッキリしているので、戸惑っているというのが芦屋啓介の現状である。

そして、語っていくうちにわかったことがある。

まずはわかったことを確認したくて、芦屋は口を開く。

「月浪は、前もって葉山か俺を絵に描いていたんだな。その絵に怪奇現象が起きていることを示す〝赤いテクスチャ〟が浮かんだ。そうだろ」

「ご名答」

縁は再びやる気のない拍手を芦屋に送ったかと思うと、持っていたアルタートケースからB3サイズのパネルを取り出してテーブルの上に置いた。水張りされた画用紙に、絵が描いてあるのが見えた。

差し出された水彩画を覗《のぞ》き込んで、芦屋は驚きに目を瞬く。

「これ、合格祝いの時の集合写真の……模写か」

「そうだよ」

高校の制服姿の縁と芦屋の他、十人が予備校の前で笑っている姿が描かれていた。

柔らかく、淡い色合いで生き生きと人物を写しとっているのだが、赤く、異様なテクスチャ《汚れ》を被《かぶ》っている人物が二人いる。

そのせいで、絵自体の調和が取れていない。

それさえ除けば良い絵なのに——と考えたところでそのテクスチャを被っている人間が予想通り芦屋自身と葉山であるとわかって芦屋は眉をひそめた。わかっていたこととはいえ、自分の顔にべったりと赤い絵の具らしきものが載っているのは気分がよくない。

また、芦屋と葉山の顔を覆うテクスチャの程度には明確な差があった。

芦屋の顔を覆っているのはモヤのように薄く、葉山の顔を覆うのはシーリングワックスをたっぷり垂らしたようなテクスチャだ。元の写真を知る人間でなければ葉山だとは判別できない状態になっている。

「私の異能〝厄払いの絵画〟はモデルに害を及ぼす怪異の正体までは教えてくれないけれど、受ける被害の程度はテクスチャの濃度で見当がつく。今回は葉山くんの方が結構被害が重くなりそうだった。それに、テクスチャの形で怪異の性質まではなんとなく推理できるんだ」

縁は葉山と芦屋の顔を覆う赤いテクスチャを指差した。

「これ、赤いテクスチャに顔が塗りつぶされて『誰だかわからなくなってる』でしょ？こういう怪異は自我や理性を損なわせる性質がある、と読み解けるのね」

芦屋には思い当たる節があった。今回の一件で、普段は穏やかで声を荒らげる姿など想像もしていなかった葉山の取り乱す姿を目の当たりにしたのだ。

確かに、縁の描いた〝厄払いの絵画〟は今回の「ドッペルゲンガー」の怪異と、怪異のもたらす被害を予告しているように思える。

「月浪が俺にこれまでの経緯を喋《しゃべ》らせたのは、怪異の正体を完璧に突き止めるため、か？」

自分で言っておいてしっくりこない仮説だった。案の定、縁は首を横に振る。

「それもあるけど。実は芦屋くんに話してもらうことこそ私の目的だったんだ」

芦屋は面白がるような調子の縁に眉を寄せた。

「どういうことだ？」

「『語るに落ちる』って言うでしょう？」

縁は人差し指を立てて淡々と説明を始めた。

「これは他人から質問された時には警戒して漏らさない秘密を、自ら語り出した時には明かしてしまう、口を滑らせてしまうという意味だけどね。私は違う意味で使ってる。怪異の被害者は自分の身の上におきた怪談を話すことで怪奇現象を終わらせることができるんだ。『語って終わらせる』『落ちをつける』ことができるんだよ」

そこまで言うと、縁はにこやかに告げた。

「つまり怪談が一種の除霊になるというわけ」

「理屈がわからん」

話すだけで除霊になるとは、いったいどういうことなのか。

頭に疑問符が浮かんでいる芦屋に、縁は「まあそう焦らずに」と笑って続ける。

縁は怪談を用いた除霊のルールを端的に芦屋に明かした。

一つ。除霊の対象となる人間に、怪異に取り憑《つ》かれていることを認識させること。

一つ。怪異の名前と正体を突き止めること。

一つ。怪談によって怪異への恐怖心を取り除くこと。

「なんでもそうだけど、自分の置かれている状況が理解できないから怖いし、自分に危害を加えるものの理屈が分からないから気味が悪いんであって、正体を解き明かしてしまえば恐怖は薄れる。怪異も同じだ。怪異にも怪異なりの行動原理《ルール》がある」

ドッペルゲンガーならば本人が見たら死ぬ、というのがルールにあたるのだろうか。

腕を組んで考え込む芦屋を前に、縁は朗々と言う。

「怪談は怪異を解体する。話せば話すほど恐怖は遠ざかり単純化される。代わりに理解が深まり理屈が通る。因果関係を解き明かしてしまえば、恐怖を覚えることはない。……こうして人から憑き物が落ちる」

除霊の対象となる人間に怪談を語らせることで、怪異を「物語」の中に押し込め、怪異の神秘を削《そ》ぎ、力を弱める。

怪異のルールを解明し、弱点をついて無力化する。

最終的に、除霊の対象となる人間が怪異を怖いと思わなくなった時点で除霊が成功する。

「今回は私の兄が葉山くんをカウンセリングすることで怪奇現象は終わる」

縁は芦屋に向けて微笑む。

「『芦屋くんの前に、ドッペルゲンガーが現れることもない』」

強く断言する縁に、芦屋の気が楽になったのは確かだった。

しかし、そんなことで解決できる怪異ばかりではなさそうな気もする、という芦屋の感想がモロに顔に出ていたらしい。縁は「疑《うたぐ》り深《ぶか》いね」と苦笑する。

「まあ、確かに語り手が意図的に情報を伏せたり、核心を話していない場合は除霊の効果もないし、ものすごく強い相手を怪談だけで祓《はら》うのは難しいけど、できないわけではないんだ」

だから縁は怪異の被害者たちと怪談を催すのだ。

怪談によって怪異を解体するために、自らに起きた怪奇現象を語らせ、縁が聞き手となって怪異を祓うのだと言う。

「怪異を呼び寄せる霊媒体質でありながら、問答無用で怪異を払い除《はらいの》けるだけの強い異能を持たない私にできる、唯一の除霊方法がこの〝怪談〟なんだよ、芦屋くん。だからね、ほら、この通り」

テーブルに置いた絵画を縁は指し示した。

芦屋の目の前に置かれていた絵の中で、描かれた葉山と芦屋の顔に被っていた赤いテクスチャが、端から風に吹き飛ばされる塵《ちり》のように、目の前で消え去っていく。

芦屋は思わず絵を手にとって確かめるように裏にし、表にし、そしてテーブルに置いた。

本当になんのタネも仕掛けもないただの絵のはずだ。パネルにも細工は見当たらない。

芦屋はこの超常現象を目の当たりにして改めて思う。

月浪縁は、本物の霊能力者なのだ。

「うん。きれいに消えたね。よかったよかった」

赤いテクスチャが剝がれたのを確認すると縁は満足げな笑みを浮かべた。

それまで浮かべていたチェシャ猫のようなニタニタ笑いとは違う。穏やかな顔だった。

「じゃあ、葉山くんの部屋の戸締りをして解散にしよう。私が兄の病院にいる葉山くんに鍵を届けに行くから。ではではおつかれさまでした！」

「ちょっと待ってくれ」

パネルをアルタートケースに戻し、さっさと立ち上がってこの場を後にしようとする縁を引き止めて、芦屋は問いかける。

「葉山は、なんでドッペルゲンガーに取り憑かれたんだ？」

芦屋の質問に縁は逡巡《しゅんじゅん》するようにあごに手を当てたのち、再び腰を下ろした。

「〝厄払いの絵画〟の能力では怪異に取り憑かれた原因を予測はできても特定することはできない。実のところ葉山くんがドッペルゲンガーに取り憑かれているとわかったのも渋谷で芦屋くんから話を聞けたから。つまり、今から私が言うことは全部推測だということを頭に置いておいてくれ」

芦屋が頷《うなず》くと、縁は口を開く。

「人は自分で自分を追い詰めて〝生き霊〟という怪異になることがある。ドッペルゲンガーは生き霊の一種だ」

縁の言いたいことを汲《く》み取《と》って、芦屋は目を見開く。

「葉山は自分で自分を、呪った……？」

「その通り」

信じがたいことだが縁の見解だとそういうことになるのだろう。現に、芦屋が驚愕《きょうがく》を滲《にじ》ませて引き取った言葉に、縁は深々と頷いている。

「ドッペルゲンガーは葉山くんの自殺願望を喚起する生き霊だった。ここからは私が君に質問していこうかな。——ねえ、芦屋くん」

縁は芦屋の顔を見て首を傾《かし》げた。

「合同展示の企画は誰が主催でやってるんだい？」

「俺だ」

「芦屋くんはどうして合同展示をやろうと思ったの？」

子供のようにどんどん質問をぶつけてくる縁に、芦屋は眉根を寄せながらも答える。

縁にはおそらく葉山がドッペルゲンガーを生み出した理由の見当がついている。そして素直に教えてくれるつもりはないらしい。

あるいは、芦屋自身から答えを引き出そうとしているようにも思えた。

答えを知るためにも、芦屋は質問に正直に答えなければいけないと、改めて気を引き締める。

「授業で評価されるのとは、違う作品を作りたかったからだ」

「どうして？」

「……葉山が」

芦屋は一度ためらうように言い淀《よど》んだ。が、隠すことではないと思い直して口を開く。

「教授に、かなり厳しい講評を受けたんだ」

口に出した言葉を、心中で芦屋は言い直した。

（いや、厳しいを通り越してあれはほとんど、罵倒と人格否定だった）

険しい顔の芦屋を窺《うかが》って縁は怪訝《けげん》そうに眉根を寄せた。

「……葉山くんって作品づくりで手を抜くような人じゃないでしょ。そんな酷評されるようなこと、ある？」

「葉山の提出した写真が、合成や加工をいとわない作品だったからだよ」

大勢の学生が集まる前で葉山を吊《つる》し上《あ》げた教授、三角《みすみ》を思い出して、芦屋は密《ひそ》かに拳を握る。

「講評で教授が言っていたこともだいたい覚えてる。『加工と合成を平気でするような人間は一流の〝写真家〟にはなり得ない。そういうのは写真を素材としか思っていないような〝デザイナー〟や〝アーティスト〟のやることで虫が好かない』『写真とは文字通り「真を写すもの」であるべきだ』『だからコンテストでは合成や加工を禁止するものが多いんだ。若いうちから小手先の技術に頼るな、猿真似《さるまね》にも程がある』……」

思い出せば思い出すほど、芦屋の眉間に深いしわが刻まれていく。

ひどい講評だった。

八十人ほどいるはずの映像科の教室がシンと静まり返った中、三角教授の痛烈な酷評ばかりが響いている。作品の前に立って数分程度、朗々と作品解説を行《おこ》なっていた葉山は、教授が言葉を発してからどんどん青ざめて、最後にはうつむいて震えていた。

側から見ていた芦屋にも、葉山に学生たちの視線と三角教授の声が凶器となって突き刺さっているような気がしたほどだ。

「挙げ句の果てに教授は『君の作品は現状、論ずるに値しない』とまで言ったんだ。――葉山が加工や合成をいとわない作品を作っていただけのことで」

のちに、芦屋が先輩や助手から聞いたところによると、三角教授は最初の課題で提出された〝出来の良《い》い〟加工・合成を使った作品を槍玉《やりだま》にあげて酷評し、新入生に加工や合成に頼らない写真の技術をまず評価することを強く印象付けるらしい。

――つまり、葉山は見せしめにされたのだ。

芦屋は悔しさに歯嚙《はが》みする。

「そんなの、場合によるだろ」

例えば、報道写真において加工や合成は許されない。

報道写真は被写体のありさまや本質をありのまま人に伝えるための写真だからだ。

写真家が手を加えた写真を報道写真として発表することは写真家の〝意図〟が入ったものを見せることになるので、「改ざんした写真である」として評価されない。

一方、広告や雑誌のグラビア写真などでは加工や合成は大前提だ。

商業誌に掲載されるポートレート《肖像写真》は被写体を魅力的に見せることが目的だから、被写体が映えるように写真の色合いを調整し、モデルの肌のくすみや隈《くま》、ニキビなどを修正することは全く当然のこととして行われている。

写真が「なにを表現するために撮られたものなのか」によって、加工や合成の是非は変わる。

それなのに一方的に吊し上げられるのは間違っていると、芦屋は思ったのだ。

「俺は、葉山が撮ったみたいな、加工や合成をふんだんに使った作品があってもいいと思う。たとえ教授好みの作品じゃなくたって、俺は葉山の作品が好きだ。だから葉山に合同展示をしようって持ちかけた。教授が評価しなくても葉山の写真はいい作品だ。展示を成功させて、自信を取り戻して欲しかった」

芦屋の言葉に縁は納得したように頷き、スッと目を細めた。

「だからだ。葉山くんはそれでドッペルゲンガーを生み出したんだね」

芦屋は縁の言葉をうまく飲み込めず、一拍おいて尋ねる。

「……なんだって？」

驚嘆する芦屋に構うことなく、縁はマイペースに言う。

「その、葉山くんを吊し上げた教授って三角教授でしょ。芦屋くんは彼の経歴を知ってる？」

日本画学科の縁が知っているくらい三角教授は有名なのだろうか、と思いながら芦屋は首を横に振った。

「恥ずかしながら、三角教授についてあまり詳しくは知らない。自然物を多く撮ってる写真家だったと思うが」

初回の授業の前に教授が自己紹介がわりに自分の作品を見せることもある。三角もその例に漏れなかった。三角がスライドで見せたのも自分で撮った自然風景や大自然の中で暮らす人々の写真だ。徹底的なリアリズムが魅力だと思ったのを覚えている。

縁はにこやかに続けた。

「三角教授は自然写真を使った広告で有名になった人なんだよ」

芦屋は瞬《まばた》く。初耳だった。

大抵、世間で名を売った代表作があるような教授はその作品を真っ先に学生に紹介するが、どうも三角は違ったらしい。

「でも、その仕事ではどちらかというと三角教授じゃなくてデザイナーの方が名を売ったんだよね」

縁が芦屋でも知っているグラフィックデザイナーの名前を挙げて、縁は続けた。

「葉山くんは博識だ。三角教授のことも当然知ってただろう。それに一線級のプロから直接教わるなんて機会はそうない。数ある芸大や美大の中で東美を選んだのも、もしかしたら三角教授の授業があったから、かもしれない。芦屋くん、どう思う？」

「……あり得ると思う」

葉山は東美以外の美大もいくつか受かっていたが、他を全部蹴って東美に進学した。広告写真家を目指してもいた。もしも、教授陣の中に特別思い入れのある作家がいたのが東美進学の決め手になったとしたら。……もしも、それが三角だったとしたら。

「となると、葉山くんは憧れの作家から八つ当たりのように吊し上げられたわけだね。『君の作品は論ずるに値しない』と」

縁の指摘に芦屋は奥歯を噛んだ。

「作家として優れている人間が必ずしも教師に向いているわけではないし、人間いつでもご機嫌っていうわけにもいかないけど、その三角教授はとりわけひどいね。邪推するけど、自分の写真が広告に使われたときに嫌な思いをしたんじゃないかな」

縁曰《いわ》くの〝邪推〟にはそれなりの説得力があった。三角のデザイナーやアーティストを毛嫌いする言動にもなんとなくの説明がついてしまう。

「で、葉山くんは酷《ひど》い講評のあと、芦屋くんから合同展示の提案を受けた。『これまで通りの作品でいい』って、芦屋くんは励ますように言ったんじゃないか？　悪気なく、良かれと思って」

図星だった。黙り込んだ芦屋をよそに、縁はなめらかに葉山の苦悩を推察する。

「葉山英春は相当に悩んだのだろう。かたや憧れの師。かたや親友。どちらの意見も受け入れたいが、どちらかしか受け入れられない。悩むうちに気づく。自分には通せる『我』がないと」

「いや、葉山はこだわりの強いタイプだし、個性だって……」

反射で否定した芦屋だが、言っているうちに尻すぼみになった。

葉山は凝り性だ。その作品はクオリティが高い。それは間違いない。けれど、個性的だったかと問われると疑問符がついてしまうかもしれない。ジオラマ風の写真にも、加工や修正をいとわない洒落《しゃれ》っ気《け》のある写真群にもある種の既視感があった。

だがそれが悪いわけじゃない。少なくとも合同展示の『雑然』というテーマには合っていた。どこかで見たような、それでも葉山にしか撮れない写真だった、はずだ。

『猿真似』

三角の冷淡な指摘が芦屋の脳裏に蘇《よみがえ》る。

葉山は自分で『雑然』というテーマを決めて作品を作った。葉山は自分の作風を承知していた。自分の作風を生かして、展示に臨もうとした。

おそらくは芦屋がそれを望んだから。「今まで通りの葉山の作品が好きだ」と言ったからだ。

しかし葉山はそれを、心から納得していたのだろうか。

沈黙する芦屋に目をすがめ、縁は腕を組んだ。

「だからドッペルゲンガーが取り憑《つ》いた。葉山くんは知らず知らずのうちに自分を呪った。自分で自分の向かう道がわからなくなったから。自分でない自分を望んだから、葉山英春は生き霊ドッペルゲンガーを生み、自らの鏡像さえも恐れるようになった」

芦屋は縁の見解に、膝に置いた拳を握る。

もしも、縁の言うことが正しいのならば、葉山のドッペルゲンガーは芦屋のお節介も一因となって生み出されたということになる。

「俺の、せいか?」

「さあね。本当のところは誰にも分かんないよ」

なんとか口を開いて尋ねてみても、縁はのらりくらりと受け流すばかりだ。

芦屋はうなだれて、額に手をやる。

「いや、そもそも、そんなに切羽詰まってたなら、……相談してくれたら、いつでも力になったのに」

「あはは。それも無理な相談じゃないか?」

あっさりと笑いながら切り捨てた縁に、葉山は眉をひそめて問いただした。

「なんでだよ」

「葉山くんはどう考えても芦屋くんに格好悪いところを見せたくないタイプだもの」

縁は目を丸くする芦屋に首を傾《かし》げながら答える。

「葉山くんはこれまでずっと、芦屋くんの相談に乗っている立場だったんでしょう？　頼りにしてくれる友だち相手に弱みを見せるのって、なかなか勇気がいることだと思うな」

芦屋啓介は葉山英春をきっかけに写真を始めて、美大にまで進学した。

葉山はセンスが良く、写真の歴史や技法についても博識で、芦屋は同い年ながら一目置いていた。だからよく進路の相談をした。芦屋は葉山を尊敬していたし、それを葉山に臆面もなく伝えていた。

芦屋はぐっと眉をひそめる。

縁の指摘はきっと正しい。

葉山はこだわりが強い男だ。決めたことには頑固だ。面倒見が良くて……格好をつけたがるやつなのだ。芦屋はよく知っていたはずだった。

「俺は励まし方を、間違えたんだな……」

芦屋が展示をやろうと誘ったとき、ズタズタに傷ついていた葉山はきっと取り繕おうとしたのだ。芦屋のために無理をして応じた。無理をして作品を作った。その無理が、ドッペルゲンガーを生んだに違いない。

うつむいた芦屋に、縁はなおも続ける。

「でも、そんな風に『今まで通り加工や合成を使いながら作品を作っていくか』『教授の言うように加工や合成をしないように作っていくべきか』で死ぬほど迷ってた葉山くんは、どこかで〝教授の考えに迎合する自分〟を『自分とは思えなかった』んじゃないかな？」

芦屋は顔を上げて、淡々と言う縁を見やった。

「だから葉山くんは最後までドッペルゲンガーを自分自身と結びつけずに済んだ。ドッペルゲンガーの怪異としての『見たら死ぬ』という効果が発揮されなかったわけだ」

ドッペルゲンガーは〝死の前兆〟として語られることがあるというのは、芦屋も知るところである。

だが、葉山はドッペルゲンガーを見ているのに死んでいない。

縁が葉山を描いて〝厄払いの絵画〟の能力が発揮されたからだろう。

芦屋はそう解釈していた。

「葉山くんが怪異に殺されずに済んだのも、芦屋くんが葉山くんの作品の方向性を認めて、励まし続けた結果かもよ」

しかし縁は別の解釈を披露した。

言葉を失う芦屋に、適当なことを言う。

「だったらそこまで自分を責めることでもないよ。たぶん」

芦屋にとって気が楽になるような見解でもあった。

同時に、芦屋は一歩間違えば葉山ともども死んでいたかもしれない状況に置かれていたことを察して、肝を冷やした。

縁は渋谷の喫茶店で「ドッペルゲンガーを二回見ると、本人でなくとも見た人も死ぬ」と言っていた。それはおそらく真実だったのではなかろうか、と芦屋はポーカーフェイスを崩さない縁を見て思う。

だから縁はわざわざ怪談をしにやってきたのだ。葉山と芦屋を除霊するために。

——助けるために。

「とりあえずドッペルゲンガーについては解決した。今後も怪奇現象で困ったらまた私を頼ってくれて構わないけど……一つ忠告しておこう」

それまでずっとなにかを面白がるように笑っていた縁の顔から笑みが消えた。

「基本的に、怪異っていうのは〝クソ野郎〟なんだよ」

率直な罵倒だが、縁の語り口には全く嫌悪感がない。ただただ事実を述べているだけのように聞こえた。

「幽霊ならおとなしくあの世に行くのが摂理だというのに、未練がましく現世にとどまって、あまつさえ生きてる人間に危害を加える。生き霊は、生きてる人間が人を呪うことで身を削って成り果て、危害を加える。そして一番始末に負えない、神にも等しい力を持った連中は人の理《ことわり》に配慮がない」

全てに諦観しているような口ぶりで語ると、芦屋を見据えて真顔で言う。

「どんな形であれふつうの人は本物の怪異と関わらない方がいい。だいたい人間の命が削られて終わるんだから」

芦屋は忠告する縁を見返した。

「……おまえはどうなんだ、月浪」

「私は別だよ」

パッと縁の顔に常の笑顔が戻る。

「なにしろ私は怪談が好きだ。こういうお祓《はら》いなり病院なりの紹介も好きでやっている。私も私で〝クソ野郎〟というわけだ。そういう認識でよろしく頼む」

芦屋が険しい顔で黙り込んだままなので、縁はさらに付け加えた。

「つまり、私に関わることもあまりオススメしない。なにしろ霊媒体質なのでね。また似たようなことが起きるかもしれないわけだ。ほんとにろくな目に遭わないよ」

そこまで言うと今度こそ縁は立ち上がり、いつの間にか手にしている葉山の部屋の鍵を指で引っ掛け、手慰むようにくるくると回した。

「それでは芦屋くん、せいぜい用心したまえよ」

「待て」

しかし芦屋も立ち上がって、縁を引き止めた。

「それだと俺の気が済まない。なにかしら礼をするのが筋ってもんだろ」

「……なんだって？」

目を丸くする縁であるが、芦屋はその反応すら苛《いら》だたしいと、縁を睨《にら》み据えた。

全く納得いかないからだ。

「今回の件、明らかに『ありがとうございました』の言葉だけで義理を果たせるような話じゃない。葉山だって、あのドッペルゲンガーを自分自身だと認識した瞬間、死んでたかもしれないんだよな？」

縁は一瞬目を泳がせたが、無言で圧をかける芦屋の気迫に負けて、ごまかさずに答える。

「まぁ。……そうだね」

「危ない。紙一重すぎる」

疑問が確信に変わって芦屋は唸《うな》るように低く呟《つぶや》いた。

やはり葉山も芦屋も、気づかないうちに危ない橋を渡っていたらしい。

「それで、月浪に助けられておいて、今後は関わったら怪奇現象に巻き込まれるんだから遠巻きにしろって言われても、そいつは不義理が過ぎると思う。借りがデカすぎる。このままなにもしないんじゃ俺が全く納得できない」

芦屋の駄々に、縁は困ったように頬をかいた。

「そう言われてもな……実際私が好きでやってることだし。葉山くんも治療の対価を兄の勤める病院に払うんだからいいじゃないか、それで」

「全く納得できない」

頑として譲る気のない芦屋である。

それに、芦屋には他にも気になることがあった。

「月浪はいつもこんなことを、……怪奇現象に遭遇するたび、兄貴と一緒に気を配って、描いた人間のフォローに回ってるのか？」

「再三言うことだけども、好きでやってることだから。兄もそれが仕事だからね」

縁の言いようはあっけらかんと聞こえたが、芦屋はどうも危なっかしさを感じていた。

葉山と芦屋を描いた絵から赤いテクスチャが剝がれたときの、満足げで深く安堵《あんど》したような顔を見ると、縁は赤いテクスチャを剝がすためならどんな危険もかえりみずに怪奇現象に突っ込んで行きかねない。

そう思い至った瞬間、芦屋の口から言葉が溢《あふ》れた。

「手伝う」

「は？」

縁は怪訝《けげん》の単音で返してくるが、口にした途端決意も固まったので、芦屋ははっきりと答えた。

「俺も手伝うと言った」

「なんで？」

心底わけがわからない様子の縁に、芦屋は静かに告げる。

「もう少しで、俺は友人を失うところだったかもしれないんだ。この借りは返さないと気が済まない」

「芦屋くん、人の話聞いてたか？　関わったら寿命が縮むかもしれないんだよ？」

全く理解に苦しむ、といった顔で、まるで深海魚や珍獣でも見るかのごとくの視線をぶつけてくる縁に、芦屋は戦法を変えた。ここは取引をするべきだ。

「俺は映像学科で主に写真を勉強している」

突然の宣言に、縁の頭上に巨大な疑問符が浮かんだような気がした。

「うん？　知ってるけど？」

「映像学科の人間が大学構内で写真を撮るのは当然のことだ。大勢の人間の写真《ポートレート》を撮るのは俺にとっても勉強になる」

そして縁のように、葉山や芦屋を助けられる機会を窺《うかが》うような人物なら、不幸を軽減できる〝厄払いの絵画〟のための参考写真はいくらあっても困らないはずである。

「月浪が知り合いに俺を紹介するとか、月浪の行動範囲に俺を連れていけば自然に写真を撮れると思う。そうやって俺が撮った写真を月浪に渡せる。それを参考に絵を描けるだろ？」

次第に芦屋がなにを言いたいのか理解したらしい。縁の表情から、徐々に真面目に芦屋の提案を検討していくのがわかった。

「そしたら月浪はもっと、自分と関わった人間をモチーフにして絵を描きやすくなるんじゃないか？」

ここが正念場だと芦屋は念を押すように頼み込む。

「頼む。手伝わせてくれ」

深く頭を下げた芦屋の耳に、しばしの沈黙のあと、縁の諦めを含んだ返事が聞こえた。

「……わかった。協力を頼むことがあると思う」

「了解だ。よろしく頼む」

顔を上げて明朗に言い放った芦屋を見て、縁が不服と怪訝の入り混じった複雑な顔をするのを、芦屋は見ないフリをする。

「『ついて行けない』と思ったらいつでも協力を打ち切ってくれて構わないからね」

「借りを返さない限りはそうもいかない」

意見を曲げる気など毛頭ない芦屋の返事に、縁は首を捻《ひね》って「変な人だなぁ、君」と失礼なことを呟いた。

第二章
仮面

【奥菜玲奈】


巨大なクジラの模型に、月浪縁《つきなみよすが》が足を止めた。

深海へ潜る瞬間を切り取った躍動的なシロナガスクジラの実物大の模型は、いつでも東京・上野《うえの》の国立科学博物館の傍らで来訪者たちを待ち構えている。

ちょうど遅咲きの桜が満開になっているから、見る角度によってはクジラが桜の海に飛び込んでいるようにも見える。

奥菜玲奈《おきなれな》は縁にならうようにクジラを仰ぎ見た。

「大きいなぁ。私はあんまり科博に来ないから、お目にかかるのは小学生以来かも」

と言っても、玲奈も縁も科学博物館を目当てに上野まで足を伸ばしたわけではなかった。

上野の森美術館で開催されている、夭折《ようせつ》した天才クリエイター・青背《あおせ》一究《いっきゅう》の回顧展を観《み》たあと、縁に四月の半ばでも桜がきれいな場所があるからと誘われて、科学博物館前にほんの少し足を伸ばしているわけである。

青空と桜、巨大なクジラの模型に見惚《みと》れていた玲奈に、縁が横から顔を覗《のぞ》き込むようにして微笑《ほほえ》む。

「私も科学博物館は久しぶりだよ。……クジラと言えば、星座のくじら座は〝この〟クジラの姿をしていないんだよね」

「そうなの？」

なにが縁の琴線に触れたのか、縁は海ではなく空にいる〝くじら〟について語り始めた。

「くじら座は、ギリシア神話の生贄《いけにえ》を求める巨大海獣〝ケートス〟っていう、ドラゴンとか大蛇に似た奴が元ネタで、全然見た目がこのクジラじゃないの」

縁は授業の要を教える教師のように、人差し指を立てて見せた。

「昔の世界地図の海の部分に、実在しない大きな海獣が描いてあったりするでしょ？　あういう感じの怪物なんだよ。最後にはペルセウスに退治されるんだけどね」

「本当だ……。初めて知った」

スマホで検索すると確かに縁の言う通りのイラストと逸話がまとめられたWEBサイトが出てきた。

玲奈はスマホ画面の〝くじら〟と、目の前のシロナガスクジラの模型を見比べる。

現実にいるクジラは生贄を求めない。人を食べることもない。

伝承というのはなかなかいい加減だなと玲奈は思った。

スマホを見つめて考え込んでいた玲奈に縁は優しく尋ねた。

「ごめんね。どうしても私はオカルトの話が好きだから生贄とか、神話とか、そういう話をしちゃうけれど。玲奈さんは、嫌じゃない？」

緑の気遣いに玲奈は瞬《まばた》いたあと、微笑む。

「そんなの今更だよ」

だって最初から、玲奈と緑の出会いから、オカルトも怪奇現象も絡んでいる。

緑と初めて出会った日。玲奈は従姉妹《いとこ》の代わりに卒業制作を設営するために冬休みの東京美術大学まで足を運んで、大学付属の美術館の中で怪異に遭った。

どうして玲奈の前に怪異が現れるのかわからなかった。

動転して、無我夢中で、荷物もなにもかも置き去りに逃げ出した玲奈とぶつかったのが緑だった。ぶつかったとき玲奈が尻もちをつくほど思い切り転んだから、かなりの衝撃だっただろう。いきなり飛び出したのは玲奈の方で、罵声なり抗議なりが最初に飛んできてもおかしくない状況だったのに、聞こえてきたのは、

「大丈夫？　立てますか？」

と、玲奈を心配する声と、差し伸べられた手のひらだった。

その手の持ち主を見て、玲奈は驚く。緑の雰囲気は従姉妹の奥菜理花《りか》によく似ていた。なめらかな陶器のような肌に、大きな瞳。女の子らしい華奢《きやしゃ》な体軀《たいく》。玲奈が心から並び立ちたいと思う敬愛する姉のような人。

たとえ別人でも、理花を彷彿《ほうふつ》とさせる人の前でカッコ悪いところは見せたくないと、玲

奈は自力で起きあがろうとしたが、腰が抜けているらしい。

「ごめんなさい。立てないみたい……」

無様に笑って誤魔化すことしかできない玲奈に鋭い声が尋ねる。

「美術館に、なにかいたの？」

人形のような顔に似つかわしくない険しい表情の縁に、玲奈は遭遇した怪異のことを思い出して、自分を抱きしめる。

「いえ、なんでもない、です。ちょっと、寒くて」

寒さだけが震えの理由ではないことくらい、玲奈自身よくわかっていた。それでも、玲奈に起きたことを縁に訴えるべきではない。きっと信じてもらえない。お化けに遭っただなんてそんな荒唐無稽な出来事、話したところで一笑されて終わりだ。なにも言えることがない。

「荷物、取って来ましょうか」

「え？」

歯切れの悪い玲奈に向けられたのは柔らかな声だ。思わず弾《はじ》かれたように顔を上げると、にこやかな微笑みが玲奈を迎えた。

「中にあるんでしょう？　コートとか、カバンとか。私が代わりに取って来るよ」

「あの……」

戸惑う玲奈に、縁はなにもかも見通した様子で言う。

「君はたぶん、とても怖い目に遭ったんだろうね。私はそういう、いわゆる怪奇現象に、よく出くわすから」

あえてさらりと軽い口調で述べられたセリフが、玲奈を気遣っていることは明らかだった。どうしてか玲奈が一番欲しい言葉をくれた縁に、不安と恐怖でいっぱいだった玲奈の目から一粒涙がこぼれ落ちる。

縁が息を呑《の》んだのを見て、玲奈は慌てて涙を拭った。

「……ありがとう」

「気にしないで」

玲奈の肩にふわりと自分のコートを羽織らせて、縁は美術館へと向かっていった。

縁が着ていたのはごく普通の、紺色のピーコートだったけれど、玲奈には温かく心強く思えて、脱力していた身体《からだ》に力が戻ったような気がした。玲奈はゆっくり立ち上がると、美術館のすぐそばにあるベンチに移動して、祈るように指を組んだ。

それからほどなくして、縁は玲奈の置いてきた荷物を抱えて戻ってきた。繰り返し「ありがとう」と言うことしか玲奈にはできず、「そんなに畏《かしこ》まらなくてもいいよ。大したことはしてないし」と笑う縁の顔を見て、ようやく安心することができたのだった。

月浪縁は奥菜玲奈をなんの躊躇《ためら》いもなく、見返りを求めることもなく、助けてくれた。そんな人と出会える機会なんて滅多にないのだ。きっかけが恐怖体験でも怪奇現象だったとしても、縁と出会えたことは幸運だったと玲奈は思っている。

東京の美術館はとにかく人が多いが、夕方ごろになると流石《さすが》に客も少なく、落ち着いている。公園にある喫茶店に入ると、向かいの席に腰掛けた縁は肩をすくめて言った。

「それにしても玲奈さんも変わってるよね。急に『東美怪奇会』に入るって言い出した時はびっくりしちゃった」

なるほど、縁がずっと物言いたげだったのはこの件を話したかったのかもしれない。

縁と玲奈の通う私立東京美術大学には『東美怪奇会』なるオカルトサークルが存在する。いわゆるオカルトサークルのメイン活動といえば、百物語の開催とか、ホラー映画鑑賞会とか、怪奇小説読書会とか、はたまた心霊スポット巡りをするのが一般的らしいが、東美怪奇会ではサブ活動扱いだ。東美怪奇会のメイン活動は来る美大の文化祭――東美芸術祭で数日限りのお化け屋敷《やしき》を作ること。東美怪奇会は美大のオカルトサークルだけあって〝恐怖をクリエイト〟する方に舵《かじ》をきっている。

大学構内でも屈指の広さを誇る一号舎の地下を丸々貸し切って興行するお化け屋敷は例年好評を博しており、メンバーの数も多い。

月浪縁も東美怪奇会のメンバーの一人だ。今では、奥菜玲奈も。

確かに玲奈は縁ほどオカルトに造詣が深いとは言えないが、東美怪奇会に入りたい理由が明確にあった。

「だって縁さん、遊びに誘っても『課題が大詰めー』とか『サークル活動が忙しいー』って言って全然かまってくれないんだもん」

ふくれながら言うと、縁は苦笑して首を傾《かし》げる。

「逆に私は玲奈さんの時間を作り出す能力にびっくりするんだけど。デザイン系の人たちはファイン系の比じゃないくらい課題が出るのに」

普段あまり意識していないけれど、そういえば縁とは学ぶ分野の傾向が違ったな、と玲奈は瞬く。

玲奈が所属しているのはグラフィックデザイン学科――いわゆるデザイン系で、イラストレーターやフォトショップなどのプロが使うソフトを用いて実践的に作品を作る。課題の量は多く、毎週なんらかの〝宿題〟が出ることも多い。

縁の所属する日本画学科はファイン系と呼ばれている。ファインは純粋芸術《ファイン・アート》からくる言葉でいわゆる〝美術〟〝美大〟をイメージしたときに浮かぶのはこちらに属する学生だろう。デザイン系同様に課題は出るが、縁から聞いたところによると『一ヶ月後の講評までに作品を用意しろ』など、ある程度まとまった時間をとることが多く、デザイン系のように課題が同時進行することは少ないようだ。

「私は締切《しめきり》がないとダメになっちゃう方だから。縁さんみたいに『長いスパンをかけてじっくり』っていうのがそこまで得意じゃないんだ。サボっちゃいそうで」

「玲奈さんならできると思うけどな。……いまはいくつ並行して作品作ってるの？」

玲奈の脳裏に手をつけている課題が浮かんだ。

「ポスターと小冊子と名刺とシルクスクリーンとWEB……五個かな。って言っても、作業量が多いのは中身まで考えないといけない小冊子とWEBだけで、あとはササッと終わるし。シルクスクリーンだって工房を予約して版を作るのが手間なだけで集中すればこう……サクッといけるよ！」

ぐっと拳を握って力説すると、縁は呆《あき》れ半分感心半分の笑みを浮かべてシトラスティーのストローをかき混ぜた。

「ササッともサクッとも終わらないのが普通だと思う。……玲奈さんの話を聞いてるとたかが絵一枚で『課題が大詰め』とか言ってる自分が恥ずかしくなってくるな」

「ええっ？　そんなことないでしょ。縁さんだって自分の身長より大きな絵を何枚も描いてるじゃない。私はあんなの描けないよ」

縁が一年次の終わりに描いたという作品を写真で見たことがある。作品と一緒に写る縁の身長から推察するに高さがおおよそ百六十センチ。幅は三メートル強の大きな画面に百鬼夜行を描いた大作だった。

「なんか、教授がやたらデカい絵を描かせたがるんだよね」

「結構大変なんだけど」と遠い目の縁に、玲奈は話を戻した。

「とにかく！　課題が大変なのはどの学科も同じでしょ？」

「同じ……かな？」

納得していなそうな縁が呟《つぶや》くのを無視して、玲奈は大真面目な顔で人差し指を立てた。

「縁さんが課題やサークル活動に忙しいのはしょうがない。だけど私とも遊んでほしい。……その場合私が同じサークルに入れば全部解決するじゃない？」

「だからってオカルトに興味がないのに無理してオカルトサークルに入らなくても」

「全然興味がないってわけじゃないよ。お化け屋敷も平気だし」

なにより、縁から教えてもらった東美怪奇会のWEBサイトやSNSの運用なども、玲奈が見たかぎり企業が作ったものと遜色がなかった。これは参加することで身になること、勉強になることも多そう――具体的に言うと就職の際に有利になる。との打算も込みで玲奈は入部を決めたのだ。打算に打算を重ねての入部だが、活動を真面目にやれば文句はあるまい。

そんな腹黒い思惑をオブラートに包んで、玲奈は縁に打ち明ける。

「それに東美怪奇会のお化け屋敷ってすごいクオリティだもん。広報活動も本格的でしょ？　私も広告代理店志望ですから、将来役に立つかもって思ったんだよね。去年はテレビ取材も入ったって聞くよ」

縁はある程度合点がいったようで、口元に手を当てて考えるそぶりを見せる。

「そうなんだよね。その辺りは会長のコネ……人脈かな」

「ああ、梁《りょう》会長！　あの人ちょっと変わってたよね。顔は格好よかったけど」

玲奈は入部の打診をしに、東美怪奇会の部室へ初めて乗り込んだ日のことを思い返した。

東美怪奇会の会長・梁飛龍《リャンフェイロン》は黒いバンドカラーシャツと黒いスラックスをまとった細身の美男で、その佇《たたず》まいからなんとなくデザイン系の学生なのだろうと玲奈はあたりをつけたが、結局どこの学科かは聞けずじまいだ。というのも、梁は愛想良く玲奈の入部を歓迎してくれたのだが、ふと発した『月浪くんが連れてくるのは面白い人たちばかりだね』という言葉を皮切りに、聞き捨てならないことを言い出したからである。

『奥菜玲奈くん。大変優秀な学生だと噂《うわさ》は聞いているよ。今年度のオープンキャンパスでは一年次の課題のほぼ全てが参考作品に選出されているね。先週あたりに内定の連絡が来たんじゃないか？』

美大のオープンキャンパスでは学生が課題で作った作品を展示、紹介することで授業内容を説明する。当然、選ばれるのは評価が高かった作品だ。授業で作った作品は研究室で保管されているが、作品が手元にある学生もいるため選出されたら事前に連絡がくる手はずになっている。梁の言うとおり、玲奈はすでに打診を受けていた。

だが、オープンキャンパスの展示の内情は個人の成績が関わることなので基本的によその学科の学生が知るはずがないし、作品が選出されたことも玲奈は誰にも教えていなかったはずである。

『僕はいわゆる〝事情通〟なんだ。君が彫刻学科を首席で卒業した奥菜理花の従姉妹《いとこ》であることも知っている。……奥菜というのは芸術に才ある家系なのだね』

などと、情報源はさらりとはぐらかしつつ、梁は実際〝事情通〟であることを隠さなかった。

玲奈は縁に「梁会長のあれは、どこ情報なんだろうね」とカフェオレのグラスに入れそびれたガムシロを注ぎながら言う。

「結局情報源がどこかもわからずじまいだし、本当にびっくりしたよ」

「顔が広すぎてよくわからないんだよな、梁《リャン》会長。学校内のことはだいたい知ってるし、ギャラリー関係とかマスコミ関係とかにもツテがあるみたい。本人も意味深というか、全てを見透かすような言動をするからギョッとはするよね。……別に悪い人ではないと思うけど」

縁の言うとおり、梁は言動の癖が強いだけで特に悪意はなさそうだった。むしろ行動はそれなりに親切だ。今日、縁と玲奈が足を運んだ青背一究展だって、梁がチケットをくれたから行くことができた展覧会である。

「もう観《み》ちゃったあとに言うのもなんだけど、回顧展のチケットなんて本当にもらってよかったのかな？　時間予約制でも枠がすぐ埋まっちゃってすごい倍率だって聞くよ？」

玲奈が入部するお祝いにと渡された青背展のチケットは入手困難で高値で転売までされているような代物だった。恐縮する玲奈に梁は「貰《もら》い物《もの》だから遠慮しないでくれ。……実は青背本人はともかく彼の作品が嫌いなんだ」などと言っていたので最後には受け取ったのだが、改めて、後ろめたい気持ちが湧きあがってくる。

「いいんじゃない？　梁会長が青背の作品を好きじゃないって言ってたのはこっちを気遣ったんじゃなくて本音だと思うよ」

淡々と述べる縁に頷《うなず》きつつも、玲奈は腑《ふ》に落ちない、と人差し指を頬に当てた。

「でも、梁会長が青背の作品が嫌いな理由もよくわかんなかったっていうか……。『〝命と引き換えになんでも思い通りの作品を作れる魔法の道具〟があったとして、それに頼った作品が作家の才能を表しているとは思えない』……だっけ？　これって青背一究のことなの？　なにかのたとえ話？　正直なんて返せばいいのかわからなくて困っちゃった」

玲奈が困惑まじりに言うと、縁は目を伏せて軽く頷いた。

「……そうだね」

『そもそもそんな魔法の道具があるの？』とか『青背一究がその「魔法の道具」を使っ

たと思ってるんですか』って聞いても、結局梁会長はのらりくらりかわして……。あ、でも、語ろうとしてたのを、縁さんが遮ってたね。しかも結構食い気味に」

尋ねた玲奈に、縁は嘆息して答える。

「入学してすぐに聞いて知っている話だったのと、梁会長の語りで呼び寄せかねないかなと思って。梁会長は割と怪異に対して肯定的というか『いてくれたらいいな』って思ってる言動をよくするから」

「オカルトサークルには怪異を面白がる人が多いから困るよ。危なくなる前に対処できるように、私も入部してみたんだけどね」などと縁がため息交じりに呟くのを聞いて、玲奈は曖昧に頷いた。

「へえ、そういうものなんだ？」

確かに、幽霊の話をすると幽霊が寄ってくるという話を聞いたことはある。玲奈のぼんやりとした相槌《あいづち》に、どうしてか縁は硬い声で首肯する。

「そうだよ。たまに怪談自体が怪異を呼び寄せるトリガーになることもあるし、なにより怪談は、語り方しだいなんだ」

縁は真面目な顔で続けた。

「筋を通して語ることで恐怖が消えれば除霊に。謎を残して語ることで恐怖を煽《あお》れば、寄ってくるんだよ」

「……じゃあ、私は大丈夫だね！」

玲奈は一度、縁と出会った日に「除霊になるし気分も楽になるから」との縁の勧めで怪談をしている。ホッと胸を撫《な》で下《お》ろして、玲奈は話を戻した。

「そういえば私、青背一究の作品が嫌いな人を初めて見たかも」

青背の作品はどちらかといえば大衆ウケするもので、特別尖《とが》った作風ではなかったはずだ。梁のように「嫌いだ」とはっきり言う人は珍しい。

縁は玲奈の言葉に思うところがあったのか、口元に手をやって難しい顔をしている。

「直接作品を見て思ったけど、私も会長が言いたいことはわからないでもないかな。たしかに青背の作品には青背本人の手跡というか、意思がないように見えたから」

「そうなんだ？　私はデザインのことはまあまあわかるんだけど、アート作品の評価や見方にはあんまり自信がないからなあ」

「ご謙遜を」

縁がニヤリと笑って玲奈を見る。玲奈は「謙遜とかじゃなくって」と軽く両手を横に振った。

「でも、ぶっちゃけた話、自分よりすごい人が身近にいると、自信を持って『できます！』とは言いにくいよ」

「理花さんのこと？」

気遣うような目を向けた縁に、玲奈は余計な心配はかけまいと努めて明るい笑顔を作った。遊んでいるときくらいは暗いことを考えたくないし、沈んだ雰囲気にはしたくない。

「そう。理花さんは本当になんでもできた。手先も器用で、博識で、作るもの全部センスがよくって、おまけにものすごくかわいいの！」

「玲奈さんだってかわいいよ」

真面目な顔で返されて玲奈は思わず面食らう。

「……あはは、ありがと」

「さては完全にお世辞だと思ってるな？」

縁が面白くなさそうに頬杖《ほおづえ》をついた。

「いやあ、だって『かわいい』じゃ私は理花さんに勝てっこないってわかってるもん。理花さんと私は背格好とか顔の系統とかは結構似てるんだけど……。なんていうか所作？　立ち居振る舞いが全然違うんだよ。あれは身内の贔屓目《ひいきめ》抜いても妖精とか天使感がある。肌の透明感とかすごいよ。フォトショップ要らず」

「なにそれ」

大袈裟《おおげさ》なたとえに縁は呆れた様子である。玲奈は構わずに続けた。

「なので、私はちょっと変化球狙いなんだよね。いつもキリッとしてるのは疲れちゃうけど、一応服装は広告代理店の人っぽさを意識しております」

ジャケットと高さのあるヒール。控えめなアクセサリー。清潔感と素顔を引き立てる遊びのない実用的なメイク。美大生の中では珍しいタイプの格好をしている自覚はある。玲奈の格好を改めて見直して縁も納得したらしい。

「デザイナー。業界人って感じだ」

「そうそう！　見た目から入る方なの、私。ほんとはかわいい、ヒラッとした服とかも憧れるんだけどね」

髪をまとめる紺色のリボンだけ、本当に好きなテイストを残している。ベロアのリボンに軽く触れてから、玲奈は縁のかわいらしい格好を羨望の眼差《まなざ》しで見やった。

「縁さんはスタイルが決まってるよね。モノトーンだけど、女の子らしくて素敵」

「ありがとう。私もちゃんとした格好をした方がなんとなく気分が上がるから。……でも課題が大詰めになると身なりに構わなくなるからよれよれのTシャツとデニムになるよ」

冗談めかして肩をすくめる縁に、玲奈は大袈裟に驚いて見せた。

「その縁さん見たことない！　ちょっと見てみたいかも」

「東美怪奇会も芸祭直前は作業量がすごいから、たぶん……そのうち見られるよ」

そこまで言うと、縁は居住まいをただした。

「だから、玲奈さんが課題との両立できるかちょっと心配。なんだかんだで怪奇会はファイン系のメンバーが多いんだけど、それもデザイン系の人たちが課題に追われがちなせいだと思うので。……くれぐれも無理はダメだからね」

縁が再三、東美怪奇会の入部について心配していたのは、玲奈が忙しくなってしまうことを懸念していたから、らしい。

「大丈夫だよ。私マルチタスク得意だから」

おどけて言いつつ玲奈は本気だった。色々な課題を同時にこなすのは得意なのだ。

縁は安堵《あんど》した様子でホッと息を吐いた。あごのラインで切り揃《きそろ》えたきれいな黒髪がさらりと揺れる。

「玲奈さんがよれよれになるところは想像できないな」

「あはは。私、見えっ張りだからどうしても格好だけはつけちゃうんだ。『もう意地でも格好だけは取り繕ってやる！』ってムキになっちゃう」

玲奈はテーブルの上に手を置いて、視線を手の甲に移した。

「だから、私がよれよれになってるときは本当に、自分じゃどうにもならないときなの。きっとどうしようもなくて苦しいときなんだ。……そのときは縁さん、また、あのときみたいに助けてくれる？」

恐る恐る縁を窺《うかが》う。縁は真面目な顔で、頷いた。

「遠慮なく助けるよ。玲奈さんが、助けてほしいと思っているなら」

けれど、縁は目を伏せて、静かに玲奈に問いかける。

「ねえ、玲奈さん。私の絵のモデルになってくれない？」

突然の提案だった。玲奈は首を傾《かし》げた。

いくつか作品を見せてもらったことがあるので、玲奈は縁が手がける作品の傾向は知っている。動植物や妖怪の絵が多く、人物の絵は一枚もなかったはずだ。それに、縁はどうしてか寂しそうな顔をしている。

玲奈はその顔の理由が気になりながらも、直接尋ねることはできずに結局別の、無難な疑問を口に出すことしかできなかった。

「縁さんって、人の絵を描かないんじゃなかった？」

「課題とかでは描いてないけど、家族や友だちの絵を描くこともあるよ」

友だち。――その言葉に少しだけ胸が弾んだ。

「いいよ。美人に描いてね」

冗談めかして言う玲奈に、縁もまた、微笑《ほほえ》み返した。

「あ、私も縁さんにお願い、というか聞きたいことがあるんだけど……」

縁が東美怪奇会に勧誘した人間は玲奈以外にもいるらしい。入部の際に聞いた梁曰《いわ》くの『面白い人たち』の正体が玲奈はずっと気になっていたのだ。尋ねると縁はあっさり口を開く。

「ああ、鹿苑《しかぞの》くんだね」

「えっ、大道具長の⁉」

東美怪奇会のメイン活動・お化け屋敷《やしき》を作るにあたって、舞台セットを作る大道具部門の長は重要な役職の一つだ。メンバーの中でもひときわ腕が立つ人間が選ばれると聞いているし、実際鹿苑旭《あきひ》は油画学科の中でもずば抜けて優秀な学生である。

「鹿苑くんの個展に行ったときにちょっと喋《しゃべ》って、そのときグループワークをやりたがってたから東美怪奇会を紹介したんだ。それまで個人制作しかやったことがなかったみたいで」

「そうなんだ？　鹿苑くんなら適当に声をかければ人が集まりそうに見えるけど」

なにしろ友だちを選ぶにしても恋人を選ぶにしても『いい作品を作る』ということがルックスや人柄よりも優先されることもあるのが美大生だ。鹿苑くらい上手《うま》いならファンも多いだろうし、組む相手には困らなそうだが。

玲奈が不思議そうにしていると縁は苦笑まじりに答える。

「彼、イエスマンが嫌いらしいよ。自分の言いなりになるような奴とは一緒に作る意味ないとか、やるからにはガチで作品について言い合える奴と作りたいとか言ってたな。その点、東美怪奇会は本気の制作サークルでもあるし、メンバーはそれぞれこだわりも強いし、人間関係で揉《も》めても梁会長がなんとかしてくれるだろうから、オカルトが嫌いじゃないなら向いてると思って勧めたんだ」

「なるほどね」

そういうことなら縁は適材適所に鹿苑を置いたことになるだろう。だが、鹿苑の言い分は若干鼻持ちならないと玲奈は頬を膨らませた。

「しかし鹿苑くん、めんどくさいな！　彼くらい上手いならファン目線になったりイエスマンになる子もいて当然じゃない？」

「あはは……。鹿苑くんも玲奈さんと同じですぐ入部届出してたよ。美大生はやっぱり行動力がある人が多い……」

途中で言葉を切った縁を怪訝《けげん》に思って、玲奈は尋ねる。

「どうしたの？」

「いや、行動力がある人間をもう一人思い出しただけ。たぶん、彼も私の影響で東美怪奇会に入ったんだろうけど」

縁は腕を組んで、首を傾げた。

「正直『なんでだよ』とは今でも思ってる」

そんざいなことを言いつつ、どことなく嬉《うれ》しそうにも見える縁に、玲奈は「ふーん」と気のない返事を投げる。縁が誰のことを話しているのかは、大体想像がついていた。

【芦屋啓介】

芦屋啓介《あしやけいすけ》が私立東京美術大学のオカルトサークル・東美怪奇会に入部したのは月浪縁が
きっかけである。
一年の秋にドッペルゲンガーの怪異に遭遇した芦屋は、予備校時代の同輩、同じ大学の
日本画学科に通う霊能力者である縁の計らいによって命拾いした——と芦屋自身は思って
いる。
縁本人はことの次第を曖昧に濁しているところがあり、芦屋を助けたことを特に恩に着
せてくるわけでもない。なんなら自らの霊媒体質に巻き込むのを嫌ってか芦屋とは距離を
とりたそうな素振りを見せてくるのだが、それを「はいそうですか」と納得できるほど芦
屋は物分かりの良《い》い男ではなかった。
割と無茶をしていることが言動の端々からうかがえる縁に協力関係を申し出て、承諾ま
で取り付けることに成功した芦屋である。
そのため芦屋は縁と行動範囲を重ねるべく、縁の所属する東美怪奇会にすぐさま入部し
た。結果、現在進級して春に至るまで、芦屋はそこそこサークル活動を楽しんでいる。
もともとホラーについては耐性もそれなりで嫌いでもない。メンバーがああでもないこ

うでもないと真剣にお化け屋敷のモチーフについて激論を交わすのを横から眺めるのも、面白い。

たとえば現状、オカルトサークルの根城たる部室棟の一室では三人の部員がやたらに作り込んだイメージボードをぶち上げてのプレゼンをしている。侍が斬り合うが如《ごと》く、スッパスッパと己の掲げるイメージボードの売りを言い連ねていくさまは迫力があった。

ある者は海外名作ホラーから着想を得た『呪いの家』推し。ある者は入院体験に裏打ちされた怖さを求めての『廃病院』推し。ある者は中国の伝統舞踊から着想を得た『中華風・百鬼夜行』推しで三竦《さんすく》みが展開されている。

白熱するプレゼンの様子を愛用のデジタル一眼レフでおさめていると、パン、という乾いた音が響いた。

「そこまで」

熱くなった議論にかしわ手を打ったのが東美怪奇会の会長、梁飛龍だ。それまでああでもない、こうでもない、とやっていたメンツは口をつぐんで、梁へと視線を向けている。

「みんな、素晴らしいプレゼンをありがとう。それぞれに思い入れと愛着、自信を持ってアイディアを練ってくれたことがよく伝わってきた。喜ばしいね」

梁はニコ、と目を細めて笑った。

「知っての通り、来る芸術祭で興行を行うお化け屋敷の内容は広告宣伝部門、大道具部門、衣装部門、俳優部門の代表の票で決める。判断材料は今のプレゼンで十二分に集まったと思うのだけど、異論はあるかな？」

その場にいたメンバーの中で、ツナギ姿の男がひらひらと手を振りながら喋り出した。

「すいませーん。異論っていうか一個聞きたいことがあるんすけど。聞いてもいいっすか？」

大道具長、鹿苑旭が軽い口調で尋ねる。梁が促すように「どうぞ」と手のひらを鹿苑へと向けると、鹿苑は水を得た魚のように生き生きと問いかける。

「この投票って意味あんの？　ぶっちゃけ、梁《りょう》会長が決めた案を俺らがブラッシュアップする方がクオリティ上がる気がすんですけど。だってあんた、プレゼン聞いた瞬間『正解』がもうわかってるでしょ。そうしないのはなんでです？　なんで会長は票入れないんですか？」

言われてみると、お化け屋敷のテーマ決めという重要な議題にもかかわらず、会長である梁の意見は反映されないシステムになっていた。鹿苑が疑問に思うのも無理はないと、芦屋は梁を注視する。

「僕が票を入れるとみんな忖度《そんたく》しかねないから」

恐ろしく傲岸不遜なことを涼しい顔で言ってのけた梁だが、その場にいる誰も否定しなかった。できなかった。と言い換えてもいい。

「それはダメ。『一人が選んだアイディアを信頼してもらって、みんなに付き合ってもらう』という企画の立て方を、東美怪奇会では採用しない。僕は独裁者になるつもりはないし、君たちにそういうやり方は向かないだろう」

梁はホワイトボードに書いた三つの案に目をやって続ける。

「確かにどのアイディアが集客できそうで、どのアイディアならみんなが作りやすいか、とか、そういうことに僕は勘が利くけどね。こればかりは実際に手を動かす部門のみんなが、自分たちで決めるからこそ、責任を持ってそれぞれの仕事ができるようになるんじゃないかな？」

梁は鹿苑からその場にいた各部門長、プレゼンをしていたメンバー、そして芦屋へと一人一人に視線を移す。

「改めて言っておくと東美怪奇会・会長の仕事は円滑なサークルの運営。優秀な人材のスカウトや適材適所への人事采配。金策。その他おおよそクリエイティブとは言い難《がた》い煩雑な事務作業……いわゆるサポートと雑用だ。これらは僕に任せたまえ。得意だから」

梁は演説めいた口調のまま、鹿苑に向けて言った。

「君たちはより良い作品を作ることに集中してくれればいい。そして、題材選びも作品制作のうち、だろう？……これが僕の答えだが、お気に召したかい、鹿苑くん」

「召しました。だよな！って感じっす」

にぱ、と愉快そうに笑う鹿苑を見て、梁のまとう雰囲気が冷気を帯びた。

「鹿苑くん、特別異論のないことにわざと突っかかって僕のスタンスを試すのを公にやるのはよろしくないよ。会議が伸びる」

嗜《たしな》められて不貞腐《ふてくさ》れたように後頭部へ手をやった鹿苑に、梁は口角だけを上げて続ける。

「TPOをわきまえたまえ。その手の議論は個人的にならいくらでも受け付けるが、鹿苑くん、いかがかな？」

梁の挑発とも取れる言葉に、鹿苑の目がギラッと光った。

「いいっすねえ！　TPO！　わきまえまーす！」

「よろしい。では投票に移ろう」

鹿苑のテンションがやたらに上がっているが、どうやら会議自体はひと段落したらしい。芦屋は足元に置いてあったリュックを肩に引っ掛け、投票の邪魔にならないよう静かに部室の外に出た。

放課後の東京美術大学の食堂は昼時の喧騒《けんそう》を忘れたかのような静けさだった。夕日が差し込んでずらりと並ぶ白いテーブルを赤く照らしている。何人かの学生がクロッキー帳やノートパソコンを開いての作業を行《おこ》なっていた。東美の食堂はさっぱりとしたカフェテラスのような雰囲気で、絵の具を使わない作業に寛大なのだ。

点在する作業中の学生たちの中に、明るい茶髪をポニーテールにくくった、姿勢良くパリッとした印象の女学生を見つけて芦屋は声をかける。

「前いいか？」

奥菜玲奈は作業中のノートパソコンから顔を上げた。

玲奈はグラフィックデザイン科の首席で広告宣伝《マーケティング》にも造詣が深い。東美怪奇会の宣伝SNSに手を入れ、みるみるフォロワー数を伸ばした実績を買われて、入部して二ヶ月足らずのうちに宣伝部門のエースになっていた。

玲奈は声をかけてきたのが芦屋とわかると右手を向かいの座席に向けて、愛想良く着席を促した。

「どうぞどうぞ」

遠慮なく玲奈と向かい合うように腰掛けた芦屋もリュックから出した自前のノートパソコンを開く。

カメラから写真のデータを移しながら口を開いた。

「一応頼まれてた写真は撮れたと思う。こっちで確認してから使えそうなデータを渡す」

「了解。修正《レタッチ》は私がやっても平気？」

曲がりなりにも自分で撮った写真なので、芦屋は加工を人任せにするのは抵抗があった。

サイズの変更やトリミング——写真の一部を媒体に応じて切り抜くこと——はデザイナーに任せた方がいいと割り切って、玲奈に伝える。

「修正とか色の補正は俺がやるよ。トリミングは奥菜に任せる」

「ありがとう、助かるよ」

玲奈はにこやかに応じた。

SNSにあげる活動記録の撮影を、芦屋は玲奈から任されていたのだ。

玲奈はそのまま自分の作業に戻るかと思いきや、芦屋の顔を見て、手を止める。

「ところで、芦屋くんって縁さん目当てでこのサークルに入ったの？」

玲奈の言葉に芦屋の手も止まった。怪訝そうに眉をひそめて芦屋は問い返す。

「本当に、急に、なんだ？」

「なにげに一緒にいること多いよなーって思って。芦屋くんが怪奇会員になったのって、縁さんよりあとでしょ？」

「確かに時期はそうだが……」

芦屋は自分が撮った写真を縁に提供することで、ドッペルゲンガー事件でできてしまった「借り」を返そうとしている。当然縁に接触する機会も意図的に増やしたが、そこに他意はない。もちろん縁と付き合っているわけでもない。

芦屋は玲奈に淡々と返した。

「その言い方だと俺が月浪に気があるみたいだろ」

「じゃあ、気はないんだね？」

あからさまに探りを入れられて、芦屋は露骨に「すっげえ面倒くせえ」という顔で答える。まともに構う気にもなれず、自前のパソコンに並んだ写真のサムネイルに目を移した。

「だいたい、奥菜の方が月浪と仲良いんだから、違うって知ってて聞いてるよな？」

芦屋は玲奈と縁がサークルの中で話しているのをよく見かけている。

人当たりは良いものの、縁は霊媒体質のこともあってか特定の誰かと親しくすることがない。だから縁が玲奈と親しげな姿を見て、実のところ珍しいと思っていたのだ。

そしてこの点は玲奈自身も自覚があるらしい。

「まあね。春休みに知り合ってから展示とかお買い物とか、つどつど行って仲よくさせていただいてますからね」

ふふん、と得意げに玲奈は笑う。茶目っ気のある笑顔だった。

「縁さんには絵のモデルも頼まれちゃってるし。どうだ。羨ましかろう？」

「……なんで逐一煽《あお》ってくるんだ」

したり顔の玲奈にイラッと返して、芦屋はため息をこぼす。

「俺は月浪に借りがあるから、それを返したいだけだぞ」

「ふーん」

玲奈は信じているのかいないのか曖昧な返事を寄越した。

芦屋から作業中のパソコンに目を移して、ほとんど独り言のように告げる。

「なら、ますます私と一緒かもね」

芦屋は若干の興味を惹《ひ》かれてモニター越しに玲奈を窺《うかが》った。

玲奈は芦屋に話しかけているというより、自分自身で確認するようにマウスを動かしながら呟《つぶや》く。

「というか、私が縁さん目当てでサークルに入ったクチだから」

確かに、玲奈は他の部員に比べるとオカルト愛好の気配が薄かった上に縁との交流を目にしていたから納得はできるものの、

「なぜそれを俺に言う？」

と、芦屋は聞かざるを得なかった。

「私も芦屋くんと同じで縁さんに借りがある。助けてもらったことがあるんだ。お面の、お化けから」

「……どういう経緯だ？」

〝お面のお化け〟がどういうものなのか、現状ではさっぱりわからなかったが、玲奈がどうも話を聞いて欲しそうに見えたので、芦屋は促すように聞き返す。

玲奈は芦屋を上目に窺うと、使っていたノートパソコンを閉じた。

私立東京美術大学・グラフィックデザイン学科二年、奥菜玲奈は語る。

滑らかに。いつかの月浪縁のように。


【奥菜玲奈】


私には奥菜理花という従姉妹《いとこ》がいる。

理花さんは東美の彫刻科を卒業した抜群にデキる人なんだけど、明るくてとっても謙虚な人なの。私の自慢の従姉妹で、憧れなんだ。三つ年が離れてるから在籍期間は一年しか被《かぶ》らなかったんだけど、それでも同じキャンパスに通えて、嬉《うれ》しかった。

去年の、今くらいの時期だったかな。理花さんの就職が決まったって聞いて、私はちょっとしたお祝いを持って理花さんの家を訪ねたの。

私は勝手に理花さんの就職先は、きっとジュエリーデザイン関係だろうと思っていた。理花さんは自分で彫金した指輪やピアスをいつも身につけていたし、販売もしていた。固定ファンも結構居るって聞いてたしね。

でも、理花さんにプレゼントを渡して就職先のことを聞いたときに返ってきた答えは、私にとっては予想外のものだった。

「私、能面師になるの。弟子入り先を探すのは大変だったけど、決まって良かった」

キラキラの笑顔で言った理花さんに、私はたぶんポカンとした、間抜けな顔を見せていたんだと思う。

「意外かな……？」って、困った顔で言わせてしまったから。まあ、実際のところ本当に意外だったんだけど。

だって能面師って、伝統芸能の「お能」のお面を彫る人のこと。職人さんのことでしょう？　私は理花さんが、お能が好きだってことさえ知らなかった。それに、いくら好きでも伝統芸能に携わるのを職業にしたいと思うのって、情熱がないと難しいことだし、すごいことでしょ？　だからいつからお能が好きなのか、なんで能面師になろうと思ったのかを理花さんに尋ねてみたの。

そしたら理花さんは、子供の頃、不思議な体験をしたのがきっかけだって言うのね。

理花さんが七歳の頃。父方の実家——私にとっても祖父母の家だけれど——に向かった時のこと。

祖父母の家は山間にある古いお屋敷《やしき》で、雰囲気のある建物なの。あんまり目立つから地元では奥菜御殿とか、奥菜屋敷とか言われていて。

……あはは、そこだけ聞くとなんだか『犬神家《いぬがみ》の一族』みたいだよね。でも、ある意味小説よりも変な家かも。

奥菜屋敷は和洋折衷で、広くて、そして奇妙な、迷路のようなつくりをしている。引き戸と普通のドアが混在してるし、廊下もなくて部屋と部屋が直接繋《つな》がってたり、書斎と茶室が隣り合わせにあったり……生活動線のことなんか考えてないでしょっていうくらい、めちゃくちゃなの。

理花さんは子供心に変な家だなと思った。この家を建てた人間はわざと家を迷路のようにして、人を迷わせようとしている。そんな意図を感じたんだって。

でも、子供にとってはそんな迷路みたいな家、格好の遊び場になると思わない？

理花さんは奥菜屋敷の部屋のそれぞれに興味を惹かれて、大人たちが話し込んでいるのをよそに冒険気分であちこちを見て回った。

いくつも四季折々の花々が描かれた襖《ふすま》を開き、いくつも違う細工の取っ手をした扉を開けた先で理花さんは突き当たりにある部屋にたどり着いた。

重たい扉を開くと、四畳半ほどの窓のない和室に、お面が二つ飾られている。

横に広い仏壇風の台の中、皿立てのような器具にお面が顔を見せるようにして置いてあったらしいの。

理花さんはお面をしばらく眺めて、好奇心にかられるままに、そのお面の片方を手にとって……被った。

うん？　別にそれでなにが起きたってことはなかったみたい。勝手にお面を触ってあちこち動き回ったことはお母さんには叱られたらしいんだけど、お面を被ったからってその後奇妙な出来事があったとか、不幸なことが起きたとかいうことは別になくて……。ただ、それが理由かはわからないけど理花さんはそのあと一度も奥菜屋敷には行ってない。だから、最初で最後の奥菜屋敷での冒険はただの幼少期の思い出の一つとして理花さんの頭に刻み込まれたエピソードになった。

理花さんは「お面を見たことはないか」と尋ねてきたけど、私は当然見たことがなかった。だいたい奥菜屋敷には小学生の頃に一度だけお邪魔したきりで、お面が飾られている部屋があることも初めて聞いたから。

……帰省しないのってそんなに変わってる？　うちは祖父がかなり気難しいし、子供嫌いで、私も実は一回しか会ったことがないんだ。祖父を気遣ってか、私の両親が「奥菜屋敷に帰省しよう」って提案するのも聞いたことがない。なので今は実家に帰るという習慣が奥菜の家にはないんだと思う。

理花さんは私がお面を見たことがないと知ると残念そうにしていた。

「玲奈ちゃんがお面を見ていたのなら、どんな顔をしていたのか思い出せたのに」って。

小さい頃のことだから記憶が曖昧なのはしょうがないにしても、お面の性別とか浮かべていた表情くらいは覚えていそうなものなのに、理花さんは、

「お面の顔だけはのっぺらぼうみたいに抜け落ちてて、思い出せないの」

と、自分でも不思議そうにしていた。

でもやっぱり、その奥菜屋敷での冒険がきっかけで、仮面やお面を見るのが好きになったって理花さんは言ってたよ。外国の仮面も好きだけど、一番興味を惹かれるのが能面で、一人で観劇に行っているうちにどうしても能楽に携わる仕事がしたくなったみたい。

「卒業制作もお面にしたんだよ。今作ってる途中だから、完成したら見に来てね」って言ってくれたから、私は当然のようにその年の卒業制作展にも足を運んだの。


一月末に展示された理花さんの卒業制作は事前に聞いていた通りお面だった。

理花さんの展示スペースには丸い鏡を中心に、作品のお面をつけた人を撮った写真パネルが四枚と、展示台の上に能面風の白い自刻像《マスク》と黒い自刻像《マスク》が左右対称に置かれていた。

作品タイトルは『陰・陽（奥菜理花）』、このお面を制作した意図が解説で語られている。

『「上面《うわつら》」という言葉がある。これは物の表面、本質からかけ離れた外面的なものを指す言葉だ。「外見というのが内実に比べて軽薄である」という意識から発せられた言葉だと

思う。

しかし、日本の伝統芸能である「能楽」では女の面をつければ能楽師は女になり、鬼の面をつければ能楽師は鬼になる。能面を身につけることによって、能楽師は面の属性を与えられる。この場合の本質というのは能楽師の内面ではなく「能面」という上面にある。

そして、このように役に扮《ふん》する、演じる場面というのは、そうと意識していないだけで意外に私たちの身近にもあるものだ。例えば、アルバイト先で理不尽なクレームをつけられたときに内心腹が立っていても、すまなそうな顔をしておらしく謝ってみせる。これは仕事をスムーズに終わらせるための対応で、本心とは異なる演技だ。

だが、この演技が優れていた際に、それを上面だと看破できる他者がいるだろうか。それどころか、本質が上面とは別のところにあると思っている自分自身でさえ、役柄にのめり込んだなら、上面と本質は区別できないほどに近しくなり、最終的には同化してしまうのではないか。

だとすれば、私たちは常に「私」という仮面をつけて生きている。

私は能面制作の技法を用いた二つの自刻像の制作を通して、外面と内面にある「本質的」なものを具象化し、捉えることを試みた。』

……たぶん細部は違ってるだろうけど、そんなようなことが書いてあった。

作品と鏡を置いて、実際にお面を被れるような体験スペースを設けたり、いろんな人が理花さんのお面を身につけている写真も一緒に展示して工夫があった。お面自体もよくできてたから、さすが理花さんだって感心したけど、……なんだか異様にも思ったよ。

理花さんの顔をしたお面を、カフェとか普通の家の中でつけている赤の他人を見るのはちょっと不気味だったし、お面自体も材料は木材なのに、血が、きちんと通っているような気がしたんだよね。……それだけリアリティがあって良い作品ってことなんだと思うけど。

遠目からの鑑賞を終えた私は、手袋をはめて理花さんのお面の一つに触れた。

作品のうち、触れるのは一つだけ。理花さん自身の顔を精巧に彫った、白い自刻像のお面――『陽の奥菜理花』。

『作品はデリケートです。顔につけず少し離して、かざすようにして鏡を見てください。』

という、注意書きの横に置かれたそのお面を私は手に取ってみた。お面と展示台とを革《かわ》紐《ひも》で繋いであったから持ち出せないけど、確かに擬似的にお面をつけた状態を鏡の中で再現するくらいのことはできそうだった。

私は鏡とお面を見比べて……結局お面を自分の顔にかざして見るようなことはしなかった。……できなかったの。

なんだか怖いと思ったから。

たぶん、事前に理花さんが帰省した時の話を聞いていたせいもあって、なにか引っかかったんだよね。こんな風に思ったの。

理花さんは自分の顔のお面を彫ることで、奥菜屋敷にあったお面の穴埋めをするように、この作品を作ってしまったんじゃないか。それはなんだかとても……まずいことなんじゃないかって。だって、理花さんの記憶の中のお面は、顔が抜け落ちているんだから。

嫌な感じを覚えて私は手に持っていたお面を元に戻した。その時「白い自刻像」のお面が展示されているあたりで、短い髪の毛か、長めの髭《ひげ》のようなものがそよいだ気がした。一瞬だけお面の顔がすげ変わったみたいな、変な感覚があった。

思わず二度見しちゃったけど、もちろん理花さんが打ったお面には髪も髭もないし、見間違えそうなものもそばには無かった。

うん。たぶん、単なる気のせいだろうね。でも、その時は自分でも不気味なことを考えた後だったからすごく怖くなっちゃって、私は卒展の会場から逃げるようにして帰ったよ。

家に帰ってもなんとなく嫌な感じは拭えなくて、不安に駆られるままに、理花さんに連絡を取ることにしたの。

嫌な予感とは裏腹に理花さんの返信は早かった。だから私は安心して、卒業制作展を見に行ったことと、作品の感想を打ち込んだ。

『展示方法が面白くて、作品もとてもリアルで良かったです！』的な、無難な感想。

それで止めておけば良かったんだけど、最後に覚えた感覚がずっと付きまとってるみたいにモヤモヤするし迷ったけど書いちゃったんだ。

『実は、お面の顔が一瞬別のものに見えた気がしました』って。

そしたら、理花さんの文面が目に見えておかしくなってしまった。

『そう思う？』『本当に？』と、確かめるような言葉が並んだ後に『実は私、顔が動かないの』って返事が来た。

……顔が動かないって、どういうことかよくわからなかったし、そのあとは『どうしよう』とか『お父さんもお母さんもどうしようもないって、諦めろって言う』とか、要領を得ない返事ばかり矢継ぎ早に送られてきたから『落ち着いて。通話しませんか？』って返した。

そしたら理花さんは『顔が動かないからうまく話せない』って言うの。

そのあとは、私の返事なんてたぶんろくに読んでなかったんだと思う。

『一年かけて二つ面を彫っていった』

『デザインも彩色もほとんど迷わないで彫り進めて、色を入れた』

『材木の中に顔が埋まっていて、私はそれを彫り出すだけが仕事のような気さえした』

『面を完成させると途方もない満足感が押し寄せた。これは傑作だという、身震いするほどの手応えがあった』

『だけど最後の黒い自刻像の面に、仕上げの紅を差した瞬間、すっと気持ちが醒《さ》めて、なにか、おぞましいものを生み出してしまったような気がした』

『私も自分で作った面が全然違う顔に見える時がある』

『展示場所に面を置いてから日毎《ひごと》に顔が動かなくなって、今ではまともに喋《しゃべ》れもしない』

『筆談で両親に助けを求めたけど「諦めなさい」とか「盗まれたのは顔だけなんだから温情と思え」って言う』

私は、弾丸のように打ち込まれてくる文章に圧倒されながらも「顔を盗まれた」っていう表現にちょっと思うところがあって、こう返信してみた。

『なら、いっそのことあのお面を壊してみたらどうでしょう。顔を盗《と》られたっていうのなら、取り返してみればいいんじゃないかな』って。

そしたら理花さんの雨のような言葉が止まって、しばらくしたあと『ありがとう。そうしてみる』という言葉が返ってきた。

それ以上はなにも返ってはこなかった。

一週間ほど経《た》っても音沙汰がなく、私は理花さんと連絡が取れなくなってしまったことに気がついた。

もしかして、軽率に「作品を壊してみれば」なんて提案したから怒らせてしまったのかもしれないと思って、私は少し様子を見ることにしたんだけど……この判断が正解か不正解かは、いまだにわからないんだ。

理花さんの卒業制作は優秀賞を取ったけど、式典はおろか卒業式も行かなかったみたいで私のところまで連絡が来た。

てっきり、私とのやりとりはなくても、大学には顔を出しているだろうと思ってたのに、まさか行方不明になってるなんて。……迷った末に理花さんの両親にも連絡したけど、二人とも様子がおかしいところはなくて、理花さんが顔を盗られたとか、そんな話はしなかったよ。ただ、理花さんは卒業制作展が終わる頃に家を飛び出したきり、ずっと家に帰っていないんだって、教えてくれた。

……理花さんが家を出たのは、私のせいかなって思ったの。私がメッセージを送ったのも、ちょうどその頃だったから。

だから、彫刻科の研究室から理花さんの作品の、卒業制作優秀作品展の設営を頼まれたのを引き受けたんだ。理花さんも『自分の作品が展示されてるかも』って思ったら、気になって見に来てくれるんじゃないかって。万が一の可能性に、賭けたの。

卒業制作の優秀作品展の展示会場は大学構内にある美術館。朝の十一時過ぎに会場に向かうと、それぞれ選ばれた学生たちが作品を吊《つる》したり、展示するための什器《じゅうき》を運び込んだりしていた。賑《にぎ》やかな雰囲気だった。四苦八苦している人もいればサッと済ませてその場を後にした人もいる。

私の任された仕事というのは理花さんが設営したのと同じような状況にお面を置けば済む、簡単なものだったから、分類で言えば後者だった。什器もキャプションも流用すればよかったしね。

私は什器や、木の箱にしまってあった白黒の自刻像を展示会場に運んで、手早く飾り付けた。天井から写真パネルを吊すのも集中してやればそんなに時間はかからず終わったよ。

これでよし、と私は空になった箱を手にその場を立ち去ろうと思った。その時だった。

――周囲で一切の音がしないことに気がついた。

展示会場が不自然なまでに静まり返っていた。

あんなに人がいたのに、どうして、と振り返った私の目の前に——信じられない光景が広がっていた。

理花さんの作ったお面は白と黒の自刻像の二つ。だったはずなのに。

展示台に置かれていたあれは、ちゃんと肌だった。長いまつ毛も、整えられた眉も、本物だった。……比喩じゃなく、血が通っていた。

生きている理花さんの顔が二つ、並んでいる。

そう、私が理解した瞬間。

後ろから耳元に生温かい息がかかった。

「仕上げをありがとうねぇ」

粘りつくような悪意と歓喜の滲《にじ》んだ、理花さんの声だった。

けれど、絶対に声の主が理花さんでないことはわかった。わかってしまった。

私は大急ぎで会場の出口まで駆け出した。一刻も早くその場から離れたくて仕方がなかったから。

——とうとうたらりたらりら、たらりあがりららりとう、ちりやたらりたらりら……。

独特の節回しの、呪文のようなものを唱える理花さんの声が走る私を追いかけてきて、展示会場から遠ざかってもずっと、耳にこびりついて離れなかった。

【芦屋啓介】

「無我夢中で展示会場から飛び出した私とぶつかって、『大丈夫？』って声をかけてくれたのが縁さんだった」

怪談を語り終えて、奥菜玲奈は静かに目を伏せる。

「縁さんは、自分は霊能力者だって。自分に起きた出来事を怪談として誰かに話すことで、怪異を祓《はら》うことができるって教えてくれた。実際話してみて私はすごく気分が楽になったし、お面のお化けもあれから見てない。……もしも、縁さんが私の話を真剣に聞いてくれなかったら、私は大学に来れなくなってたかもしれない」

通う大学構内で恐ろしい目に遭っても、玲奈がある程度落ち着いていられる理由が、怪談の聞き手である芦屋啓介には、なんとなくわかる気がした。

縁は玲奈にこの〝怪談〟を語らせたのだろう。芦屋がドッペルゲンガーの怪異を語った時と同じように。その上、玲奈は芦屋にも〝怪談〟を語れるようになっている。

かつて「怪談は怪異を解体する」と言っていた縁の言葉が正しいなら、怪談をすればするだけ怪異は無力化されていくのだろう。

（奥菜にとってはいいことだろうな。たぶん、月浪にとっても）

ただ、芦屋には気になることがあった。

「その、理花さんの行方は今どうなってるんだ？」

奥菜理花の安否についてこの怪談では結論が出ていない。

芦屋の疑問に玲奈は沈鬱な表情で答える。

「……実はまだわかってないの。でも、都内で見かけた人もいるらしいから必ず見つけられるって信じてるんだ」

不意に明るい笑みを浮かべて玲奈は話題を変えた。

「ねえ、縁さんって、他人と一線を引いてるところがあるでしょ？　内気とか、人付き合いが苦手って感じじゃないのに。歓送会とかの宴会には必ず参加するけど当たり障りのないことを喋って二次会は絶対行かないし……」

「そうだな」

芦屋にも思い当たるところがあるので素直に頷《うなず》く。玲奈は笑ったまま、少し寂しそうな顔をして続けた。

「懐に他人を入れない。自分も他人の懐に入らない感じ。なのに、迷わずに困ってる人に手を差し伸べるんだもん。格好がいいよね」

また爽やかな笑顔に戻った玲奈に、芦屋はよく表情が変わる奴だな、と思った。

色素の薄い瞳が夕映えにきらきらと輝く。

「私は縁さんともっと仲良くなって、借りを返したいんだ。同士だね、芦屋くん」

※

「——という話を聞いたんだが」

奥菜玲奈の話を聞いてすぐ、芦屋啓介は日本画棟のアトリエに足を運んでいた。

月浪縁は自分の背丈をゆうに超える巨大な木製パネルの前に立ち、課題作品に取り掛かっている。

床に作業スペースを示すブルーシートを広げ、その上に馬や龍、鹿、中華風の雲のスケッチが散乱していた。なんだかそれすらも作品の一部のようだった。

縁が描いているのは〝麒麟《きりん》〟だ。

下絵の段階でも力強く、優美で、こちらを傲岸不遜に見下ろしているのがよくわかる。

話し終えた芦屋が思わず縁の手元を目で追っていると、縁は手を止めて、鉛筆をケースに戻しながら芦屋に答える。

「へえ、玲奈さんそんなこと言ってたの」

適当な返事をよこしたかと思うと、縁はすぐに自分のリュックサックからタブレット端末を取り出した。

芦屋がクラウドに投げた『白熱するプレゼンの写真』を確認すると、満足げに頷く。

「うん。いい写真だ。それにしても芦屋くん、怪奇会にすごく馴染《なじ》んでるね。奇人変人の集まりに馴染むのは良《い》いんだか悪いんだか……」

「それ、奇人変人代表の霊能力者が言えたセリフか？」

芦屋の指摘は都合が悪かったらしく縁は笑顔で黙殺した。芦屋は構わずさらに続ける。

「俺はもともと心霊写真とかホラー映画とかも嫌いじゃないんだ。ホラーを作る側に回るのも面白いもんだな」

「あっそう」

なにが気に入らないのか面白くなさそうな縁である。

芦屋はしばし沈黙して、次に発する言葉を選んだ。玲奈の話を聞いてから気になっていたことがあるのだ。

「月浪《つきなみ》が正面切って奥菜にモデルを頼んだのが意外だった。俺と葉山《はやま》のときは勝手に絵を描いてただろ」

芦屋の指摘にぐっと縁は言葉に詰まる。どうやら痛いところをついたようだ。

「それは、……正直申し訳ない。あれは本来個人的な作品で表に出すものじゃないから、多少大目に見て欲しいところではある」

縁はため息交じりに続けた。

「芦屋くんも察していると思うけど、私が一番描いてるモチーフは実在する人間だ。でも、モデルのいる作品を他人に見せるのは、赤いテクスチャが浮かんでしまったときに限っている」

つまり、縁がモデルのいる絵を誰かに見せるのは除霊するとき――怪談を催すときだけ。理由はわかる。万が一赤いテクスチャが課題や個展などの公に発表した絵に現れたら大問題になるだろう。人や生き物を描くのに、縁は慎重にならざるを得ないのだ。

それなのに縁は玲奈を描きたいと頼み込んだ。

「玲奈さんは否《いや》が応《おう》でも怪異に関わっちゃうから、イレギュラーだったんだよ」

縁が口にした芦屋への答えは、どことなく不穏な言葉に聞こえる。

「それ、奥菜の怪談が終わってないこととも繋《つな》がるか？」

縁は芦屋の顔を黙って見つめ返した。無言のうちに論拠を問い返されている気がしたので話を続ける。

「あれで終わりじゃ、奥菜の従姉妹《いとこ》は行方不明のままだ。卒制の面が作り物じゃない従姉妹の顔に変化した理由も、奥菜が聞いた意味深な呪文の意味もよくわからん……」

芦屋は話しているうちに、あることに気がついた。

「なあ月浪、この怪奇現象は奥菜の従姉妹が屋敷《やしき》で面を被《かぶ》ったことがきっかけになってるんだよな？」

「玲奈さんの語り口からすると、そうだろうね」

「だったら、奥菜屋敷に行けばなにか、……怪奇現象の大元を断つような、手がかりみたいなものがあるんじゃないか？」

「あるよ。間違いなく、奥菜屋敷には芦屋くんの言う〝手がかり〟がある」

「……はあ？」

やけにあっさり肯定されたので、芦屋はかえって戸惑った。

「なら、なんで行かないんだよ。奥菜の従姉妹が行方不明になった理由が怪奇現象のせいなら、〝お面のお化け〟を倒すなり成仏させるなりすれば、従姉妹が見つかったりするんじゃないか？」

縁は首を傾《かし》げた。

「芦屋くんがそれを私に聞くのはなぜかな？」

「玲奈さんに直接聞いてみればよかったじゃない。幸い〝偶然〟玲奈さんは私みたいな霊能力者が友だちなんだから、奥菜屋敷に連れて行けば怪奇現象をズバッと解決。理花さんは生還。のハッピーエンドを迎えることができるかもしれない。なのになぜ、そうしないのか」

茶化すような物言いに芦屋は思わず半眼になったが、縁の疑問はもっともだ。当事者に聞けば話が早いのは芦屋もわかっている。しかしそうしなかったのにも理由がある。

「なんか引っかかるし、しっくりこないんだよ、奥菜の話……」

だいたい、縁の言う通りなのだ。玲奈の語り口は理花が奥菜屋敷で被った面がすべての元凶であると示唆している。その状況で月浪縁という〝お面のお化け〟に対抗できそうな友人がいるのなら、いまだ行方不明の従姉妹の理花の居場所を探すためにも縁を頼って屋敷に行くのが最適解のように思える。

――なのに、なぜか玲奈はそうしないのだ。

腕を組んで考え込んでしまった芦屋に、「まあ、芦屋くんが玲奈さんに口をつぐんだ心理もわからなくはない。語り手に『お前の話は筋が通ってない』とは面と向かって言いづらいだろうね」と、縁は一定の理解を示すようなことを言ったあと、平淡《へいたん》な眼差《まなざ》しで芦屋を射貫いた。

「芦屋くん、ちょっと頼みがあるんだけど」

「なんだ藪《やぶ》から棒に」

縁は憂鬱そうな顔でタブレットを操作して、芦屋に向ける。

「これを見てくれ」

縁に従って画面を見ると、作品写真のサムネイルがズラリと並んでいた。

どうやら縁は自分の描いた絵を一枚一枚、写真に撮って管理しているようだ。

「……マメだな」

「あらかじめ整理しておくと便利なんだ。作品集《ポートフォリオ》を作るのも楽だし、そしてなにより、絵の変化が確認しやすい」

褒められても縁は淡々とした様子である。

「私の絵が変化した場合、本体以外の〝写し〟も変化する。絵を撮った写真にも赤いテクスチャの変化は反映される」

タブレットの画面をスクロールしていく縁が、ある作品を指した。

奥菜玲奈を描いた絵だった。

赤い小花を束ねて作った、ボリュームのある花束を抱えた玲奈がこちらに向かって微笑《ほほえ》んでいる。

ポニーテールにまとめた明るい茶髪の束感や唇や肌の透明感を演出するべく、光を筆先で丁寧に追っているのがわかる。第二の主役である花束の描写も見事だ。花弁の柔らかさや茎の硬さをよく捉え、画面を豊かに見せている。濃い緑の背景にはエキゾチックな雰囲気の草花がうっすらと模様のように描き込まれていた。

細かな仕事の行き届いた洒落《しゃれ》っ気《け》のある絵だった。小説の装丁に使われるような、ニュアンスのある作品である。玲奈の流行に敏感な雰囲気や社交的な性格を掴《つか》んで絵に滲《にじ》ませているあたりに作家の技量が表れた佳作だ。

――いずれも、赤いテクスチャが現れていなければの評価だが。

玲奈の顔の右半分を赤い血のようなテクスチャが覆って、繊細な描写の全てを台無しにしてしまっていた。これではオペラ座の怪人のファントムのようだ。赤いテクスチャの表面には木目模様が浮かび、それが一層不気味な雰囲気に拍車をかけている。

赤いテクスチャの形は怪異の性質が反映されるらしいが、芦屋には玲奈の顔に覆《おお》い被さる赤いテクスチャがなにを暗示しているのかさっぱり理解できなかった。

それになにより、芦屋は縁がとっくに玲奈に取り憑《つ》いた面の怪異を除霊していると思っていた。怪談をすることで〝お面のお化け〟を除霊したとばかり思い込んでいたが、この作品写真を見るに、玲奈は未《いま》だに怪異に取り憑かれている。

現在も行方不明の理花が取り憑かれているならともかく、玲奈が取り憑かれているというのは、おかしい。

芦屋は縁の顔を見て尋ねる。

「……月浪は、奥菜を除霊しなかったのか？」

「まさか」

縁は即答した。

「私は選《え》り好《ごの》みしない主義だ。やるだけのことはしたさ。春休みに奥菜さんから怪談を聞いている。……でも、怪談での除霊には条件がある。玲奈さんは芦屋くんと違って、条件を満たしていなかったんだ」

冷え切った言葉を言い放ったのと同時に、見計ったように縁のスマホから通知音が鳴った。メッセージが届いたらしい。

縁は持っていたタブレットを芦屋に渡してスマホの画面を見ると、文字を追うごとに眉根を寄せて、最後には悔しげに唇を噛《か》んだ。

「……また、怪談を催さないといけないな」

低い声がアトリエにぽつりと落ちたのを、芦屋の耳は拾っていた。

※

国分寺《こくぶんじ》の駅のほど近くにある居酒屋、猫柳《ねこやなぎ》亭は店主の趣味でそこかしこに招き猫が置かれているので有名だ。月浪縁、芦屋啓介、奥菜玲奈一行が通されたのは一番奥のテーブル席である。やはりこちらも猫尽くしの内装で、テーブルの上には黒い招き猫が置かれていた。

玲奈が腰を下ろすなり、芦屋を見て半眼になる。

「なに、このメンバー。芦屋くんが居るのはかなり謎」

「おい」

あからさまに不服そうな玲奈の言い草に芦屋が突っ込んだ。

テーブルを挟んで縁と玲奈が向かい合い、芦屋は縁の横、入り口側に陣取る形になっている。

玲奈は横並びになった芦屋と縁を見比べて首を傾げた。

「冗談はさておき、今日って怪奇会繋《サークル》がりの集まりなのかな？」

縁は首を横に振る。

「いいや。話したいことがあったんだよ。ちなみにメンバーの選定についてだけど、芦屋くんは玲奈さんの怪談を聞いているから呼んだ」

「……それは俺も初耳なんだが」

芦屋が問いかけたところ、縁は「いま言ったからね」と、しれっと述べるばかりである。それ以上の理由を答える気が縁にはないらしく、また店に入って早々適当に芦屋が頼んでおいた料理と飲み物を店員が運んできたので、会話の流れがいったん途切れる。

店員が皿を並べて去っていくのを見送ると、縁は意味深に言った。

「『芦屋くんは観客だ。今日は私と玲奈さんが主役』」

芦屋と玲奈がどういう意味か尋ねるより先に、縁はにこやかに微笑んで、口を開く。

「——玲奈さんは絵を描くことは好きかな？」

芦屋は縁が真っ先に本題へ切り込んだことに気がついた。

縁は芦屋の時と同じ怪談を口にする。

月浪縁が霊能力者であると打ち明ける話だ。

芦屋がこの話を聞くのは二度目である。そうすると、周囲に気を配れるだけの余裕があった。

縁の方は慣れた様子で語っていくが、その表情は乏しい。芦屋に語った時は常の微笑みを崩さなかったのに、今回は物憂うように言葉を連ねていく。

対する玲奈はというと、こちらも縁と似たり寄ったりの無表情だ。最初こそ驚くように目を見張ったと思ったが、そのあとは落ち着いて縁の話を聞いているように見える。

（……いや、落ち着きすぎじゃないか？）

芦屋には玲奈の反応が腑《ふ》に落ちない。

玲奈は春休み中に面の怪異に遭遇しているから、〝怪談による除霊〟や怪異の存在は呑《の》み込めるにしても、縁の異能〝厄払いの絵画〟まですんなり受け入れるのは意外だった。

芦屋のときは縁の兄、月浪健《たける》の精神操作の異能を目の当たりにしたのと、目の前で縁の絵から赤いテクスチャが消え去るという混じり気のない超常現象を見せられたからこそ、納得できたというのに。

だが、縁が語り終えた途端に、平静を保っていた玲奈の表情ががらりと変わった。

「縁さんが人を描くと、厄払いになるけど、絵の内容が不気味に変わる……。その上、縁さんは怪奇現象を引き寄せる霊媒体質の持ち主だから、縁さんと関わる人にまで、被害が及ぶかもしれないって、こと、だよね？」

確かめるように、おずおずと縁の顔色を窺《うかが》う玲奈に、先ほどまでの落ち着きはない。

「怪談が除霊の代わりになるって話は、聞いていたけど……」

にわかには信じられない様子で戸惑う玲奈だが、すぐになにかに思い至ったらしい。ハッと顔を上げて縁に尋ねる。

「じゃあ、縁さんが描いてくれてるっていう、私の絵は……」

「赤いテクスチャが載っている」

縁は淡々と答えて、持ってきていたタブレット端末を開いた。

芦屋に事前に見せたのと同じ、赤いテクスチャが顔半分を覆う自身の肖像と対面して、玲奈は息を呑んだ。

「ええと、最初からこういう絵を描いたわけじゃ、ないんだよね？」

「もちろん。……とはいえ証明するのも難しいんだけどね。たぶん、ケリが付いたらこのテクスチャも取れるから、まずは終わらせないとだ」

芦屋は縁と玲奈のやりとりに〝また〟違和感を覚える。

玲奈は感情表現が豊かで、クルクルと表情が変わる人間だが、今日はなぜだかそれが上滑りしているように見える。

そして縁の語り口には覇気がない。

「お面の怪異を除霊するために、今夜はもう一つ、別の怪談を話さなければならないんだ。……ねえ、玲奈さん」

「なに、かな？」

玲奈も縁のまとう雰囲気がいつもと違うことに気づいてはいるらしく、怯《おび》えた様子で縁を見つめた。

「怪談はね、できる限り自分の身に起きた物事を正確に話さなければ意味がない。嘘《うそ》を吐いたり、嘘じゃなくてもわざと肝心な部分を抜いて誰かに語って聞かせたなら、除霊にはならないんだ」

芦屋は縁の横顔を見やり、改めて玲奈の顔を見やった。

その顔は強張《こわば》っている。

奥菜玲奈は怪談を語るにあたり〝騙《かた》った〟のだと、縁は指摘したのだ。

「……それは、どういう意味で」

問いただそうとした玲奈を遮って、縁は静かに続けた。

「君はとても、お芝居が上手だね」

猫柳亭のテーブルにどこか白々しく響いた言葉に、玲奈は黙り込んだ。

「それから、君はたぶん〝お面のお化け〟が唱えた呪文の意味も、きっと知っているはずだ。とうとうたらりたらりら、に始まるこれは、祝詞《のりと》だよ。おきなの祝詞だ」

縁は意味深に吐き捨てて、新たに怪談を語り始める。

【月浪縁】


さて、これから私が語る話もお芝居の話だ。

日本の「芸能」の起こりは神事・祭祀《さいし》から来ていると聞いたことはあるだろうか。

例えば、奥菜理花さんが執心していた「能」の始まりも神事の一環の仮面劇だ。

能において、面を被《かぶ》った人間はその瞬間鬼であり、神である。

面を媒介して、演者を超常の者とシンクロさせるんだね。

だから演者が人でないものになることも、ままある話なのかもしれない。


――おそらく鎌倉《かまくら》から室町《むろまち》にかけての話だ。能の前身、猿楽を生業とする一族があった。

この一族は公的な流派に属さない土着の舞を踊る人々で、翁《おきな》の面を使った踊りがいずれの流派よりも見事だったために「翁」という名字を城主から賜るほどだった。

翁一族には双子の兄弟の舞い手がいた。背格好も顔立ちもよく似ているが、踊りの才覚だけに明確な差があった。

兄は幼い頃から麒麟児《きりんじ》と呼ばれるほどの舞い手で、長じても才覚にいっぺんの翳《かげ》りもない。それどころか歳《とし》を重ねるごとに演技は磨かれ円熟し、輝きを増していく。兄が舞台に立つと輪郭が光を帯びたように見え、その一挙手一投足によって性別の垣根を超え、人であることとさえ超越し、見る者の心を打って止《や》まなかった。

変幻自在の演技は素直で清々《すがすが》しい柔軟な性格から来ているようで、才覚に驕《おご》らず謙虚な人だったそうだ。

弟もそれなりに優れた舞い手ではあったが兄と比べるとどうしても見劣りがした。心映えも普通の男だ。とりわけ善人でも悪人でもなかった。他人を嫉妬し恨みもする。弟は優れた兄を尊敬しながらも妬んでいた。それでも人前で諍《いさか》いを起こすのを慎むだけの分別があったので、他人の目から見ればこの双子は仲が良《い》いと思われていた。

だから土地を収める城主の前で『翁』の舞を奉じる前日、大晦日《おおみそか》の夜に、弟が兄の顔を火箸で焼いたのは一族にとって寝耳に水の出来事だった。

夜に轟《とどろ》く、顔を焼かれた兄の耳をつんざくような悲鳴。

これに呼び寄せられるように集まった一族の人間に取り押さえられた弟は、舞台でかける面のような、静かな顔で兄の火傷《やけど》を見つめると「これでようやくつり合いがとれる」と呟《つぶや》いたという。

この事件に困ったのは一族の人間である。なにしろ明日には大舞台が控えているのに、役者の顔が焼け爛《ただ》れていては差し障る。

城主に舞を納めるのを待ってほしいと言うわけにもいかない。城主は兄の舞を目当てで一族を優遇しているのは明らかだから、代役も立てられない。

手当を受ける兄の横でああでもないこうでもないと意見を交わす一族に向かい、

「私は踊れます」と、か細い声で兄が言った。

「弟を相方にするなら私は踊れます。怪我《けが》を面で隠せば良い」と。

火傷の痛みも引いてないだろうに兄の言葉は不思議と落ち着いており、有無を言わせぬ魔力があった。己を傷つけた下手人を舞台にあげたいと願う奇妙な注文だったが、一族の人間は従うことをためらわなかった。

結果、兄が采配を取って、その年の一族が演じた『翁』は掟《おきて》破りも甚だしい代物になった。

そもそも『翁』という演目は神事の一環として舞う演目だ。

現代に伝わるしきたりからもそれは窺《うかが》える。舞台に立つものはみな精進潔斎し、中でも舞い手は七日間火を遠ざけなければならない。上演当日には楽屋と舞台にある精神統一のための部屋——「鏡の間」に祭壇を設けお供えをして面を祀《まつ》る。舞の直前、演者はお神酒《みき》を順番に飲み干し、邪気を払うために火打ち石で切り火をする。

このように厳格に身を清めてから舞わなければいけない『翁』を、遠ざけられるべき火をもって兄の顔を焼いた弟と、焼かれた兄とが演じたのは冒瀆《ぼうとく》と言うよりほかにない。

しかし、城主は一族にふんだんに褒賞を与えた。

白と黒の翁面をそれぞれかけて舞った兄弟の演技はまさしく神の降臨そのもので、また鬼気迫るものがあったからだ。

見るものは皆涙をこぼし、演奏の只中《ただなか》にいたはずの一族の人間は、なにやら大きなものに取り巻かれるような不思議な感触を覚えて、常にない手応えはあったものの記憶が曖昧であると口を揃《そろ》えて言うばかりだった。

演者の振る舞いが鼓の音を引き立て唄の声を伸びやかにした。舞台の上で起きる物事が完璧に調和し、神事として相応《ふさわ》しい猿楽だったと、人を納得させるだけの力があったのだ。

不思議なのは、才覚は兄に劣ると言われていた弟が、その日ばかりは兄と同等の演技をしたことである。「これでやっとつり合いがとれる」という弟の言葉は、皮肉にも翁の演技で真実だと証明されたわけだ。

とにもかくにも、表向きには翁の演目は大成功だった。けれど、ここで話は終わらない。

この翁の演技を終えた兄は怪我が元で病がちになって伏せり、春を迎える前に亡くなった。病名はなんだったかはっきりしないが、まるで火傷が全身に広がるように皮膚が爛れて亡くなるという惨《むご》いものだった。

一族はたいそう悲しみ、そしてまた困り果てた。兄は唯一無二の演者だったので、代わりがいない——そう考えたところで気づく。

弟がまだいる。兄とともに翁を舞った弟が。

本来、兄の顔を焼いて神事を汚した弟は死をもってその罪を償うはずだったが、神がかりの舞台を演じたことに免じて殺されず、一族によって座敷牢《ざしきろう》に軟禁されながらも生きていた。

弟は兄の代役を務めるよう求められた。牢から出されて話を聞いた弟は、やつれても兄とそっくりの端整な顔を歪《ゆが》めて笑った。

「結局私の同胞は、芸に矜持《きょうじ》を持っているわけでもなく、神に仕える敬虔《けいけん》な気持ちなど微塵《みじん》もなく、金と享楽を目当てに人の才を磨いて、欲を貪り尽くすためならば、とりかへばやも厭《いと》わないのだな」

そう言い放った弟は正月に使った面を一族のひとりにとって来させると、二つ並べて目の前に置き、託宣する巫女《みこ》のように一族へ告げた。

「ならば舞い踊る必要はない。神がかりの才を散々に利用し尽くした同胞よ。冒瀆した神に代わり、私が一族を言祝《ことほ》いでやろう。未来永劫《えいごう》、食うに困らず、金に困らず、末長い栄華を約束しよう。本物の神がかりを殺した私に、よりにもよって再び舞台に戻れと願ったおまえたちへ、神事・芸能のために命を賭ける価値の一端をご覧にいれよう。〝神なるもの〟は確かにいるのだと証明しよう。この私が。……私こそが、だ」

口にするや否や、弟は白い翁面と黒い翁面を足蹴にした。地団駄を踏むように、何度も、何度も。まさしく狂乱そのものの姿だった。止めに入る人間さえも振り解《ふほど》いて、ついに弟は二つの面を踏み砕いた。

「祝福が、欲しいのならば続けるがいい。だが心せよ。祝いとは、呪いに転じるものだということを」

血塗《ちまみ》れの素足のまま息を切らしていた弟は、やがて穏やかな笑みを浮かべた。

「この言祝ぎを退けたいならば、一族の人間は芸能の道に踏み入るな。芸能を志した者が次の私たちであることを、ゆめゆめ忘れえぬように」

このような経緯で翁の一族は神を祀ることを止め、舞い踊ることを忘れた。だから「翁」の名字は読み方だけが残って字が変わり「奥菜」になって今代に至る。

双子の舞い手の恩寵《おんちょう》によってもたらされた強運に支えられながらいまも生きている。

奥菜の一族は『面移し』の儀式ある限り繁栄が約束されているからだ。

――芸能に才ある人間を〝生贄《いけにえ》〟にして繁栄する。奥菜の『面移し』の儀式はこうして始まったわけだね。

【奥菜玲奈】

芦屋啓介が事情を飲み込めない様子で月浪縁に目を向けたのを、奥菜玲奈は自分でも驚くほど静かな気持ちで眺めていた。

「……生贄って、どういうことだよ」

絞り出したような問いかけ。突拍子もないことが目の前で起こっている人間特有の、驚嘆と少しの苛立《いらだ》ちの混じった顔。本当は玲奈もこういう顔をしなければいけないのに、どうしてか顔を作る気にはなれなかった。もしかすると、玲奈以上に冷静な人間がすぐそばにいたからかもしれない。縁はいつも通りの涼しい顔をして奥菜に伝わる儀式の全貌を口にする。

奥菜一族に生まれた人間の中で、とりわけ芸能に才ある人間を一人生贄に捧《ささ》げることで、面は力を増して商才と審美眼を一族全員に分け与える。

生贄となる者はのっぺらぼうの面が選ぶ。

七歳までの一族の子どもを奥菜屋敷《やしき》に放ち、一日の間に屋敷最奥にある祀りの間に辿《たど》り着《つ》いて面を被った者が生贄となる。

生贄は必ず芸能に才能を示す。才能を磨くよう誘導し、才覚を伸ばせば伸ばすほど恩恵が得られる。

生贄は自ら面を作り、自身の顔を面に捧げてから伝承と同じように壊すことで「面移し」が完成する。

縁は平然と、恐ろしく異常な話を、確信を持って玲奈に問いかける。

「理花さんは今代の生贄に選ばれたんだね？」

玲奈は縁の顔を見る。惑いのない美しい顔だった。きっと縁には嘘《うそ》やごまかしは通じないのだろうと思う。

だから玲奈は目をつむって——切り替えた。

「その話、誰から聞いたの？」

縁が語った双子の舞い手の伝承も、面移しの詳細も、玲奈がかつて祖父から聞いたことから寸分の狂いもなかった。

表情の素直な芦屋が「生贄のことは否定しないのか」と言わんばかりに眉をひそめたが、縁は淡々と玲奈の質問に答えた。

「私の母が理花さんからの依頼で奥菜家について調べた、その結果を聞いたんだよ」

予想していなかった答えに、玲奈は息を呑《の》む。

一族の人間が血眼で捜しているはずなのに、未だ行方が摑《つか》めていない理花の居場所を知る手がかりが飛び込んできたのはいい。だが、それよりも理花が奥菜の家の調査を依頼したという情報の方が驚嘆に値する。

玲奈の考えていることなど見通しているかのように、縁は冷ややかな目で玲奈のことを見据えるばかりだ。

「理花さんは私の母に、奥菜に伝わる『面移しの儀式』の調査と妨害を依頼したんだ」

芦屋が「ちょっと待て」と、縁の言葉を遮った。

「俺が奥菜から聞いた話だと、失踪する直前、理花さんはかなり取り乱してたような印象だったんだが、……その時から、自分が生贄になるかもしれないって、わかってたってことか？」

それは玲奈も気になるところである。

なにしろ理花には『面移し』について悟られないよう、細心の注意を払ってきたのだ。

玲奈自身に落ち度があったとは到底思えない。にもかかわらず、儀式の存在が理花に露見しているのはなぜか。

「理花さんの顔が動かなくなった件、ご両親は諦めるように言っていたみたいだけど、理花さん当人は納得できなかったんだ。だから彼女は自分で対処しようと病院に行った。ストレスが原因で顔の筋肉が動かなくなる病気というのは、実際、別にあるからね」

違う、と玲奈の頭の中で反論が組みあがる。

理花に起こった、顔が動かなくなるなどの不調は面が引き起こしている。いわば霊障だ。病院に行ってなんとかなるような代物ではない。

「総合病院にかかったのが功を奏したと言っていいのかな。あの病院には私の兄がいるんだよ」

縁の返答に、なぜか芦屋には納得するところがあったらしい。

「月浪の兄貴なら、患者が怪異に取り憑《つ》かれているかどうかくらい、すぐにわかるし、適切に処置できるだろうな」

腹落ちした様子で頷《うなず》く芦屋を横目に、玲奈は縁の語りの中に答えを見つけて問いかけた。

「……縁さん、母方の血筋は全員霊能力者だって言ってたね。お兄さんもそうなの？」

縁は静かに同意する。

「そんなところだよ。兄は理花さんの不調の原因は病気ではなく、怪異の仕業だとすぐにわかったようだ」

「それにしても、すごい偶然だな……」

口にする最中に芦屋も気づいたらしく、驚嘆の眼差《まなざ》しで縁を見遣《みや》った。

「そう、偶然だとも。私の身の回りで頻繁に巻き起こる、偶然だ」

縁は皮肉めいた声色で同調するばかりだ。

奥菜理花が縁の兄の勤める病院に向かったこと。

これも縁の話によれば、ありとあらゆる怪奇現象を引き寄せる霊媒体質が呼んだ〝偶然〟に違いない。

「玲奈さんは、優秀展の設営の際に体験した怪奇現象を怪談にして、私と芦屋くんに話してくれたね。芦屋くんは怪談が『終わっていない』という印象を受けたらしいよ」

縁は淡々と指摘する。

「当然だよね。終わらせる気がないんだから」

玲奈は、自分の唇に普段とは異なる種類の笑みが浮かぶのを自覚していた。

玲奈がどうして怪奇現象を終わらせなかったのかを縁がわかっているなら、縁が今日、玲奈を猫柳亭に呼び出した理由も一つしかない。

「玲奈さんはそもそも〝お面のお化け〟を除霊したくなかったんだ。理花さんが行方不明だから『面移し』の儀式はまだ途中。儀式の完遂は玲奈さんにとって至上命題で、トラブルがあっても中止にするという考えにはならなかった。だから全てを語らなかった。違うかな？」

縁の指摘は玲奈の思惑をぴたりと当てていた。

玲奈の口から乾いた笑いがこぼれ落ちた。

「ふふふ。私があの日、怖い思いをしたというのは、信じてくれるんだね」

「そこを騙《かた》る意味がないからね」

「意味ならあるよ。私を助けてくれた縁さんにだけは、見損なわれたくなかったんだよ」

玲奈が常のように明るく言うと、縁の声が、揺らいだ。

「だったら！」

それまで努めて冷静さを保っていたのが嘘のように感情的だった。

「だったら、今からでもいいから、全部を語り直してよ……」

まるで痛みを堪えるようにその言葉だけがか細く聞こえた。

感情が露《あら》わになった縁の顔に、玲奈の予想が確信に変わる。

この期に及んで、縁は玲奈を助けようとしているのだ。奥菜に伝わる面移しの儀式――そのしがらみから玲奈の手を引いて逃げようと手を差し伸べているのだ。生贄の儀式なんて野蛮なしきたりを続けて良いわけがないと思って。親切のつもりで。一度差し伸べた手を躱《かわ》されたにもかかわらず。頼まれもしないのに。

玲奈はニコリと微笑《ほほえ》んだ。

「それは無理かな。私は儀式を止めたいなんて思ってないから」

縁は苦しげに固く目をつむった。けれど、再び目を開いた時にはいつもの冷静沈着な月浪縁に戻っている。

「……そう言うと思った」

諦めたように言う縁に、玲奈はパン、と手のひらを合わせた。

「ああ！　じゃあ縁さんがことあるごとに生贄の話とかオカルトについて話題にしてたのって、私がいつでも打ち明けられるように伏線張っててくれたの？　それとも遠回しな説得だったのかな？」

思い返せば縁はいつも玲奈に助け舟を出し続けていた。

「『世界各国どこにでも生贄と人身御供《ひとみごくう》の話があって、結末はだいたいどれも一緒。紆余《うよ》曲折《きょくせつ》あって人間を生贄にする儀式は取りやめになりました。めでたしめでたし、になるんだから儀式を中断しようよ』的な？　『面移し』も止めさせたいと思ってくれたんだ？　私のため？　それとも理花さんのため？　どっちにしても縁さんは優しいなあ」

テーブルに腕をつき、指を組んで、玲奈は縁を窺《うかが》った。華奢《きゃしゃ》な人形のような顔が澄ましてこちらを見ている。その容貌に、玲奈はうっとりと目を細めた。

「優しくてとってもいい子。大好き」

優しく、美しく、潔癖で、お節介な月浪縁。もう少し醜く、汚く、愚かだったならもっと好きになれた。きれいな一面しか見せてくれないものを、玲奈は心から好きになることができないのだ。

縁は玲奈の言葉の含みを苦いものだと察して、顔をしかめた。

「煽《あお》られてるようにしか聞こえないんだけど」

「もちろん、煽ってるよ？」

しゃあしゃあと言い放った玲奈に、芦屋が眉根を寄せてなにか言いたげに口を開いたが、結局かける言葉が見つからなかったのか再び口をつぐんだ。

玲奈は大袈裟《おおげさ》に嘆息する。

「だって悔しいもん。理花さんを騙《だま》すためにずっとずっと頑張ってきたのに、縁さんの呼び寄せた単なる〝偶然〟に負けるだなんて」

「残念だけど運も実力のうちだ」

受験の時も予備校で同じようなことを聞いたな、と玲奈は思った。その時は手垢《てあか》のついた言葉をもっともらしく口にして良いことを言った気になっている講師にしらけた気持ちになったものだ。受験当日高熱になろうが大雪に降られようが家族に受験票を破られようが、受かる人間は受かるんだから運なんてあやふやな要素に左右されてたまるかと、内心反発していた。けれど、今ならわかる。結局そのあやふやな要素一つ味方につけられない人間は成功しないし、失敗する。

「まあそうだよね。持ってる人は全部を持ってる。持ってない人がいくら頑張っても届かないものがあるんでしょ。世の中そんなもんだよね。あーあ」

悔しいが変えようのないルールだ。

努力でどうにもならない運なんてものがあるから、奥菜玲奈は奥菜理花に一生敵《かな》わない。

そもそも理花が完全無欠の才人であることさえ、面移しの儀式によって半ば定められたことなのだ。

ルールは絶対だった。だからデメリットとメリットをよく把握して帳尻を合わせるよう振る舞うことが玲奈にとってはなにより優先されるべきことだった。はずなのに。

「困ったなぁ。縁さんの霊媒体質のせいで、私の一世一代の大仕事が全部水の泡になっちゃったわけね？」

別のルールが追加されたのを玲奈は把握できなかったのだ。何事もなく儀式を遂行させるためには月浪縁に関わってはいけなかった。

玲奈は落ちてきた横髪を耳にかけて苦笑する。

「どうしようかな。面移しは必ず成功させなきゃいけないから、本当に困るんだけど」

これから、玲奈がとれる手段というのはひどく荒っぽい方法になるだろう。理花の居場所を縁から穏便に聞き出すことができれば望ましいが、きっとそうはならない。となれば、暴力的な手段を用いることになる。

しかたがない。

何度も自分に言い聞かせてきた言葉が強く脳裏に浮かんだ時に、芦屋の硬い声が思考を裂いた。

「奥菜……おまえ、自分の従姉妹《いとこ》を殺そうとしてるんだよな？　なんで、人殺しを正当化できるんだ？　富が見返りになるって言うけど、ひと一人の命と引き換えになるようなものじゃないだろ」

一瞬、なにを言われているのかわからなかったが、ややあって玲奈は噴き出した。

芦屋は誤解している。

「あはは！　確かに生贄《いけにえ》って言葉を使うとそういう反応になってもしょうがないか。あのね芦屋くん、面移しって言うのは面を打って、面を壊す儀式なの。生贄の払う代償は命じゃないよ」

玲奈は縁に目をやった。

「縁さんが言ってたでしょう。『生贄は自ら面を作り、自身の顔を面に捧《ささ》げてから伝承と同じように壊すことで「面移し」が完成する』って」

奥菜の面移しには生贄が要る。けれど生贄が捧げるのは「顔」であって「命」ではない。

「生贄は顔を盗《と》られるだけで死ぬわけじゃないんだよ」

芦屋はまだ納得しかねるようで、険しい顔のまま呟《つぶや》く。

「死ぬわけじゃないなら、いいってもんでもないだろ」

「しょうがないじゃない。奥菜の一族が食うに困らず裕福なのも、私がバカ高い学費の私立美大に通えるのも全部奥菜の面のおかげなんだもん」

玲奈は滔々《とうとう》と語る。

「能面に一族の誰かが顔を捧げないと本家も分家も資金繰りが必ずだめになるし、ツキがなくなる。そういう家系なの。でも、家は代わりに生贄を捧げれば必ずお金持ちになれるんだ。好きなことを仕事にして食べていけるし、ある程度の成功は約束される。本家に近ければ近いほど影響を受けるから、分家の人にあんまり影響は出ないんだけど、それでも食うに困らないようになるの」

そこまで言うと、玲奈は目を伏せて、囁《ささや》く。

「理花さんだって、別に表舞台に立てなくなるだけなんだもの。理花さんほどの技量があればどうやっても生きていけるよ。一族の中で一番大事な人を、一番優れた人を捧げなければ、生贄の効き目が弱くなるんだから、しかたないよ」

一族からたった一人の犠牲を払って、数十人の人生が必ずうまくいくのなら、それは仕方がないことだと、玲奈は思っている。

そう、教え込まれた。

「それにしても、……おかしいな。なんで私の顔に赤いテクスチャが浮かぶんだろうね。理花さんの顔に浮かぶならまだしも、私は誘導役なのに」

縁が一瞬、哀れむような目をしたかと思ったが、すぐに無表情に変わる。

「月浪？」

芦屋も不審げに眉をひそめたが、縁は気に留めた様子もなく、玲奈を強く見つめた。

「玲奈さんは本当に、儀式の結果、理花さんが死ぬとは思ってなかったんだね？」

念を押すように問われて、玲奈は瞬《まばた》いた。質問の意図がわからなかった。

「それ、どういう意味？」

「文字通りの意味だよ。玲奈さんは、理花さんを殺そうとは思ってなかったんだね？」

「だから、なんで死ぬとか殺すとかそういう話になるのかな？　生贄は顔が動かなくなるだけなんだよ」

「奥菜の――『面移し』の儀式はそんな生易しいものじゃない」

縁の声が重く響いた。

一族の人間ではない、部外者である縁の言うことだったが、玲奈は胸騒ぎを覚えていた。

「少し、考えて欲しいことがある。私が最初に口にした翁《おきな》の兄弟の話だ。この話には語られなかった続きがあるはずだと私は思うんだが、……気づかないかな？」

「……もったいぶらずにはっきり言ったらどうかな」

「弟の顚末《てんまつ》が濁されて、詳細に述べられていないんだよ」

苛立《いらだ》ち混じりの玲奈の声にも怯《ひる》まず、縁は淡々と答えた。

「『弟を長に一族は末長く幸せに暮らしました』とか、結びをつけてもいいはずなのに、ここで述べられているのは『奥菜の一族は「面移し」の儀式ある限り繁栄が約束されている』だ。そのうえ、物語終盤の弟の言葉には諦観と一族への憤り、失望がにじんでいる」

「伝承や物語が、必ずしも本当のことを語っているわけではないでしょ。いったい、なにが言いたいの」

星座になった「くじら」と海に住まうクジラが全く違う生き物のように、伝承は細部がいい加減だったりするものだ。玲奈は縁を睨《にら》み据えたが、頭の片隅では別の言葉がよぎっている。

(本当に?)

「犠牲を払うのが一人だとは限らないということだよ」

玲奈の心臓が、悪い予感に鼓動する。

「君と理花さんは従姉妹だ。この『翁の双子の伝承』に則《のっと》った儀式が『面移し』であるなら、玲奈さんが負った役目は〝誘導役〟ではない」

縁はまっすぐな視線で、玲奈の目を射貫いた。

「理花さんは『翁の弟』の役目を負っている。面移しの儀式の生贄は、一人ではなく二人なんだ」

「なにを根拠にそんなこと……」

「奥菜の面移しの手順が『生贄が面を壊して終わり』では、それこそ翁の兄弟の話と符合しないだろう。私が母から聞いてるルールには、そこから先があるんだよ」

縁は玲奈の知らない面移しのルールを語る。

奥菜屋敷《やしき》で面を被《かぶ》った生贄Aと、対になる年の近い生贄Bが必要になる。

生贄Bには〝誘導役〟として、生贄Aに作らせた面を自ら壊させるよう仕向けさせる。

作らせた面を壊すと生贄Aは死ぬ。本尊の面の一つも同時に壊れる。

その際次の奥菜家家長になる任意の一族の人間が生贄Bにもう一つののっぺらぼうの面を被せる。

面を被せると生贄Bもまた〝自ら作り上げた面〟と被せた面を壊して死ぬ。

「最後に、死んだ二対の生贄の顔が剝がれて奥菜一族の本尊『のっぺらぼうの面』になる。……そうやってこの儀式は続いてきたんだ」

玲奈は絶句する。玲奈自身が腑《ふ》に落ちてしまったからだ。より正確に翁兄弟の伝承をなぞっているのは、縁の語るルールの方だ。

翁の舞に登場する白と黒の翁――弟が踏み砕いた二つの面。奥菜理花が打った白黒の二つの面。奥菜一族の双子の兄弟の伝承。兄を敬い、妬んだ弟。従姉妹で共に美術を学んだ理花と玲奈。理花を尊敬しながらも羨んでいた玲奈――。

対比符合に玲奈の背筋が粟立《あわだ》つ。

なにより『面移し』では死者が出ないと、そういうものだと思っていた。思い込んでいた。けれど実際は違うらしい。死ぬのだ。奥菜の家を繁栄させるために一族の人間が二人死ぬ。

だが、そうなると矛盾がある。

「私は理花さんと違って、面を作ってない。作ってないものを壊すことはできないでしょう?!」

面移しのルールから、生贄の条件から自分は外れているはずだ、と玲奈が思ったのも束《つか》の間《ま》、縁が深いため息をこぼした。諦観と苦笑、憐憫《れんびん》の入り混じった顔で玲奈を見つめる。

「ねえ玲奈さん。理花さんは『私たちは常に「私」という仮面をつけて生きているのではないか』という発想から作品を作ったわけだけど」

玲奈の思考に空白が生まれる。

縁は呆然《ぼうぜん》とする玲奈に、場違いなほどやわらかく微笑《ほほえ》んだ。

「玲奈さんは理花さんを騙すために、自分の思う完璧な〝奥菜玲奈〟を演じた。美人で、明るくて、気さくで、センスが良くて、欠点らしい欠点がない。そういう〝仮面〟を、たぶん、すごく努力して丁寧に作りあげて……被った」

玲奈は唇をなんとかこじ開けようとして失敗した。言葉がなにも出てこない。

「君は彫刻ではなく演技という芸術によって君自身を作品にした。理花さんだけでなく周囲にいる人間全てを騙し通すほどの〝面〟を作り上げたんだ。その様子を見ると……自分でもそうとは知らないうちに」

理花を生贄にするために、理花の才能を伸ばすよう、誘導するよう祖父をはじめ家族から言い付けられて、そのために磨いた嘘《うそ》が、演技が、作品になった。仮面になった。

『芸能を志した者が次の私たちであることを、ゆめゆめ忘れえぬように』

縁が語った翁の弟のセリフを思い出して目眩《めまい》を覚える。

知らぬ間に踏み入っている。誘導されたのは、玲奈自身だった。

「君の仮面《さくひん》は素敵だったよ」

感嘆を滲《にじ》ませた縁の声に玲奈は顔をあげる。

「とても素敵だった」

玲奈は唇を噛《か》んだ。なんの慰めにもならない賛辞を縁が大真面目に言い放ったからだ。それが嘘ではないことが、心の底から玲奈を称賛していると伝わるのだからかえって腹立たしい。

その顔に、もう一言言ってやりたかった。玲奈には腑に落ちない点がまだあった。

「なら、私が会場で見た時の面は、どうして二つとも理花さんの顔を——」

しかし、口にする最中に玲奈は口をつぐんだ。思い出そうとするたびに、記憶が書き換えられていくような気がした。

玲奈が最後に見た面の顔は、本当に奥菜理花の顔だけ、だっただろうか。その顔の一つはもしかして、悪意に歪《ゆが》んだ、自分の顔だったのではないか。

(耳元で囁いたのは、私の――)


「仕上げをありがとうねぇ」


縁と芦屋の強張《こわば》った顔を見て、耳にしたのが幻聴の類ではないことに気づく。

後ろから、玲奈の耳元で声がした。美術館で聞いたのと同じ声だ。

それは間違いなく〝奥菜玲奈《じぶん》の声〟だった。考えれば考えるほどに死神に心臓を掴《つか》まれたような心地がした。

いま、〝死〟が玲奈の半歩後ろに立っている。

玲奈は震える唇で、縁に尋ねた。

「ねえ縁さん、いま、今、わ、私の、後ろに……」

「うん。黒い翁の面がいる」

縁は空中のある一点を見つめていた。視線を全く動かさずに口を開く。

「玲奈さん。お面のお化けの正体は神ではない。能面の化身でもない。『奥菜』だ」

芦屋もまた玲奈の背後にいるなにかに目を奪われていた。驚嘆に絶句している。

「翁の弟がルールを定め、奥菜一族が長年『才ある者を捧げれば強運を得る』という歪んだ信仰を捧げた結果、タチの悪い怪異を生んだ。理花さんと玲奈さんを呪うのは奥菜家そのものだ」

縁は申し訳なさそうに眉をひそめた。

「君にとって、これが良《い》いことなのか悪いことなのか、私にはわからない。君の作品のファンとしては、できれば君の意志で、君が納得のいく形で、なんとか折り合いをつけたかったんだけど。……ごめんね」

苦しげな謝罪に目を瞬いた玲奈のことを、縁は気にしてはいなかった。玲奈の背後に顕現した黒い翁の面に声を上げる。

「くじら座になった海獣ケートスはギリシアの英雄ペルセウスに退治される——生贄《いけにえ》を捧《ささ》げることで回っていた偽りの秩序と平和は、いずれ外から来た圧倒的な力を持った第三者に破壊される」

それは口上だった。

「『面移しの儀式は、私の母——月浪禊《みそぎ》が砕いて滅ぶ』」

その言葉が合図だったかのように、玲奈の背後に浮かぶ黒い翁の面が火を噴いた。


【芦屋啓介】

奥菜玲奈も振り返って、有り得ざる光景に目を見張る。

音も声も熱もない。だが、光はあった。揺らめく光が煌々《こうこう》と赤く踊っている。今や光源となった黒い翁の面が、幻の炎のもたらす熱と痛みに無音のまま絶叫している。翁の面は火を纏《まと》って、明滅するように姿が変わっていった。のっぺらぼうの面、男の能面、女の能面、それから誰ともわからない生きた男や女の顔に次々と変わる。万華鏡のように絶え間なく変わり続け、どうにかして炎から逃げようとしている。そんなふうに見えた。

変化しても変化しても炎から逃れられなかった面は、最後に若い男の顔に変化した。状況と裏腹に落ち着いた表情の、優雅で涼しげな顔をした男だった。男は玲奈と縁と芦屋を見比べるように目玉を動かすと、かぱりと大きく口を開けて、小刻みに震えだした。――高らかに全てを嘲笑《あざわら》っているように見える。

空中に浮かぶその顔の、壮絶な形相から目が離せなかった。

こんなにも悪意に満ち満ちた人の顔をこれまで見たことがなかった。

炎は笑う男の顔を焦がしながら小さくなり、やがてなにもかも飲み込んで消《き》え失《う》せた。

「なん、だったんだよ、今の」

なにが起きたのか理解が追いつかず、ただ思ったことを口にしていた。

玲奈も芦屋と似たり寄ったりに呆然としていて、ただ一人、縁だけが不機嫌そうに頬杖《ほおづえ》をついて黙り込んでいる。

なにか、おぞましいものを見せられた気がした。とにかく気分が悪かった。この気持ちの悪さを払拭すべく、水を口にしようとグラスに手を伸ばし、もう一つの変化に気づく。

開きっぱなしのタブレット端末を凝視する芦屋に、

「……構図まで変わったね」

と、苛立《いらだ》ちを隠さず縁は言った。玲奈をモデルにした絵が、全くの別物になっていた。

作品の中で笑みを浮かべていたはずの玲奈は今、横を向いて無表情で立ち尽くしている。抱えていたはずの花束の花弁や茎や葉がちりばめられ、人の形をして玲奈と向き合っているように見えた。鮮やかな色彩は変わらないはずなのに、生命感のない、無気力な絵になっていた。表情の豊かな玲奈〝らしくない〟絵だ。芦屋は内心で呟《つぶや》く。

もしかして、この絵こそ、玲奈の本来の性格を暗示しているのではないだろうか。従姉妹《いとこ》を騙《だま》す必要もなく、理想を演じる必要もないなら、玲奈はまるで人形のような人間だったのでは……、と考えたところで縁が小さく呟いた言葉が耳に入った。

「露悪的だな。最低だ」

自分が描いたはずの、変わり果てた絵に対する他人事《ひとごと》のような感想が、けたたましく鳴り響く電話の呼び出し音にかき消されていく。呆然としていた玲奈がハッと我にかえり、振動するスマートフォンを取り出したのを見て、縁は「出なよ」と、静かに勧めた。

「たぶんいい知らせではないだろうけど、出たほうがいい」

スマートフォンから男の喚《わめ》く声が流れ出した。芦屋や縁にまで話が筒抜けだったが、玲奈には音量を調整する気力もなさそうだ。

『玲奈、今どこにいる！　すぐに帰ってこい！　奥菜屋敷《やしき》が火事で――』

男の――おそらく玲奈の父親の言葉はほとんど要領を得ない早口な、悪態混じりのものだった。芦屋はなんとか聞き取れた情報を整理する。

奥菜屋敷が現在進行形でほぼ全焼を免れない状態になっていること。面移しに使う〝本体〟もどうなっているかわからないこと。現状を確認するためすぐに屋敷へ向かい一族で会議を行うから玲奈も同席しろという命令。の三点が主な内容だった。

玲奈は通話を切ると青い顔でカバンを摑んで立ち上がる。

「玲奈さん」

縁の呼びかけに足を止める、玲奈の顔は見えなかった。

「赤いテクスチャが取れたから、厄払いの絵画の効果はもう残ってない。今日一日、明日まで奥菜の人間とは会うべきじゃない。今日は帰らない方が」

玲奈は縁の言葉の途中で振り返りもせず、早足で歩き出した。

その背中を見送りながら、芦屋は眉をひそめる。

『死ぬわけじゃない』なら、『命さえ助かった』ならどんな目にあったって再起の芽がある。良かったじゃないか——などとは、少なくとも芦屋には思えない。理花に似たようなことを言っていた玲奈は今、同じことを口にできるだろうか。

「……疲れた」

縁がテーブルにひじをつき、指を組んで額を預けた。口にした通り、かなり疲弊しているように見える。

色々と聞きたいことはあった。あの燃える面はなんだったのか。奥菜屋敷の火事とは関係があるのか。玲奈はこれからどうなるのか。理花はいまどこにいるのか。どれから聞いていいのかわからないでいる芦屋を差し置いて、縁は席を立ち、芦屋とテーブルを挟んで向かい合うように玲奈のいた席に座る。

面と向かい合うと、縁は芦屋に深く頭を下げた。

「芦屋くん、今日は付き合ってくれてありがとう」

改まった態度の縁に芦屋は瞬《まばた》くと、肩をすくめた。

「別にいいけど、俺がこの場にいる意味あったのか？」

役に立った実感は今のところ皆無の芦屋に、縁はわざとらしいまでに堂々と頷《うなず》く。

「母が除霊をやるなら、面移しを失敗させた余波が玲奈さんのところにまで来る可能性があった。だから玲奈さんに仮面を外してもらいたかったんだ。そうすれば面移しのルールが少し破れるから」

つまり、今回縁が催した怪談は奥菜玲奈のための舞台だったのだ。

「芦屋くんは玲奈さんの怪談を聞いて、違和感にも気づいていた。君は玲奈さんの仮面に、すでにヒビを入れていたんだ。私にとっては理想的な〝観客〟だった」

面移しのために、そうと知らぬ間に役者と成り果てた玲奈を役から下ろすための舞台だ。玲奈が無事に生贄の儀式から逃れるための舞台を、月浪縁は用意した。

「演技という芸術はそれを鑑賞する〝観客〟の存在が不可欠だ。今回の私は脚本・演出担当だったから、芦屋くんがいてくれて助かったよ」

芦屋はおぼろげに納得していた。縁の話を聞いているとなんとなくの理屈は見えてくる。

怪談を催す側、つまり舞台を整える役目を負った縁は〝観客〟になることができなかった。だから玲奈が〝無意識の仮面〟を外すのを目撃する〝観客〟の役を芦屋に振ったらしい。奥菜玲奈を、助けるために。

「不本意極まりない」

縁は不服そうに頬杖をついた。

「舞台の上にいる役者を動揺させて演技を取り上げ、素の反応こそを見たがるなんて演出家としては三流だ。もっとうまくやりたかった。私はこういうのにまったく向いてないんだな」

「そういう問題なのかよ。芸術・作品至上主義にも程があるぞ」

「そういう性分なんだよ」

呆《あき》れる芦屋に縁はけろりと返した。

「人命がかかってるから諦めたけど、本来役者が演技を止めるのは舞台を降りたときであるべきだ」

よほど玲奈の演技が気に入っていたのか惜しむようなそぶりを見せる縁に、芦屋は腕を組んで首肯する。

「俺を同席させた意図はだいたいわかった。できれば最初に説明が欲しかったがな」

「おかげでわけもわからず慌てふためく羽目になったんだが」といつも以上に仏頂面の芦屋に、縁は片眉を上げてみせる。

「芦屋くんってネタバレしても物語を楽しめるタイプ？」

軽口を叩《たた》いておきながら、縁はすぐに首を横に振って嘆息した。

「……いや、冗談はさておき強引に、なにも説明せずに君を利用したことは認めるよ。すまない。でも、おかげで、玲奈さんが『面移し』で死ぬことはなくなった。あの様子なら母の除霊の影響もたぶん、最小限で済んだだろう」

縁はそこまで言うと、再び芦屋に頭を下げた。

「重ね重ねごめん。芦屋くん」

「なんに対する謝罪だよ」

「これから私は非常に気詰まりな目に遭うんだけど、たぶん巻き込むから先に謝っておこうと思って」

なんだそれ、と芦屋が口にするより先に、テーブルに置かれたスマートフォンが鳴った。芦屋が目で出るように促すと、縁は心底憂鬱そうに通話を始め、しばらくするとスマートフォンを卓上に置いた。スピーカーモードに切り替えたようだ。

粘りつくような猫なで声が、スピーカーから流れ始める。

『やぁ、こんばんは。芦屋啓介くんにおかれましては〝はじめまして〟私は月浪禊。縁と健の母親です』

禊はどうやら奥菜の『面移し』の一件に決着がついたことを改めて報告するために電話を寄越したらしい。縁はどうしてか嫌そうな顔で応じる。

「……わかってる。こっちに黒い翁《おきな》の面が来て燃えたし、私の描いた奥菜玲奈の絵もテクスチャが取れて構図が変わった」

禊は「うんうん」と満足げに頷くと、芦屋へと話題の矛先を向けた。

『芦屋くんのことは縁からかねがね聞いているよ。縁が勝手に怪談をやったのを、なんでか恩義に思って怪異祓《ばら》いを手伝ってくれているんだろ？　いやあ、今時珍しく義理堅い良い男じゃないか。ねえ？』

「はあ……」

褒められているのだか小馬鹿にされているのだかわからないので、芦屋はぼんやりとしたため息のような返事をした。

縁は苦虫を嚙《か》みつぶしたような顔で禊を問いただす。

「お母さん、余計なことはいいから事の次第を説明してよ。じゃないと完璧に落とせないから」

『「落ちがつかない」って？　まあいいだろう。芦屋くん。私が面移しの生贄《いけにえ》から依頼を受けた話は縁から聞いているかな？』

なんでか芦屋に向けて話題を振ってくる禊である。戸惑いつつも芦屋は縁と玲奈との会話の中にそれらしいやりとりをしていたのを思い出しながら答えた。

「はい。理花さんは『儀式の妨害』を依頼したと聞いています」

『そうそう。で、私は個人的にこういう、人柱とか生贄だとかの儀式が大嫌いなんだよねえ。だから儀式のキーアイテムで奥菜一族の本尊たる能面。これをね、燃やした』

「は？」

禊がだるそうにとんでもないことを言ってのけるので、縁は絶句している。

芦屋の脳裏には先ほど起こった怪奇現象が鮮烈に蘇《よみがえ》っていた。

空中に浮かぶ黒い翁面とさまざまな能面、人の顔とが明滅するように入れ替わりながら煌々と燃えていたさまと、禊の言葉は符合する。

「……だから奥菜の後ろに現れた面も、燃えていたのか」

本尊である面、そしてなにより生贄の面が燃えたから、玲奈に取り憑《つ》いていた黒い面もその姿を現して断末魔をあげたのかもしれない。

芦屋が呟いた言葉を拾ったらしく、禊は愉快そうに応じた。

『うん？　そっちにいた生贄にも影響出たんだな？　それ、当たりだと思うよ』

「ところで、私の描いた絵が……あんまり芳しくない変化をしてるんだけど」

タブレット端末の画面を睨《にら》みながら縁がトゲついた声を出したが、禊は鼻で笑うばかりである。

『そりゃあそうさね。奥菜一族は破産するんだもの。なにしろ私が面を燃やしたら、あっちこっちに飛び回って火種になってくれたもんだから屋敷もろとも山一つ丸々焼けたよ。そのうちニュースにもなるかもね』

「それ、お母さんが捕まるんじゃないの？」

『まさか！』

禊は大袈裟《おおげさ》に驚いてみせたかと思うと、心底愉快そうに続けた。

『今回は奥菜の家長が屋敷に火をつけたことになっている。あの爺《じい》さんの認識も書き換えられているらしい。私に累は及ばないさ。心配ご無用だとも』

縁は険しい顔のまま無言である。禊は娘の不機嫌を感知しているのかいないのか、いやに明るく仕切り直した。

『というわけで縁ちゃんの描いた絵が変わったのは〝奥菜一族がこれまで儀式で得た恩恵のツケを払うことになった影響〟が反映されたんだろう。奴らが最初に生贄に捧《ささ》げたのは神の依代たる能楽師――しかも、少なくとも一人の〝神がかり〟の異能者と、神殺しの男だ。神の真似事《まねごと》をさせるのにこれほど適任はいないだろうねえ』

「面移しの起源はともかく、最初の生贄も、翁兄弟だったんですか？」

芦屋が尋ねると禊は『そうだとも』と応じる。

『呪いのルールを拵《こしら》えたのも翁弟だが、こいつが自分の顔を剥いだのが黒いのっぺらぼうの面になっていた。対になった白いのっぺらぼうの面は翁兄のものだ。遺体の顔から作ったんだろうな。で、翁弟はのちの自分達である生贄にも同じことをさせて、呪いを累《かさ》ねたのさ』

縁が「最悪」と端的に吐き捨てた。

「それ、儀式を続けるだけ、呪詛《じゅそ》返しの代償が大きくなるやつでしょ。この儀式を考えた人、本当に性格悪いよ」

『そうかな？　儀式を終わらせる方法を用意してやるだけ、温情がある方だと思うが』

軽い調子で縁に返した禊は、意地の悪さを隠さず告げる。

『しかし、結局は翁弟の想定通りになったんだろうねえ。奥菜の一族は〝神なるもの〟がいるのだとさぞ思い知ったことだろう。が、最期の最期まで欲をかいて才あるものを踏みつけにし続け、私が来るまで儀式を止められなかった』

禊は楽しそうに奥菜一族の破滅の要因を解き明かして、声を落とした。

『つまり、まんまと翁弟の思惑通りに動いた奥菜一族が悪い。因果応報。自業自得さ』

冷酷に言い放った禊に、縁は不服を隠さず反論した。

「玲奈さんも、知らず知らずのうちに生贄にされそうだったのに？」

『そっちの生贄は自分の従姉妹《いとこ》を犠牲にする気満々だったんだろ？　自業自得以外につける評価があるかな？』

「私の絵がここまで変わるほどの仕打ちを与える意義ってあった？」

『それは依頼人の希望なんだよなぁ』

縁は怪訝《けげん》そうに眉をひそめた。

「え？」

『奥菜理花たっての希望なのさ。「奥菜の一族は滅んでいい。月浪禊ができうる渾身《こんしん》の暴力で奥菜をめちゃくちゃにしてくれ」とのご要望だ。生贄だったとしても奥菜玲奈も〝奥菜〟だろ？　影響が出て当然だ』

縁は芦屋と目を合わせた。言葉を交わしこそしなかったが同じことを考えているのはお互いにわかった。

玲奈から聞いていた話とは、ずいぶん理花の印象が違う。

「本当に理花さんがそう言ったの？」

問いただす縁に、一拍の間をおいて禊は答える。

『……ああ、生贄から聞いてた話と違う？　奥菜理花は清廉潔白・才色兼備・心根の優しい完全無欠のお嬢さんだったはずだろうにって？』

くつくつと喉を鳴らすように笑う、禊の声が低く沈んだ。

『まったく、大した役者だな。アレは』

その意味深な言葉を縁が問いただすよりも先に、禊は冷ややかな声を作った。

『縁。おまえはどうも私の除霊のやり方が不服らしいが、もう終わった話だ。無意味な物言いをつけるな、鬱陶しい』

通話越しでもわかるプレッシャーに縁は黙り込んだ。

『大体、私はいくらか譲歩もしてやったよな？　奥菜理花から依頼を受けて二ヶ月。猶予は充分に与えたはずだ。その間にそっちの生贄——奥菜玲奈の憑き物を祓い落とせなかったおまえの意に沿う結末を用意してやるほど、私は親バカじゃない。縁、おまえはもうすぐ二十歳になるんだろ。いい加減自分の手に負えることと負えないことの分別をつけられるようになれ』

テーブルの上で縁の拳が固く握られて白くなっている。

反論のない縁に見切りをつけたのか、禊は元の猫なで声に戻った。

『善人も悪人も誰彼構わず描くから変に気に病むことにもなるのさ。人を見る目を養って善人を選んで描けばいい』

縁の目に強い光が宿った。

「誰を描こうが私の勝手だ」

『なら、私が誰をどういうやり方で除霊しようが縁ちゃんにも関係ないよねえ』

甘ったるい声が厳しく響いた。

『勝手に描いて傷ついて八つ当たりとはいいご身分だな。甘えないでくれないか？』

鋭利な言葉に再び縁の唇が真一文字に引き結ばれる。禊はため息をひとつ落とすと、やけに明るく続けた。

『ともかく、これにて奥菜理花の依頼はおしまい。奥菜の面移しの儀式は破滅した。そういう訳で万事解決だ。縁ちゃんは芦屋くんに私の名刺を渡しておくように』

禊は縁によくわからない注文をつけた後、愉快そうに言った。

『ところで、芦屋くん、ちょっと頼みがあるんだよねえ』

「……なんですか？」

『縁を』

芦屋が禊の言葉を聞くより先に、縁の指が通話を終了していた。

かなり母親にやり込められていた縁になんと声をかけたものか迷った芦屋だが、結局普通に口を開いた。

「月浪」

「なんだい？　芦屋くん」

「月浪の母さん、キャラが濃いな」

芦屋のすこぶる冷静な指摘に縁は眉間を揉《も》んだ。

「やめてくれ。わかっている。その通りだ。しかし身内へのそういう指摘は結構恥ずかしいものなんだよ」

「……まあ、気持ちはわかるが。あと、名刺ってなんだ」

縁はカバンからカードケースを取り出して一枚の名刺を芦屋に手渡した。

赤い紋様の縁取りの中心に『取締役《とりしまりやく》』の肩書きとともに月浪禊の名前が印字されている。『特殊清掃・月浪院』という会社名が添えてあるのを見て「霊能力者の職種・業種の分類はそれでいいのか」と芦屋は思わず半眼になった。

「それ、護符みたいなもんだからお守りがわりにどうぞ」

「は？」

「赤い紋様を母が一枚ずつ手描きで描いてるから弱い霊なら一発でお陀仏《だぶつ》できるんだよ。

母から許された人が一枚につき一回だけ使えるとっておきの魔除《まよ》け。財布にでも入れといてよ」

そう言うと押し黙ってしまった縁を見て、芦屋は縁から話を聞くべきだろうと思う。語ることでしか肩の荷がおりないことがあると、芦屋は既に知っているからだ。

「月浪は奥菜を気に入ってたんだな。騙《だま》されたようなもんなのに」

「まあね」

縁は頷《うなず》いた。玲奈のことを思い返しているのだろうか、伏せたまつ毛が頰に繊細な影を落とした。

「玲奈さんの仮面は完璧だった。私は母から奥菜の伝承について聞いたあとも信じられなかったよ。最初に会った彼女は完全に怪異の被害者だったし、あんなに良い子が従姉妹を生贄にしようと考えてるとか、思わないだろ、普通」

縁は玲奈に騙されたことを認めた上で、困ったように笑った。

「……私は玲奈さんの振る舞いが全部演技だったと知っても、彼女のことを好ましく思えたんだよ。あの仮面は、並々ならぬ努力の果てに生まれたものだと思うから」

縁は玲奈の演技を惜しみなく称賛する。

実のところ、芦屋にもその気持ちがわからないわけではなかった。

今回縁が怪談を催さなければ、芦屋は玲奈の演技にきっと気づきもしなかっただろう。

凄《すさ》まじい擬態だった。貫き通せば嘘《うそ》も真実と変わらないのかもしれないと、そう思わせるほどの演技だった。

苦虫を噛《か》み潰したような顔で、縁はさらに続ける。

「しかし奥菜一族に伝わる面移しの儀式は本当にろくでもない。口伝《くでん》を辿《たど》ると生贄《いけにえ》も二人必要だというのが濁された形ではあるが伝わってるわけで……。しかもそのことを玲奈さんが承知しているとは、とてもじゃないけど思えなかった」

縁の懸念は的中していたのだろう。玲奈は自分が生贄になると悟って、明らかに顔色を変えていた。

「玲奈さんが自分のやったことを反省なり後悔なりしてくれれば、とっかかりができて私だけで除霊ができると思った。けど……説得できなかった。母の準備の方が早かった。奥菜の儀式を力押しで潰す方が先だった」

縁は無念そうに目をつむって、呟《つぶや》く。

「玲奈さんはかわいそうな人だ」

芦屋は口を挟まず縁を見やる。

「生贄を認める思想を植え付けられた。儀式を円滑に進めるために、人殺しの役目を背負わされていた。自分が人殺しになることも犠牲になることも知らされていなかった。生贄になるために教育された人だ」

育った環境が違えば、玲奈も違う選択肢を選べたのかもしれない。どこかで引き返す道があったのかもしれないと、縁は思っているのだ。

それでも縁は玲奈のやったことの全部を免罪する気はなさそうだった。眉根を寄せて、絞り出すように言った。

「だからって、誰かを犠牲にしてもいいわけじゃない」

縁はしばらくの沈黙の後、深く息を吐いて、芦屋に告げる。

「芦屋くんもこれでやっとわかったでしょ。私といるとほんとろくな目に遭わないよ」

芦屋は腕を組んで、考えた。今言うべきことはなんなのかを。

「腹が減ったな」

そうして出した言葉に縁は「は⁉」とめずらしく素っ頓狂な声を上げた。

「ねえ、いまそれ言う⁉」

「猫柳亭に来てから注文しておいてなんも食ってないだろ、月浪も、俺も」

芦屋はマイペースに割り箸を割って、頼んだまま放置された皿に手をつけた。

「冷めた芋と唐揚げは俺が食うから月浪はラーメンとか頼んで食えよ」

「いや、全然話についていけないんだけど。なんでラーメン？」

困惑した様子の縁に、芦屋は衣が湿った唐揚げを頬張りながら答える。

「だいたい落ち込んだ時に効く食い物は、脂質と糖質とカロリーが多くてあったかいもんだと相場が決まっている」

縁はなにか口を開きかけて、やめた。悲しいのかおかしいのかわからない顔をしている縁に、芦屋はあえて適当なことを言う。

「俺は猫柳亭だと醬油《しょうゆ》チャーシュー多めが好きだ」

「……じゃあ、それで」

店員に注文を通すと、そう時間も経《た》たずに湯気の立つラーメンが運ばれてきた。縁が手をつけた頃に、芦屋はボソリと声をかける。

「誰を描こうと月浪の勝手なんだろ。だったら堂々と好きなもん描けば？」

「……そうだね」

しばらく美味そうにラーメンを啜《すす》っていた縁はふと顔をあげて芦屋と目を合わせると、いつものニヤリ笑いで「芦屋くん、スケッチブック持ってる？」と尋ねた。

たぶんまた、奥菜玲奈のことを描くのだろう。


【奥菜玲奈】


奥菜玲奈は足早に駅に向かう。

終電ギリギリの新幹線のチケットを予約してなんとか奥菜屋敷《やしき》まで帰る手段を確保でき

たのはいいが、一刻の猶予もない。

月浪縁の忠告が脳裏をよぎる。

『奥菜の人間には会うべきじゃない』

玲奈は苛立《いらだ》ちに奥歯を噛んだ。このまま本当に両親や親戚の集う奥菜屋敷に向かうべきなのか。玲奈を生贄にしようと画策していただろう血縁たちと顔を合わせてなにを言うべきなのか。わからない。わからないまま、なにかにつき動かされるように奥菜屋敷に向かおうとしていた。

声をかけられたのは、そんなときだった。

「玲奈ちゃん」

柔らかな声に足を止めた。

「久しぶりだね」

ゆるくウェーブがかった髪の毛がネオンに照らされて煌《きら》びやかに輝く。華やかで女の子らしい水色のワンピースが風になびいて、スカートの裾が何度もうつくしい曲線を描いた。

路地裏に、奥菜理花が立っていた。

「どうしたの？　幽霊でも見たような顔をして」

いたずらっぽく小首を傾《かし》げて微笑《ほほえ》む理花に、返す言葉が見つからない。

玲奈は理花の顔を見た瞬間、どうしようもない罪悪感に襲われていた。なんの罪もない理花を傷つけてもしかたないと思っていた自分が恥ずかしくてたまらない。知らず知らずに殺そうとしていたことを考えると、胸をかきむしっていますぐに許しを乞いたい気持ちになった。

冷や汗をかいて黙り込んだ玲奈に理花は目を伏せて言う。

「ねえ玲奈ちゃん、私ね、玲奈ちゃんのことは怒ってないんだ」

あまりにも優しい声に救われたような気持ちになって、玲奈は理花の顔を見る。

理花は玲奈と目を合わせると、にこやかに微笑んだ。

「私は私と同じ舞台に立とうとしてくれる人が好き。私と対等になりたいって頑張ってくれる人が好き。ふつうの人は諦めちゃうの。勝手に『自分とは違う舞台に立ってる』って線を引いて、私と同じ板の上には立ってくれない」

笑顔のまま、どこか寂しそうに話した理花は玲奈を見るとパッと表情を明るくする。

「だから、私は私を追いかけてきてくれる玲奈ちゃんが大好き。とびきり負けず嫌いなところがとってもかわいい」

胸の前で指を組む。アイドルみたいな人の目を惹《ひ》く仕草だ。普段ならきっと素直にかわいいと、眩《まぶ》しく思えたはずなのに、玲奈は違和感を覚えていた。

理花の言動は、なにか……なにかがおかしい。

「でも、玲奈ちゃん以外の奥菜の人間のことは死んでも許さない」

「え……？」

穏やかな声色で紡がれたセリフがあまりにもそぐわなくて、玲奈は聞き間違いかと思った。理花は虫も殺さないような笑みのまま続ける。

「贅沢《ぜいたく》な暮らしを続けることしか頭になくて、才能のある人を傷つけて殺して、それで自分たちは幸せになれると信じて疑わない奥菜の一族。私が大事に思う芸術を軽んじて踏みつけにし続けるあの人たちが、私は許せないの。絶対に、許さない」

「理花さん、あの。なにを、言ってるの？」

「あ！　もしかして玲奈ちゃんったら新幹線のチケット取っちゃったの？　もう、みんな話が通じる状態じゃないんだから、意味ないよ」

困ったように眉を下げる所作は可愛《かわい》らしいのに、鈴を鳴らすような声なのに、理花は不穏な言葉を吐いた。

「どういうこと？」

「禊さんは結局誰も殺してはくれなかったの。せっかく玲奈ちゃんは縁ちゃんを手綱に健先生と禊さんを引っ張ってきてくれたけど、仕上げは私自身がやることになっちゃった。でも、むしろ自分の手でやるから意味があるのかな、こういうのは」

〝仕上げ〟という言葉に、玲奈は怪異に囁《ささや》かれたことを思い出す。

『仕上げをありがとうねぇ』

「仕上げ……って」

理花に聞いても仕方がないことのはずだった。怪異の囁いた言葉の意図や意味を聞いても、いない人間に尋ねても意味はない。

しかし。

「奥菜の家を終わらせる仕上げのことだよ」

理花は一部の隙もない完璧な微笑みで答えた。声と言葉と顔とがちぐはぐだった。優しく笑っているのに怨嗟《えんさ》と憎悪の滲《にじ》む言葉を使う理花を呆然《ぼうぜん》と見つめて、玲奈は、気づいた。

理花と出会ってからこれまで、理花は一度も瞬きをしていない。

玲奈は思わず、考える余裕もなく、尋ねてしまった。

「……あなた、だれ？」

瞬間、理花の顔からごっそりと表情が抜け落ちる。

能面のような無表情が玲奈を捉えたかと思うと、理花はすぐに笑みを作って軽やかに駆け寄り、玲奈を抱きしめた。やさしく甘い香水の香りが玲奈を包みこむ。

理花は玲奈の耳元に唇を寄せ、囁いた。

「とうとうたらりたらりら、たらりあがりららりとう……」

『翁《おきな》』の舞で口にする祝詞《のりと》を吹き込まれた玲奈は、思わず理花を突き飛ばした。

「ふふふっ！」

理花はふらついて距離を取るも、愉快そうに上目づかいで玲奈を窺《うかが》う。

「私は最初から最後まで〝奥菜理花〟に決まってるじゃない」

「変な玲奈ちゃん」とくすぐるように笑う声に、玲奈は立ちすくむ。


天啓があった。

面移しの儀式はもしかして、最初に翁を冒瀆《ぼうとく》し、奥菜を言祝《ことほ》ぐ舞を舞った兄弟の魂を、生贄に移してから殺す儀式なのではないか。

理花は、面を彫り終わって顔が動かなくなったあと、縁の母が奥菜を祓《はら》う前、すでに〝翁の兄〟にその体を乗っ取られていたのではないか。

それとも、最初から最後までというのなら、理花はとっくに、奥菜屋敷でのっぺらぼうの面をかけたその日から、ずっと……。

慈愛に満ちた笑みを浮かべる理花を見つめながら、玲奈は思う。

なにもかもが初めから、手遅れだったのかもしれない、と。

第三章
コレクション

【梶川密】


梶川密《かじかわみつ》にとって、恋人の部屋は現代の〝驚異の部屋《ヴンダーカンマー》〟だった。

それは博物館の先駆け。かつてヨーロッパの王侯貴族が作り上げた博物陳列室。自然も人工も、偽物も本物も区別なく、標本、剝製、宗教的遺物、奇想絵画、アンティークが分野を隔てず、非体系的に、網羅的に並べられて展示されていた特別な部屋を、井浦影郎《いうらかげろう》の住まいは彷彿《ほうふつ》とさせた。古道具店で売られているような、古めかしくも洗練されたインテリアだけが理由ではなかった。

井浦は蒐集《しゅうしゅう》していた。

井浦の住まう1LDKに所狭しと陳列されていたのは分野を問わない多種多様な画材と、今昔の恋人の残り香が染み付いた〝モノ〟。

梶川が贈った器や灰皿。前の彼女と夜通し見たDVD。前の前の彼女からもらった画集。前の彼氏に取り付けてもらった照明——部屋に置いてあるもの、身につけるものをなにげなく褒めたり話題にしたりすると、昔の恋人とのエピソードがつらつらと井浦の口から出てくるのだ。

悪びれもせず。恋人である梶川の反応を窺っているそぶりもなく。ただ当然のように。

まるでコレクションの目録を読み上げるように。

井浦の驚異の部屋を、梶川は井浦の作品と同じように愛していた。井浦の作品の作り方と、井浦の部屋のあり方はよく似ていた。全く同じと言ってもいい。

つまり、井浦は他人の魅力を吸い取るようにして作品を作る。誰か（井浦は広義のクリエイターを好んだ）と関係を持ってはその人の持っている趣味嗜好《しこう》を丸ごと取り込み、インスパイアする。ひょっとするとモチーフにした当人よりも魅力的に洗練させた形で、作品として出力する。

インスパイアした人間のことをしばしば井浦はミューズと呼んだ。ミューズは〝眼差《まなざ》されるもの〟であるために、彼らが元々持っていたはずの創作意欲さえも不思議と井浦に差し出してしまうのだ。残るのはいつも井浦の作品だった。

そして「彼女（あるいは彼）がいなければこの作品は完成できなかった」と、井浦はインタビューやなにげない会話の中で、それが謙遜であるかのような態度で語る。

井浦の言葉は正しい。作家にインスピレーションを与える生きた女神・男神《おがみ》を井浦は好きなだけ崇《あが》めて、そして大衆か、あるいは井浦自身が飽きる前に捨てる。その後、新たに作品を作るべく井浦はまた別の〝素材〟を探しては関係を持つのだ。井浦はこのルーティーンを繰り返した。

井浦は確立したルーティーンによって美しい絵を何枚も描いた。センスよく、狂いのない、大衆に広く受け入れられる、愛されて消費される絵だった。大学院に通いながら既に作家として世に名前が売れ始めてもいるのだから、ルーティーンの効果は絶大だった。

梶川は、井浦のことを許していた。井浦の作品に心底惚《ほ》れていたから。

井浦が恋人である自分を差し置いて他人といかなる関係を持とうがなにをしようがどうでもよかった。それは創作のために必要なことだから。

井浦が取り込んだ作家崩れのミューズの残骸が、彼の部屋にうずたかく集積されるのを眺めることのできる一番の鑑賞者は自分であるという自負があったから。

なにより、梶川自身は井浦のミューズであったとしても、自らの創作意欲を井浦に渡すつもりはなかったからだ。むしろ、梶川は貪欲に井浦から学ぼうとした。

井浦は主にデフォルメの効いた漫画やアニメの影響を感じさせる絵を描いたが、梶川は細密に人間を描き表すことにこだわった。画風が全く異なる二人だ。だから梶川が井浦の創作法を真似《まね》ていることに気づいている人間は誰もいなかったと思う。井浦ですら気づいていなかった。

梶川は自分が井浦の〝蒐集品〟の一つだと自覚し認めている。しかしその立場に甘んじることなく、井浦から刺激を受けて作品を作る。梶川の渾身《こんしん》の作品を見て井浦も画板に向かい創作に没頭する。梶川と井浦の関係は完成された永久機関だ。切磋琢磨《せっさたくま》してどこまでも創作に向き合っていける心地よい関係なのだと、梶川は信じていた。けれど。

「申し訳ない。別れてくれないか」

テーブルの天板すれすれに、この部屋の主人である井浦の柔らかく茶色い髪が揺れているのを梶川は見下ろした。

なにを言っているのかわからなかった。なんとか言葉の意味を咀嚼《そしゃく》して理解したが、それでもなにを理由に別れを切り出されているのか、全く心当たりがない。

「全部俺が悪い。わがままを言っているのはわかってる。密にしたことも、本当に、最悪だったと思うし、こんなこと今更言うのは卑怯《ひきょう》だって自覚もある。でも……これはけじめなんだ」

「けじめ」

言葉を反芻《はんすう》してみても、やはり腑《ふ》に落ちない。井浦はひどく申し訳なさそうな態度なのだが。「そもそも、私はカゲくんにひどいことをされた覚えはないんだけど」

「…………」

井浦はどうしてか、つらそうに眉間にしわを寄せている。かわいそうに思って梶川はどうにか理由を探してみる。強いて言うなら、と思い当たる節を口にした。

「もしかして色んな人と関係を持ってたことを言ってる？　別になんとも思ってないよ。創作のためなんだからしかたないでしょう、それは」

「ごめん」

井浦は苦痛に喘《あえ》ぐようにしてまた頭を下げた。

気にしていないことを勝手に気に病んで、謝られても、こちらにどうしろと言うのだろうか。——梶川は井浦の殊勝な態度にかえって苛立《いらだ》ちを覚える。

「だから、謝ることじゃないって。そんなことを気にする人はわざわざカゲくんと付き合わないから」

「そんなこと、なんかじゃないって、気づいたんだ」

「え？」

井浦は顔を上げ、真剣な眼差《まなざ》しで梶川を射貫く。

「誰かを傷つけて消費するようなやり方でしかものを作れない人間は、そこまでの才能がないんだって、気づいた」

強烈な自己否定にも聞こえる言葉を、井浦はいとも簡単に口にした。それなのに梶川を見る目は晴れやかで、肩の荷が下りたようにも見える。

「俺には才能がない。それを自覚して、丁寧にものを作らないといけないんだ」

井浦は築いたルーティーンを破壊しようとしているのだと、ようやく梶川にも理解できた。驚き目を見張った梶川に、井浦はもう一度頭を下げる。

「密が今までの俺を許してくれてたこともわかってる。だけど俺は変わりたい。……別れてください。お願いします」

梶川は再び頭を下げた井浦のつむじから目を逸《そ》らして、部屋を見回し、気がついた。

井浦の〝驚異の部屋〟が様変わりしている。

陳列されていたコレクションが段ボール箱に押し込められている。代わりにナチュラルでプレーンで人の好き嫌いを刺激しない、上質なインテリアが並んでいた。観葉植物。時計。食器。オブジェすらどれも新品で、誰かの個性や思い出の残り香が感じられない。

――脱臭されている。

梶川の目尻から涙が滴り落ちた。別れを告げられたことの実感が湧いてきたわけではない。梶川の愛した驚異の部屋が失われていくのが悲しいわけでもない。

井浦の性質の欠点を今更理解したのだ。

井浦は、また誰かに影響されている。その結果、新陳代謝を試みているだけだ。つまるところ、井浦には〝自分〟というものがない。中身も個性も存在しない。だから簡単に挿《す》げ替《か》えられる。今まで築いたものを、簡単に捨てられるのだ。

梶川は頭を下げ続ける井浦に、呟《つぶや》く。

「つっまんない男」

【芦屋啓介】


授業が終わるや否や早々に映像学科の教室に飛び込んできた月浪縁《つきなみよすが》に、芦屋啓介《あしやけいすけ》は目を見張った。

教室から出ていく学生たちに逆らいツカツカと芦屋に歩み寄ったかと思うと、縁は常の泰然自若とした微笑《ほほえ》みをかなぐり捨て、机を挟んだ芦屋の前の座席に腰を落ち着ける。

周囲は何事かという目で芦屋と縁を見比べたが、目を三角にした縁の迫力に負けたのか退散し、教室はあっという間に芦屋と縁の二人になった。

縁はずいぶん機嫌が悪そうだ。というよりも、焦っているように見える。

「おい、どうした？」

「芦屋くん、井浦影郎の写真を持ってやしないか？」

挨拶もなしに飛び出したのは端的な要望である。

仏頂面のまま「ダメで元々なんだけど」と呟く縁だったが、芦屋は縁の望むものを〝たまたま〟持っていた。

「あるぞ」

「あるんだ!?」

縁は目を丸くして驚嘆している。芦屋は自身のデジタル一眼レフの履歴を辿《たど》りながら、呆《あき》れを隠さずに言った。

「聞いといてなんでそんな驚くんだよ……。こないだ東美怪奇会《サークル》の飲み会あっただろ？　あれの三次会に来てたぞ。なんか有名人なんだって？」

縁と芦屋の所属するオカルトサークル・東美怪奇会の会長である梁飛龍《リャンフェイロン》は中国からの留学生でとてつもなく顔が広く、サークル主催の飲み会には大学内外の有名人が来ることもある。井浦影郎について芦屋はよく知らなかったが、同席していた人間が井浦を見て歓声を上げていたのを覚えていた。

当時の会話の内容から察するに『現役美大院生』『売れっ子イラストレーター』『天才画家』など、肩書き過多の人物らしい。

確かに井浦の立ち姿には独特なオーラがあったし、周囲と話す所作を見るに人当たりも悪くなさそうな人だった。が、深く人となりを知るほど言葉を交わす機会には恵まれなかった芦屋である。

その飲み会の一次会には縁も出席していたが、例によって二次会以降は不参加だ。ニアミスしていたのがよほど癪《しゃく》に触ったのか、縁は舌打ちしてクダを巻くように芦屋に絡んだ。

「なんだよあの時来てたのか。ねえ、まさか井浦さんマスク無しだったりする？」

「どうだったか……。あ、してねぇな」

芦屋の一眼レフを引き寄せ、縁はカメラに付属する小さな液晶を覗《のぞ》き込む。

写っているのは会長と芦屋の同輩、井浦影郎の三人だ。右から、いくら酒を飲んでも全く酔わないウワバミで、実際蛇のような涼しげな顔をしている東美怪奇会会長・梁飛龍。真ん中の丸メガネをかけてピースサインを作っているのが縁と同じ日本画学科二年の蓮根《はすね》修二《しゅうじ》。そして左端で井浦影郎がジョッキを掲げて笑っている。マスクを外した顔は爽やかで、八重歯が愛嬌《あいきょう》を引き立てているように思えた。

「はぁ？　顔思いっきり出してるじゃん。くそ……しかも悔しいけど良《い》い写真だな」

「そりゃどうも」

悪態と称賛を同時に放った縁を芦屋は軽く受け流した。縁はため息交じりにぼやく。

「芦屋くんって被写体の警戒心解くの上手《うま》いよね。井浦さんは筋金入りの写真嫌いで、インタビューとかメディアに露出するときはもちろん、プライベートでも絶対マスクしてたんだよ」

言われてみれば、店に来た当初の井浦は黒いマスクで顔半分を覆っていたような気もする。が、写真を撮った頃にはだいぶ盛り上がっており、マスクをしている気分ではなくなっていたのかもしれない。

「このとき会長以外ベロベロだったからな。で？　井浦さんがどうかしたのか？」

「行方不明なんだ」

縁の言葉に空気がピンと張り詰めた気がした。

縁はこわばった芦屋の顔を見て、皮肉めいた笑みを浮かべる。

「連絡が取れない。仕事や授業を突然休みがちになる。──そういう人の元では怪奇現象が起きてるっていうのが、私の周囲では鉄板だからね」

「……病気とか、家の事情とか、が原因だったりしないのか？」

「そういうことならむしろありがたいよ。絵も変わらないで済む」

芦屋は内心ホッと胸を撫《な》で下《お》ろした。そうだ。縁の異能〝厄払いの絵画〟の効力がある。縁が井浦をあらかじめ描いていたなら、少なくとも生きてはいるに違いない。

「月浪が描いた人間が死ぬことはないんだろ？　なら……」

縁は能天気な芦屋の言葉に気まずそうに目を伏せる。そして、まるで自分の罪を告白するように口を開いた。

「モデルの顔の半分以上が隠れていると厄払いの絵画は効果を発揮しないんだ」

芦屋は瞬《まばた》いて、思い当たる。

なら、ずっとマスクをして写真を嫌っていた井浦の〝厄払いの絵画〟を、縁は描くことができなかったのではないか。

芦屋の推測を裏付けるように、縁は悔しそうに眉をひそめた。

「……私、飲み会とか、展示に行った時に偶然会って挨拶したりとかで井浦さんと喋《しゃべ》ってる。トータルすると五、六時間にはなるだろう。接した時間が霊媒体質に影響してくるか、してくるなら許容時間はいつまでなのかは正直わからない。けど、どうも気になるんだ。大学に入って描かなかった知人は、井浦さんだけだから」

「おい、サラッとすごいこと言わなかったか？」

縁が大量の人物画を描いていることは知っていたが、描かなかった知人が井浦一人とは尋常じゃない。芦屋の驚嘆を縁は不思議そうに眺めた。

「私の体質のことを考えれば、保険をかけるのは当然のことでしょ」

芦屋は言葉に詰まった。

縁は自分の霊媒体質に他人を巻き込むことを前提にして、厄払いの絵画を描いている。

それが、どうしてか芦屋には衝撃的だった。

(そんな機械的に絵を描いていても、月浪は楽しいのだろうか)

沈黙する芦屋を不思議そうに首を傾《かし》げて見ていた縁はやがてごまかすように、いつも通りに微笑んだ。

「とにもかくにも、井浦さんを描かないことにはそれもわからない。今描こう」

事前に画用紙を水張りしていたらしいパネルを取り出し、墨や筆など着々と画材を取り出し始める縁を芦屋は止めた。

「月浪。映像科の教室で墨をするのはやめてくれ」

縁はピタリと手を止めた。笑顔のまま固まっている。この映像学科の教室は撮影機材を扱う関係で絵の具や水を使う作業、飲食が禁止されている。縁も把握しているはずなのだが、どうやら本当に焦って周りが見えなくなっているらしい。らしからぬ振る舞いだった。

「あと、この写真のデータを月浪のクラウドに送るからちょっと待て」

縁は芦屋に諸々《もろもろ》突っ込まれて冷静になったのか、スッと画材をしまい、咳払《せきばら》いをしてやたらにキラキラした笑みを浮かべた。

「おっと失礼。じゃあ私は日本画科のアトリエに行くけど」

『芦屋くんは来なくても大丈夫だよ。写真の協力ありがとう』とかそういうセリフが出るより前に芦屋は口を開いた。

「写真だけ手に入ったら用済みなのか、俺は？」

恨みがましい芦屋の言葉に縁は頬を引きつらせて半眼になった。

「いや、人聞きが悪すぎるからそういうこと言うのやめようよ」

縁はため息混じりに肩を落とした。

「たぶん今回もろくな目に遭わないし、やっぱり芦屋くんを巻き込むことはないだろうと思って」

「その割にこの場でなにかしようとしてたよな？」

図星を突かれて気まずそうな縁に、芦屋は言った。

「最後まで付き合うよ。乗りかかった船だ」

放課後の日本画学科の空き教室に芦屋啓介と月浪縁は潜り込む。

縁は手際よく絵を描く準備を始めた。

磨《す》りガラスの窓際にイーゼルを立て、自分が座るものとは別に箱椅子をいくつか拝借する。その上にタブレット端末を置いた。芦屋から送られた写真を表示させて資料に使うようだ。右手には墨や筆洗などの描画材を几帳面《きちょうめん》に並べている。

「厄払いの絵画って、画材はなんでもいいんだな」

ドッペルゲンガーの怪異を祓《はら》ったときの絵は水彩画だった。奥菜玲奈《おきなれな》を描いた際は岩絵具《いわえのぐ》を使っていたと思う。猫柳《ねこやなぎ》亭ではサインペンを使って、芦屋が冷めたポテトと湿った唐揚げを平らげる間にいつの間にか描きあげていた。

芦屋の指摘に縁は墨をすりながら答える。

「画材や技法はどうでもいい。ただ、私が納得できる絵だったなら、それが厄払いになる。今回は一刻を争うから、時間のかかる画材は避けたんだ」

「一発勝負ってやつか」

鉛筆も消しゴムも縁は用意していない。下描きなしに完成させるつもりなのだ。

「ほら、自分を追い込んで集中力を高めるってやつだよ。時間を短縮するなら、そこにかける集中の精度を上げとこうと思って」

縁は冗談めかして言うものの、口にする全てが本気だった。

「速描きするとはいえ画材が筆と墨だとそこそこ時間はかかるから、退席するなら今だよ。途中退席はいつでも構わない。話しかけるのもOK。だけど、私の返事は期待しないでくれ。描き始めたらそばに誰がいたとしても、私はひとりきりで画面に向かっているのだと、思い込むことにしてるから」

芦屋は頷《うなず》いた。実のところ、縁がどのように厄払いの絵画を描くのかに興味がある。

芦屋が頷いたのを確認すると縁はいつも通り、にこやかに微笑む。

「じゃ、始めます」

軽いノリで宣言した縁だが、次に画面に向き直った瞬間、芦屋の存在など頭から抜け落ちていたに違いない。絵を描くために頭のスイッチを切り替えたのだろう。

縁は姿勢を正し、まず真っ白な画面に向かって一礼した。

途端に、ピンと張りつめた緊張感が教室に充満する。凄《すさ》まじい集中力だった。

左手に置いたタブレットに表示される写真を見ながら、下描きもなしに恐るべき速さで、それでいて丁寧に一本一本線を引いて行く。大胆に、正確に、面を描く。

光を、影を、骨を、肉を、人の魂を表すがために。

墨による描線の抑揚、滲《にじ》ませ方、いずれも縁は迷わなかった。

瞬きさえ惜しむようにしながら井浦の輪郭を捉えていく。

筆を取り替え、墨を吸わせ、水を含ませる手つきは素早く、無駄がない。

みるみるうちに穏やかに笑う井浦影郎が画面の中に姿を現した。

優しい絵だ。墨一色で描いているのに、鮮やかだった。

そのまま完成にしても良さそうに思えたが、縁は井浦の周りを蓮《はす》の葉や花で囲みだした。

そうすると、花で作った額の中にいるはずの井浦が、どうしてか芦屋が飲み会で見たときよりも自由で自然体に見える。縁の描く人間はいつも、生き生きとしている。

縁は描画に没頭している最中、深く集中したまま常にうっすらと微笑《ほほえ》んでいた。画面の中にもう一つの世界があることを疑っていないように見えた。

芦屋は、いまカメラを持っていないことが惜しくなる。縁の集中を乱したくもなかったからどうせシャッターを切ることはなかったかもしれないが、それでも、いまこの瞬間を撮りたいと思った。

芦屋の思考など全く関係ないところで、縁が筆を置いた。深く息を吐いて、満足げに微笑む。

「できた」

完成まで時間にしておよそ六十分。芦屋は縁が描き上げたと同時に緊張から解放されて深く息を吐いた。縁と共に海の底まで潜っていたような気さえする。

最初から最後まで、目が離せなかった。

「月浪、ライブドローイングか動画配信をやったらどうだ？」

かなりの再生回数は見込めるに違いない。芦屋が大真面目に提案すると、縁は気の抜けたような顔で笑ったあと「あんまり顔だしでの活動というか、表舞台に出るようなことはしたくないんだよな。ＳＮＳは見る専です」などと言っておどけて見せた。

「さて、鬼が出るか蛇が出るか」

茶化すように言う縁だが、描きあげた絵を見る眼差《まなざ》しは描いている最中と同じように真剣だ。

変化は、すぐに訪れた。

「来た」

縁の低い声を合図に、井浦影郎の肖像を描いた白い紙が徐々に赤く染まっていく。見えない誰かが縁の描いた絵の上から赤いインクを垂らしているようにも、絵自体が血を流しているようにも見えた。赤いテクスチャはついに紙の全面を覆い隠してパネルを真っ赤に染め上げる。そして。

「え？」

芦屋は思わず声をあげた。

縁の描いた蓮の縁取りの部分が黒く浮かび上がったかと思うと、赤くぬらぬらとしたテクスチャは、井浦影郎の肖像ごと紙に染み込むようにしてなくなってしまった。縁の描いた渾身《こんしん》の線も、面もなにもかもが消え失《う》せ、縁が手をつける前の白紙の状態に戻った。

「なんだこれ……。いったい、どういう意味だ？」

困惑しながら芦屋が縁の反応を窺《うかが》うと、険しい表情を浮かべた縁がパネルを睨《にら》んでいた。

「……『意味がない』って意味だと思う」

芦屋はその表情と言葉の意味を汲《く》んでハッと白紙の画面を見やる。

確かにそこに描かれたはずの井浦影郎は跡形もない。

つまり、厄はすでに降りかかったあとなのだ。厄払いはできない。払う相手がいないのだから——赤いテクスチャは画面の全てを覆い、モチーフとなった人間を消し去って縁に伝える。

「井浦さんはもう死んでる」

教室の中に縁の硬い声が虚《むな》しく響いた。

腹に鉛を無理やり押し込められたような気分だったが、芦屋には少々気になることがあった。

「じゃあ、最後に浮かび上がった蓮の縁取りはなにを意味しているんだろうな？」

首を傾げる芦屋に、縁はなにか閃《ひらめ》いた様子で素早くタブレットに飛びついた。

何度か画面をスライドさせて、ある一枚の作品で手を止める。

東美怪奇会の集合写真の模写だ。

芦屋が井浦の写真を撮ったときに、一緒に写っていたメガネの同輩——蓮根修二の喉元に、縄跡のような赤いテクスチャが浮かんでいた。

「……これ、蓮根に厄が降りかかるってことか？」

しかも、井浦を描いた絵に浮かんだ赤いテクスチャが、「蓮の縁取り」を強調してから消えたことを踏まえると、井浦影郎を殺したなにかが関わった厄だ。

縁はあごに手を当てて考えるそぶりを見せた。

「そうだと思う。こういうテクスチャの現れ方をしたのは今回が初めてだけど、そう考えると筋が通る。……井浦さんを殺した〝なにか〟が、今度は蓮根くんを狙ってるってことなんだろうね」

縁はパネルの上に手のひらを置き、ぐっと拳を握りしめた。縁が事態をこのままにしておくつもりがないことは芦屋の目から見ても明らかだった。

後片付けを終えた芦屋と縁が教室を出たところで、後ろから声をかけられる。

「あれ？　月浪さんと芦屋くん？」

「蓮根」

廊下にいたのはつい先ほどまで話題の渦中にいた蓮根修二だ。恐ろしい〝偶然〟である。

芦屋は思わず縁に目を向けたが、当の縁自身は霊媒体質のもたらす偶然に慣れているのか、ごく自然な所作で蓮根に応じた。

「やあ蓮根くん。こんばんは」

夏とはいえどすでに日が落ちて暗くなっていた。けれど、蓮根の顔色が良くないのは一目で分かった。トレードマークの丸メガネでも、目の下に浮かぶ黒々とした隈《くま》は隠せない。

「怪奇会の作業ですか？　最近僕は顔出せてないですけど、進んでます？」

「そんなとこかな」

縁は適当にごまかし「スパートがかかるのはまだ先だから、体調が良くなったらおいでよ」と続ける。蓮根は力なく頷いた。

「そうですね。実は最近、大学に全然来れてなかったので。課題の進行の目処《めど》が立ったら顔を出しますね」

「いつから具合悪いんだ？　あまり無理するなよ」

気遣う芦屋に、蓮根は思わずと言ったようにこぼした。

「先週、いや、酷《ひど》くなったのは三日前からです。梶川さんの展示を見に行ってから、ちょっと」

芦屋は梶川という名前に聞き覚えがなかったが、縁は違ったらしい。目の色を変えて蓮根に問いかける。

「なにかあったんだね？」

蓮根の肩が大げさなまでに跳ね上がった。モゴモゴとごまかすような言葉を口にしたが、縁はすでに獲物を見定める猫のように蓮根のことを捉えていた。

「話を聞かせてくれるかな、蓮根くん。人に話してみることで、気持ちの整理がつくこともあるだろ？」

蓮根は芦屋をちらりと窺う。縁に同意の意味で芦屋が頷くと、逡巡《しゅんじゅん》するように目を泳がせた蓮根はやがて観念したようにうなだれた。

「そこそこ長い話になりそうなので、食堂に移動しませんか？　この時間なら、きっと空いていると思うので」


【蓮根修二】


私立東京美術大学・日本画学科二年、蓮根修二は語る。

僕が梶川さんの展示に行ったのは、先輩から彼女の話を聞いたことがあったからです。

先輩というのは、月浪さんも芦屋くんも会ったことがあると思いますけど、井浦影郎という、東美の院生でプロの画家・イラストレーターとしても活躍している人です。怪奇会の梁《リャン》会長が井浦先輩の友人で、サークルのメンバーではないけれど去年はお化け屋敷《やしき》に一枚模写を提供してますから、二人とも先輩の作品を見たことがあると思います。

あの上村松園《うえむらしょうえん》の『焔《ほのお》』の模写は素晴らしい出来でした。生き霊となった源氏物語の六《ろく》条御息所《じょうのみやすどころ》が、嫉妬に自分の髪ひとすじを噛《か》みながら恐ろしい形相でこちらを振り返る一瞬を捉えた名作。美しさと不気味さが融合した絵を、鮮やかに再現していた。

井浦先輩は割と絵柄がコロコロ変わる人ですけど、基礎がしっかりしてるからなんでも描けるんですよね。

もともと僕は井浦先輩の商業作品が好きだったんです。でも、あの模写を見た後はもっと先輩の作品を見たいと思いました。あんな風に、かつて生きていた作家の呼吸や筆致すら自分のものにしてしまう人のことを知りたいと。

僕は絵画修復士の仕事に興味があったので、その参考にもなるかも……なんて打算的な考えで井浦先輩に近づきました。先輩はたまに怪奇会の集まりに顔を出してましたから、話しかけるチャンスには恵まれたように思います。

何度か話しかけているうちに、僕たちは好きな作家が同じだってことに気づきました。青背一究《あおせいっきゅう》ですよ。僕たちは彼と同じ時代に生まれたことを、お互い貴重で、素晴らしいことだと思っていたんです。青背の話で盛り上がったのをきっかけに漫画や映画の趣味が似てることもわかって、先輩とはサークル外でも話したり食事に行ったりするようになりました。

僕が梶川さんの話を聞いたのは井浦先輩の家に遊びに行ったときでした。先輩がものすごく落ち込んでいるというか、ナーバスになっていたことがあったんです。

いつもは映画を見ながらこのセットは良《い》いとか悪いとか言い合うのにその日は全然喋《しゃべ》らなくて。急にわざわざ焼きものの器にお菓子を開けて菓子盆みたいにして出してきたり……。

先輩はいつでもひょうひょうとした感じの人だったから珍しいやら、心配やらで、映画が終わってすぐになにがあったのか尋ねてみました。そしたらなんてことはなく「彼女と別れたい」って一言。しかも続けて「これも彼女にもらって使ってる皿なんだ」「器は絵よりも苦手みたいだ。新しく買う金もないし使うけど」とか言うわけですよ。

僕は井浦先輩に彼女が居るとも知らなかったので「はあ、そうですか」みたいな、呆《あき》れて気の抜けた返事しかできませんでした。それが却って功を奏したらしく先輩も力が抜けたみたいで、フッと肩を落として言いました。

「話を聞いてくれないか」と。

「あんな悪趣味なサークルに入ってるからには怖いの平気だよね？」と、居住まいを正して言うんです。やけに真剣な顔だったので、なんだかただ事ではなさそうな気配は感じていました。

「自分で言っておいてなんだけど、怖い話というよりは不気味な話だと思う」

と、前置きして先輩はポツポツと語り始めました。

その、井浦先輩が別れたい彼女というのは梶川密さんといって、絵肌に血が通っているみたいな筆致の、緻密なデッサンの上手な人です。

得意な筆致だからか、好きだから上手になったのかはわかりませんが、そういう絵柄を生かして人体のパーツばかりを描いて、積極的に個展を開いていたのだといいます。

人体のパーツ、というのは耳とか、手とか、ひじとか、人間の体の一部分のことですね。これを正方形のパネルにとにかく細かく描く、というスタイルを彼女はとっていました。

得意とする展示の方法も変わっていたようです。だいたい絵画の展示をする時は、一枚一枚を等間隔、横一列に並べるじゃないですか。そうじゃなくて、〝モデル〟を棒立ちにさせたときの耳のある位置、手のある位置、ひじのある位置に絵を置くんですって。

そうすると、絵の置かれていないはずの壁の部分に、描かれてない全体図があるような、絵を鏡と見紛《みまが》うような、不思議な感覚のする展示になる。想像の余地がある方が面白いから、そういう置き方をしているのだと彼女は言っていたようです。

井浦先輩は最初、そんな彼女の作品を確かに面白いと思っていて、工夫のある展示方法だと、デッサン力の上手な使い方だと好意的に見ていたようなんですよ。気味が悪いとは全く思っていなかった。惚《ほ》れた欲目なのか、美術関係者特有の、上手な人への評価が全面的に甘くなりがちな傾向が現れていたのかは知らないですが。

井浦先輩が彼女との別れを決意したのは、彼女の個展に足を運んだときのことがきっかけでした。

新宿《しんじゅく》の画廊についたそのとき、たまたま彼女は昼休憩かなにかで席を外していました。なので先輩は戻ってくるのを待つついでに作品を眺めることにしたんです。

当時彼女が開いていた個展のテーマは「スマイル」。笑う口元の絵ばかりが壁一面にズラッと並ぶ。そんな展示です。その光景に先輩はちょっと気圧《けお》されたみたいなんですけど、単体で見る作品自体の出来は良く、先輩は彼女の作品を一点一点確かめるように見ていきました。

写真撮影も大丈夫だと表示があったので、先輩は鑑賞しては写真を撮る、という一連の流れを繰り返しました。

ひとくちに口元と言っても個人差、男女差のようなものがあります。展示された彼女の作品はみんな笑っていますが、どれ一つとして同じではありません。それを的確に描いた彼女の作品は相変わらず面白いと、最初は感心していたようです。

そばにホクロがある口元。歯をこぼすようにして笑う口元。少ししか口角の上がっていない口元。真っ白な歯を晒《さら》している口元。八重歯を見せている口元。……と見ていくうちに、先輩は八重歯を見せている口元の絵で足を止めました。先輩自身も八重歯なのでどうも気になったらしく、じっと眺めているうちに気づいたんです。

「これ、俺だ」

いつの間にか写真を撮られて、それを彼女が模写したんだと思いました。けど、よくよく考えるとおかしいんですよ。先輩は八重歯がコンプレックスで、人前で歯を見せて笑うことを滅多にしない人なんです。笑うときも手のひらで顔半分を隠して笑う。メディアなどに露出して顔を出す機会があったら必ずマスクで口元を覆う。からかわれることもあったけれど常に口元に気を配っていました。先輩曰《いわ》く彼女の前でも例外ではないと。

実際カメラを向けられた覚えはなかったようですし、なにしろ気にしてるんですから、写真を撮られたら覚えているのが自然でしょう？　「じゃあ寝ているときに撮られたのか？」と考えたりもしたようなんですが、人間寝てる時に歯を見せて笑ったりはしないですよね。無理やり唇をこじ開けたら気づくでしょうし。

それにそういう不自然な点を差し引いても、先輩は自分をモデルに絵を描かれたことを、彼女の個展を見にいくまで知らなかった。勝手に自分を、しかもコンプレックスの八重歯を堂々と見せて笑ってる絵を描かれて不愉快な気持ちになったようなんですね。

「自分をモデルに絵を描くなら一言言えよ」と。もっともな話なんですけど。

だから先輩は画廊にやってきた彼女に挨拶もそこそこに、文句を言ってやるつもりで切り出したんです。

「……この絵、俺だよね？」と。すると彼女は「そうだよ」と、あまりにもあっけらかんと言うんですって。先輩は梶川さんのキョトンとした様子に絶句しました。

なんていうか、「なにが悪いか全くわかりません」みたいな態度だったそうで、怒っている井浦先輩の気持ちに寄り添う気が皆無だったようなんです。

それに……肖像権のことなんて、いまどき一般常識でしょう。自分の顔や姿を無断で写したり展示したりすることを拒否する権利が万人にあるって、作家じゃなくても知ってますよ。

それなのに、彼女はなんで先輩が怒っているのか想像できない。考えも及ばない。といったようなそぶりで、先輩は「仮にも人間をモデルに描くのに意識が低すぎる。デリカシーが無いし配慮に欠ける」と、ちょっと引いたみたいなんです。

黙ってしまった先輩になにを思ったのか、彼女は朗らかな笑顔で続けます。

「全然気にするようなこと、ないのに。私はカゲくんの八重歯が好きだよ。好きだから描いたの」って。

先輩は「これはもうなにを言っても絶対に話が通じない」と悟って、それ以上の文句はなにも言わず、適当な話をした後足早に画廊を立ち去りました。

確かめたいこともあったからです。

家に帰って、早速先輩は風呂場の鏡と、スマホで撮った写真とを見比べました。

そうして見た鏡に映る自分の歯。彼女が描いた八重歯の絵の写真。ほとんど寸分違《たが》わず、同じ八重歯が写っていたそうです。

事実を認識した瞬間、先輩はなんとも言えない、体の芯から総毛立つような不快感に襲われたのだと言っていました。

「想像と、一瞬の観察だけで描いたんだ、あれだけのものを」

語る先輩の顔には、畏怖の感情がありありと浮かんでいました。

「彼女は紛れもなく天才だと思う、けど、気味が悪かった。あんな描き方をされたし、なにより、俺が彼女のコレクションになってるみたいで嫌だった。だから、別れたいと思ってるんだ」

僕は「無理もない話です」と先輩に同意しました。他人がお付き合いしていた人にこんなことを言うのはなんですが正直、気持ちが悪いと思ったからです。

先輩が怯《おび》えさえ滲《にじ》ませながら呟《つぶや》いた「コレクション」という言葉がやけに耳に残って、嫌な気持ちになったのを覚えています。

——この話を聞いて一週間もしないうちに、先輩は大学のどこにも顔を出さなくなりました。借りていたマンションを訪ねてもずっと留守で。

つまり、井浦先輩とは音信不通になったんです。

先輩と連絡がつかなくなったのは僕にとってそれなりに衝撃的な出来事でしたが、とはいえ、私立美大なんて家庭の事情なりなんなりで中退する人もザラにいるじゃないですか。むしろ中退した方が将来大成する、なんて言われますし。

連絡が取れないのは心配でしたけど、井浦先輩もその一人かもしれない、と僕は考えるようにしていたんです。なるべく、楽観的に考えようと。

ただ……やっぱり電話が繋《つな》がらなかったりするのは変です。それに梶川さんの話が胸にしこりのような感じで残っていました。先輩がいなくなったのにはもしかして彼女が関係しているのか？　なんておぼろげに考えたりもしていました。

梶川さんの個展のDM《ダイレクトメール》を見つけたのは、そんな時期でした。

研究室のカウンターには美術館の割引鑑賞券とか、学生が自主的にやる個展の宣伝ハガキが置かれてたりするでしょう。

やっぱり学科によって置かれるジャンルは偏っていて、デザイン科の研究室にはデザイン関係の展示、日本画科には日本画の展示のチラシが置かれるんですよ。

そのDMは一際目を惹《ひ》きました。

正方形のパネルに描かれた、目と、耳と、唇。ひじとひざ。関節。爪。人体のパーツを緻密に描いて、モデルを想像させる配置に置く。ハガキの中でも独特の展示方法は再現されていました。確かに井浦先輩の言う通り、とても上手な人です。

僕はDMを手にとった途端に、これはどうしても梶川さんの個展に行かなくてはならないと、そういう気持ちになっていました。

梶川さんが開いた個展は、新宿の画廊を丸々借り切った贅沢《ぜいたく》なものでした。僕が訪ねたのはたまたま授業が休講になった、月曜日の一時ごろです。

なんとなく明るいうちに見ておきたかったので時間帯も早めを目指して足を運びました。平日ということもあって大盛況、というわけではなかったのですが、お客さんがそれなりの数出入りしていました。人気があるんだな、というのは人出と、画廊の入り口に置かれた花の数でわかります。さんさんと日差しの降り注ぐ中、赤い花ばかりの飾りが五つ、入り口に出ていました。花飾りを横目に室内へ一歩足を踏み入れると、井浦先輩から教えてもらったとおりの緻密な絵が並びます。想像の余地を残した展示方法。人体のパーツが持つ生命感を正方形の画面にこれ以上なく凝縮したような絵の数々。

僕は、圧倒されていました。これは人気があるのも、一目置かれる理由も納得できるぞ、と思った。不気味さよりも生命の持つ繊細な魅力の方が勝っている。どれもそんな絵でしたから。

今回の展示のタイトルは「関係性」。絵のそばに置かれたキャプションを読むと、その意味がわかります。「おかあさん」「おとうさん」「おとうと」「ペット」「ともだちA」──作者との関係がそのまま作品タイトルになっていました。

ただ、一枚一枚見て回って行くうちに井浦先輩の言った「コレクション」という言葉が、うっすら理解できて、その意味が心の中でより重たくなっていきました。彼女の絵を見ていると、居心地どころか気持ちまで悪くなっていくようだった。

家族や友人を作品にする。これはよくあることだと言えばよくあることですけど、なんだか彼女の展示は、蒐集《しゅうしゅう》したものを見せびらかすような、家族や友人を見世物にしているような、まるで、作品の一つ一つが蝶《ちょう》の標本や鹿の首の剝製のようにも見えて、こう……うまく言えないんですけど妙に明け透けな感じがするというか……あんまり印象が良くなかったです。もしかして井浦先輩の話を聞いていたから、先入観があったのかも知れません。

なんだかモヤモヤを抱えたまま、いよいよ地下にある最後の部屋に向かって――最初に目に飛び込んできた光景に、僕は、目を疑いました。

「えっ？」

顔のない男が部屋の壁際に立っているように見えました。

……よくよく見ると違うとわかります。それは、絵でした。小さな部屋の壁際からとび出すように、等身大の絵が置かれていた。どうやら梶川さんは木板で柱と見紛《みまが》うような白い長方形の箱を作って、その側面に絵を描いたようなのです。遠目から見ると、まるで、本当にそこに井浦先輩が――。

「そこに人が立ってるみたいでしょう」

突然後ろから声をかけられて自分でも大袈裟《おおげさ》だと思うくらい肩が跳ね上がりました。

恐る恐る振り返ると、髪を一つにくくってジーンズに黒いTシャツを合わせた、こざっぱりした感じの女の人が立っていました。僕があんまり驚いた様子だったからか、女の人はクスクス笑っています。

「作者の梶川です。新しい展示方法にチャレンジしたくて。ビックリしました？」

案の定と言いますか、女の人は梶川密さん。井浦先輩の恋人でした。

「はい……一瞬先輩が立ってるみたいで」

僕が息を整えながら答えると、梶川さんは検分するように目を細めます。

「へえ。君にはカゲくんに見えたんだ」

僕は、梶川さんの言葉に、冷や水を浴びせかけられたような心地がしました。

展示されている絵には顔がありません。ただ、僕は梶川さんと井浦先輩の関係性を知っていましたから。

「タイトルを見ればわかりますよ。井浦先輩ですよね？」

「そうだよね。分かる人には分かるよね」

そう。キャプションを読めば誰をモデルにしているのか、想像はつくんです。梶川さんもそれは承知していたようです。納得していた様子で頷《うなず》いていました。

それで僕はちょっと安心して、……迷いましたけど、結局直球の質問を投げることにしたんです。

「あの、ところで話は変わるんですけど、井浦先輩と連絡が取れません。大学にも全然来てないそうですが、梶川さんはなにかご存じですか？」

「ああ、だってそこにいるから」

梶川さんはなんてこともないように、さらっと言うんです。

僕は、梶川さんが最初なにを言っているのかよくわからなくて、それが顔に出ていたんでしょうね。

梶川さんは軽く首を傾《かし》げて、付け加えるように言いました。

「ここにいるんだから学校には行けないでしょう」

……ぞっとしましたよ。それこそ体の芯からの、総毛立つような悪寒が走った。

だってこの部屋の作品だけ、井浦先輩を描いた作品だけ、等身大の「箱」を使った展示なんです。〝なにか〟がそこに入ってても不思議ではないんですよ。

例えば、井浦先輩の死体とか。

まさか、と僕が青ざめたのを見て、梶川さんは笑いました。

「なんてね」

ちょっとしたいたずらに成功したような、そんな感じの笑顔でした。

……あのですね、結局からかわれたんです。僕は。

さすがにムッとしたので、ささやかに抗議しました。

「趣味の悪い冗談言わないでください。なにかと思ったじゃないですか」

「ごめんごめん、あなたがオカルトサークルの人だって知ってたから、こういうの好きかと思ったんだ。確かに不謹慎だったかも」

梶川さんは手を合わせて軽い調子で謝ってきたあと、困ったように眉をハの字にして言いました。

「私も連絡がつかなくて困ってるんだよ、モデルになってもらったのにお礼もまだできてないから。もしもカゲくんがサークルに顔を出したなら教えてくれると嬉《うれ》しいんだけど……」

つまり、梶川さんにも井浦先輩の行方は分からない、ということです。

僕は梶川さんの提案を了承しました。断る理由もなかったですし。

「もちろん、いいですよ。そのうちひょっこり出てきてほしいんですけどね」

「ありがとう。本当にね」

梶川さんは深くため息を吐いて、憂うように作品に目をやっています。

僕は、簡単に展示の感想を梶川さんに告げると画廊からまっすぐ家に帰りました。

それで、新宿から自宅のある立川《たちかわ》に帰るまで電車に揺られている最中、じわじわと疑念が膨らんでいったんです。

『だってそこにいるから』『ここにいるんだから学校には行けないでしょう』

梶川さんのタチの悪い冗談が頭から離れなかった。

「……あれは、本当に冗談、だったのか？」

口に出して言うと、ふっと脳裏に浮かんだ仮説が、どうしてか、やけにしっくり来てしまったんです。

最後の展示室にあった作品のタイトルは「こいびと」でした。でも、本当は井浦先輩と梶川さんの関係は破局を迎えつつあった。にもかかわらず、梶川さんは僕の前でそんなそぶりなどおくびにもだしていませんでした。それどころか音信不通の恋人を心配しているように振る舞っていた。そのちぐはぐさに、なんだか猛烈に嫌な予感がしたんです。

もしかすると先輩は本当にあの部屋にいたのかもしれない。あの等身大の箱の中に。まさしく彼女のコレクションになって。

【芦屋啓介】

「その日から、蓮根は寝つきが悪くなったと」

語り終えた蓮根修二はどこかスッキリとした様子で芦屋啓介の問いかけに頷いた。

しかし表情は明るくなったものの、やはり食堂の白熱灯に照らされる蓮根の顔色はよろしくない。本当に眠れていないのだろう。その上、

「それに、やっぱり最後に見たあの井浦さんをモデルにした作品が、どうも気になって

……。もう一度梶川さんの展示に行こうかと思っているんです」

などと言い出したので、芦屋は言葉に詰まった。

不調の原因と思われる梶川の展示に、また近づきたいと思うのはどういうわけか、わからなかったからだ。

蓮根自身も理由を説明しづらいようで、芦屋と縁をうかがうように、恐る恐る見る。

「……変、ですよね？」

縁が首を横に振る。

「自然とまでは言わないけど、蓮根くんにとっては心に残って『もう一度見たい』と思う作品だったんでしょう。心への残り方が、良《い》いか悪いかは別として。……梶川さんは技量がある人だしね」

縁は梶川の作品について、よく知っているような口ぶりだ。

「梶川と知り合いなのか？」

「日本画学科の先輩だから。話したことはないけれど」

芦屋が尋ねるとさらりとした答えが返ってきた。

「明日、授業が終わったらまた行こうと思ってるんです」

「そっか」

蓮根は縁のドライな返答に安堵《あんど》したのか笑みを作る。

「月浪さん、芦屋くん、ありがとうございます。なんだか話を聞いてもらって、少し楽になりました」

蓮根とは大学の最寄駅《もよりえき》で別れた。

芦屋と縁は自宅が都心にあるため途中まで同じ電車に乗っている。夜八時を過ぎてベッドタウンから都心に向かう座席はガラガラで、一車輛がほぼ貸切《かしきり》状態になっている。

芦屋は横に座る縁におもむろに口を開いた。

「行くのか」

「もちろん。芦屋くんは来なくていいよ」

当然のように芦屋を遠ざけようとしてくる縁だが、芦屋に聞き入れるつもりはさらさらない。芦屋は斬りこむように口を開いた。

「梶川が、犯人だったりするのか」

蓮根の話を聞く限り、梶川密はあからさまに怪しい。

芦屋の率直な疑問に対して縁は逡巡《しゅんじゅん》したが、結局は正直に答える。

「わからない。でも可能性はゼロではないよ。生きている人間が生きながらにして怪異に変じることを、芦屋くんはもう知っているでしょ」

「……そうだな」

向かいの夜の車窓に映り込む自分の顔に目をやりながら、芦屋は頷く。

芦屋の友人、葉山英春《はやまひではる》は自分で自分を呪い、怪異・ドッペルゲンガーを生み出した。ドッペルゲンガーはいわゆる生き霊の一種だという。

なら、井浦影郎を殺し、蓮根修二を苦しめる怪異が生き霊と化した梶川であってもおかしくはない。

「蓮根と井浦さんに交流があったらしいのはわかったけど、この二人に危害を加えようとしてるのはいわゆる〝同一犯〟で間違いないのか？」

「おそらくは」

縁は即答する。

「私の霊媒体質は重複しない。厄払いの絵画の恩恵かな。私が赤いテクスチャの浮かんだ絵絡みの怪異に対処している時に、別の怪異が絡んでくることはないんだ」

初耳である。

「そういう、もんなのか」

確かに言われてみれば縁は一年三六五日、ほぼ途切れなく怪奇現象に見舞われているものの、複数の事案を抱えていることはなかったように思う。厄払いの絵画は縁の霊媒体質を軽減しているという意味でも〝厄を払っている〟のかもしれない。

腑《ふ》に落ちたところで芦屋は話題を変えた。

「でも、犯人が梶川だったとして、なんで蓮根を狙うんだろうな？　交際相手の井浦を殺す動機は探ればいろいろありそうだったが……」

それまでサクサクと芦屋の疑問に即答していた縁がどうしてか顔をひきつらせた。なんとも言いがたい気まずさが表情に滲《にじ》んでいる。

「なんというか、たぶん、そもそも全部の発端は井浦さんなんだよね」

口元に手をやってなにから話したものかと迷っているように見えたが、結局、芦屋に顔を向けて尋ねる。

「芦屋くんは井浦さんのこと、どう思う？」

縁の質問に今度は芦屋が言葉に詰まった。

サークルの飲み会で一度会ったきりの、ろくに喋《しゃべ》ってもいない井浦について印象を問われても困る。しかし縁も承知の上で聞いているのだろう。

「強いて言うなら、有名人らしいのに気さくでいい人そうだった」

「芦屋くんはあんまり人を見る目がないよね」

「喧嘩《けんか》を売っているのか？」

なんとか絞り出した答えをあっさり罵られてムッとする芦屋だったが、縁の反応を反芻《はんすう》して、冷静になった。

「月浪から見た井浦影郎は、気さくでもいい人でもなかったんだな」

「あの人は吸血鬼みたいな人だったよ」

認めた縁に芦屋は眉をひそめた。

「……人を食い物にする奴だったと」

縁は「言い得て妙だ」と頷く。

「付き合う相手に合わせて服の趣味がコロコロ変わったりする人っているでしょ。あれの作品版みたいな……。漫画が上手《うま》い子と付き合うと作品がデフォルメっぽくなるし、リアルな絵を描く人と付き合うとデッサン力が上がるんだよね」

「どんな特殊能力だよ」

思わず突っ込んだ芦屋に縁は軽く乾いた笑いをこぼした。

「もしかすると井浦さんは本当にある種の異能者だったのかも」

縁曰《いわ》く、井浦は恋人が変わるたびに絵が上達し、評価が高くなるらしい。容姿もどんどん垢抜《あかぬ》けていく。代わりに、井浦と付き合う相手はエネルギーを全部吸い取られていくようだったそうだ。

華やかに活躍し、その才能を謳歌《おうか》する井浦影郎。やつれて無気力になり、枯れていく井浦の恋人。

車窓から見る夜景が都心に近づくにつれて華やかになっていくのとイメージが重なる。

縁は嘆息して腕を組んだ。

「どこで引っ掛けてくるのか知らないけど、井浦さんの恋人になるのはクリエイターが多くてね。ジャンルは音楽だったり絵だったり小説だったりまちまちなんだが、みんな井浦さんと付き合ってしばらくすると創作活動をやめちゃうんだ。井浦さんが自分の代わりに作ってくれれば良いやって感じで。で、井浦さんは恋人を取っ替え引っ替えして作品の幅を広げるわけ」

「……なるほど」

確かに〝吸血鬼〟と評されてもおかしくないのかもしれない。納得したところで、芦屋は例外を見つける。

「でも、梶川は今も個展を開いたりして、積極的に活動してるよな」

途端に、縁の言葉に苦いものが混じる。

「梶川さんも梶川さんで特殊なんだよね。作品を見ればわかるけど……」

しまった、という顔で縁は口をつぐんだ。

縁は芦屋を井浦の件から手を引かせたかったのだろうが、ここまで聞いて芦屋が引き下がるわけがないと悟ったのだろう。

実際その通りである。芦屋は自身の膝に頬杖《ほおづえ》をついて、尋ねた。

「待ち合わせはどうする？」

縁は諦めたように肩を落とすと「新宿東口に朝十時集合」と端的に述べた。

※

近年、東京の夏の日差しは殺人光線と呼んで差し支えがなく、昼前とはいえど気温は三十度を超え、新宿駅から徒歩十分の画廊に向かうまでにTシャツがすっかり汗ばんでいる芦屋である。こんなことなら日光を吸収する黒など着なければ良かったと、連れの縁を横目に思う。

縁はいつかと同じく日傘をさして涼しげに灼熱《しゃくねつ》のコンクリートを闊歩《かっぽ》していた。日差しを反射する白いブラウスと水色のスカートに傘の影が落ちて、縁の周辺だけ気温が五度くらい低い気がする。

暑さに頭まで茹《ゆ》だりそうなせいか、思ったことがそのまま芦屋の口からついて出る。

「月浪は汗をかかない生き物だったりするのか？　もしくは霊能力に気温を下げる力があったりするか？」

「……芦屋くんは私のことをなんだと思っているのかな？」

縁は半笑いになって呆《あき》れていた。

画廊の入り口には蓮根修二の怪談の通り、赤い花が飾られていた。

クーラーの効いた室内に入ってようやく息を吹き返した芦屋である。

縁はというと日傘を畳んでステッキのように携えていた。それはそれで優雅に見えるのだから不思議だ。

平日の、開始時刻ちょうどに来たとはいえ、芦屋と縁の他に人はおらず、個展の主催者である梶川密の姿も見えない。

「梶川は、まだ来てないみたいだな」

「どうやら遅れるみたいだね。十一時ごろの到着になるようだ。先に作品を見て待ってみよう」

縁がスマートフォンを確認して言った。SNSで、梶川がいつ頃会場に着くのかをチェックしたらしい。

あらためて芦屋は展示室を見回す。白い壁には不規則に、正方形の絵がずらりと並んでいる。遠目で見ても近目で見ても圧倒的な描写力に、芦屋は感心を通り越して引いた。なにしろ皮膚のきめ、毛穴や産毛《うぶげ》まで描写している。

「すっげえ、うめえ……」

語彙を失った口から出るのはうめき声に近い。

縁はうんうん、と納得したように首肯する。

「梶川さんは実物の方が良く見えるタイプだよね」

縁の言う通り、DMに使われていた絵は実物の方が迫力があった。麻紙に岩絵具《いわえのぐ》での着彩で、こうも艶かしく、グロテスクに血の通う人肌を描けるものかと思う。しかし。

「でも、蓮根の言うとおり、剝製のような感じがするといえば、するな」

滴るような生命感と裏腹に、熱を感じない不思議な絵だった。

「梶川さんはおそらく、瞬間記憶能力か、それに準じる異能の持ち主だ」

唐突にも思える縁の言葉に芦屋は瞬《まばた》いた。

しかし、思い当たる節はあった。蓮根が語った話の中で、井浦影郎がそのようなことを言っていたかもしれない。

『想像と、一瞬の観察だけで描いたんだ、あれだけのものを』と。

だが、瞬間記憶の異能と、熱を感じない作風になんの関連があるのだろうかと首を捻《ひね》った芦屋に、縁は並ぶ作品を冷めた目でざっと眺めた。

「これらの絵、ほとんどモデルから許可を取って描いてないんじゃないかな」

「……冗談だろ」

啞然《あぜん》とする芦屋に、縁は首を横に振った。

「一度食堂で、梶川さんが創作論を語っているところに出くわしたことがあるんだ」

縁が見かけた梶川は、友人相手に自身の創作におけるこだわりのようなものを口にしていたらしい。

『見られていることを意識している人を描くと絵がこわばってしまう。顔を描かなくたってモデルの肉体が描き手を意識していると、モデルが作った表情しか捉えられなくなる。

それは、嫌なの』

『私は人間の、無防備な瞬間を撃ち抜くように描きたいの。その一瞬にしかない美しさがあると信じているから』

なにげなく耳に入ってきた言葉が妙に引っかかっていたのだが、蓮根の怪談の中で出てきた井浦の見解を聞いて、縁は合点がいったのだと言う。

「勝手に人間を精密に描くなんて、ふつうはできない。梶川さんみたいに超写実的な絵を描くならどうしたってモチーフをよく観察しなきゃいけない。資料に写真を撮るにしてもモデルに許可を取らなければ盗撮になるし、なにより気づかれるでしょ？　無防備な一瞬を撃ち抜くように、なんて描けないよ。でも〝瞬間記憶の異能〟があれば、すれ違った人の身体《からだ》のパーツを細密に、写実的に描くことは可能だ」

縁は近くにあった瞳の絵を指さして皮肉めいた声色で続けた。

「しかも、こんなふうにパーツだけを切り取って描いていれば『その人』だと特定しづらい。鑑賞する側もここまで写実的な作品がモデルに許可を取らずに描かれたものだとは思わないから、問題になりにくいんだろうね。歯並びなんかはその人の個性と特徴が出るから、題材に選べば井浦さんみたいに気づく人もいるんだろうけど」

どうにも狡猾《こうかつ》なやり口に感じて、芦屋は不快に眉を寄せた。

「……そもそも、勝手に描くのがダメだってことは前提として、危ない橋を渡ってるって思わないものなのか？　ていうかこんなの、普通に大ごとっていうか、警察沙汰になりかねないことじゃないのかよ」

「もちろん、梶川さんは描く相手を選んでると思うよ」

縁はさらりと、とんでもないことを言う。

「無意識なのか意識的にかはわからないけど、他人の特徴的な身体のパーツを描きたい場合、梶川さんは本当に街ですれ違ったくらいの人か、言いくるめられそうな相手をモデルに選んでる。井浦さんに関しては『恋人だから許してくれるだろう』っていう甘えが出たか、井浦さんがやってることもそんなに褒められたものじゃないから目をつむってくれると考えたんだと思う。井浦さんは他人の才能と創作意欲を剝ぎ取って咀嚼《そしゃく》し、自分のものにしてから描く。梶川さんはモデルの無防備な一瞬を撃ち抜くようにして描く作家だからね」

どちらもそれぞれに最悪じゃないか、と芦屋はげんなりした顔で改めて梶川の絵を見た。

真夏にもかかわらず背筋にうすら寒いものが走る。

血肉を感じるのに熱を持たない作品群を前にして思い出したのは、博物館に展示されていた物言わぬ剝製たちだ。彼らが虚《うつ》ろな目でこちらを見ていたときの感覚だった。

美しいが不自然。生きていた頃の姿と似せているが全く違う。

知識と技術を伝えるための剝製標本でさえ、残酷に思えることもあるのだ。縁の話を聞いてから梶川の作品に思うことはこれに尽きる、と芦屋は眉根を寄せた。

「暴力的だな」

呟《つぶや》いた芦屋に、縁はニタリとした笑みを浮かべた。

「梶川さんの絵を見ると、流血沙汰や殴る蹴るだけが暴力じゃないってよくわかるよね。これだけ精密に人体を描いてるのに、モデルの意思を排除している。だから剝製のように見えるんだろう」

一方的に人を緻密に描き、展示する。悪気なくむき出しの二の腕や、血管の浮いた手の甲や、毛穴まで描き込んだ顔を自分の作品としてさらしている。

それを嫌だと思う人間がいることさえ想像していない。梶川が魅力的だと思ったなら、モデルの意思になど耳を傾ける必要などないと言わんばかりだ。

金持ちが遊び半分で狩った獲物を見せびらかす、ハンティングトロフィーのようだと思った。

「でも、暴力的であることと、作品が優れていることとは全く別の話だ」

梶川の作品は好みではなさそうな縁だが、案外評価するようなことを言う。意外に思って芦屋は尋ねた。

「月浪は、梶川の作品が好きなのか」

「嫌いだよ、こんなコミュニケーション不全の絵」

きっぱりと縁は言い切った。

「でも、優れていることはわかるでしょう?」

なるほど、どうやら好き嫌いと優劣は別の話だと言いたいらしい。

芦屋は縁に苦い顔で頷《うなず》いた。釈然としない部分はあるが、梶川の才能は本物だ。その点は、認めざるを得ない。

「もったいないよね」

虹彩《こうさい》まで鮮明に描いた瞳の絵を眺めながら縁は呟く。静謐《せいひつ》な横顔だった。


一階にあった作品を一通り見た後は、蓮根の怪談で語られた、地下にある井浦影郎を描いた絵を見に行った。

芦屋は縁とともに狭い階段を下りていく。外の強烈な日差しとは裏腹の冷ややかなコンクリートの壁には展示のチラシやDMが雑多に貼られており、なんとなくアンダーグラウンド的な印象を受けた。照明が絞られているので物理的にも暗い。

ふと、先を行く縁が階段を下りきったあたりで足を止めた。

急に立ち止まった縁に、芦屋は「おい」と声をかけるが、縁の視線を釘付《くぎづ》けにしているものに気づいて芦屋も目をやり、思わず息を呑《の》んだ。

顔のない男が立っている。

柱と見紛《みまが》う大きさの箱に描かれた棒立ちの男の絵が、暗闇の中スポットライトに照らされて浮かび上がっていた。

遠目から見ると首無しの裸の男が佇《たたず》んでいるようで、異様だ。

「蓮根から聞いてはいたけど……」

やっぱりギョッとするよな、と続けようとして、芦屋は縁の様子がおかしいことに気がついた。露骨に顔をしかめて考え込んでいるように見える。

「月浪？」

「……いや、なんでもないよ」

首を横に振って、縁は照らされる箱に近づいていく。芦屋も後に続いた。

近づくと、絵の具の筆致が見えてくる。壁にピッタリと箱をくっつけ、正面と左右にそれぞれアングルの違う等身大の裸体が描かれていた。ざっくりと色を置いただけでも色選びが正確だと恐ろしくリアルになるのか、と感心しつつ、芦屋は一階にある絵とは随分雰囲気が違うと思った。

そのときだ。そっと縁が携えていた日傘を置いた。そのまま箱に手をかける、背面を確認するため、作品を容赦なく動かした。

「は!? おまえ一体なにやってんだ?!」

床に置かれているキャプションの横、手のアイコンに斜線の入った『お手を触れないでください マーク』を一切無視した行動である。

「思ったより軽いよ。雑な作りだな」

「そういう問題じゃないだろ……。ん？」

機嫌が悪そうに言う縁に呆《あき》れる芦屋だったが、壁につけていた背面の板が外れることに気がついて声を上げた。

「……月浪、この箱、軽いって言ってたよな？」

芦屋の脳裏には蓮根の語りがちらついていた。

『もしかすると先輩は本当にあの部屋にいたのかもしれない。あの等身大の箱の中に――』

まさかとは思うが、本当に死体があったらどうしよう、と考えていると縁は芦屋の懸念にピンときたようだった。例によってチェシャ猫のような笑みを浮かべる。

「重さ的には井浦さんの死体をそのまま入れてるわけじゃなさそうだよ。まあその可能性は無いよね。いくらクーラーガンガンに効かせてたって夏場だし腐るでしょ。臭いとかで分かるよ」

「もうちょっとマシな言い方あるだろうが」

腐乱死体を想像してげんなりする芦屋を縁は面白がっているようだが、再び箱に目をやった時には顔から笑みが消えている。

縁が無言で板を外すと、中身はほとんどなにもない。が、暗がりの中にうっすらとした輪郭を捉えた。箱の中心に、十五センチほどの角の丸い箱がちょこんと置かれている。ふた付きのお重のようにも、壺《つぼ》のようにも見えた。

芦屋がスカスカのマトリョーシカみたいだな、と思っていると縁がスポットライトの当たる位置まで箱を引きずり出した。白い陶器でできた箱はやや歪《いびつ》で手作り感がある。その場にかがんで、縁が箱のふたに手をかけた。

開けると、中に入っていたのは粉らしいものだった。粉の所々に塊のようなものがあって、砕かれた石膏《せっこう》のようにも見える。

芦屋はその正体を悟って、息を呑んだ。

縁がおもむろに塊の一つへと手を伸ばした。咄嗟《とっさ》にその腕を摑《つか》んで止める。

「月浪、警察呼ぼう」

縁は無言のまま芦屋を見上げる。スポットライトに照らされた顔は血の気が引いて、白い。だが芦屋自身も似たり寄ったりの顔をしていると自覚していた。

「それは骨壺《こつつぼ》だ。……おそらくは井浦影郎の、遺灰だ」

箱の中身の一部――砕かれた石膏のような塊の中に、骨の形を残しているものがあった。状況から言って、井浦のものに違いない。梶川は井浦を殺害しているのだ。

この案件は手に負えない。

人を殺して骨に変え、作品に隠すような人間と相対するのは、いかに縁が場慣れした霊能力者であったとしても、危険だ。

それでも縁は手をひく気がなさそうだった。

「芦屋くん、ここから先は私一人で対応する。大丈夫だから手を離してくれ」

「大丈夫なわけないだろ……！」

しばし無言で睨《にら》み合《あ》った芦屋と縁だが、最初に口を開いたのは縁だった。

「梶川に話を聞かないと、赤いテクスチャがちゃんと剝がれないかもしれない」

「…………」

縁の優先順位の一番はやはり『赤いテクスチャを剝がして絵を元に戻すこと』らしい。

芦屋は縁が梶川と相対せずに済む方法を考え、閃《ひらめ》いた。

「今回のケースで赤いテクスチャを剝がすためには、梶川の生き霊を祓《はら》って、蓮根を危険から遠ざければいいんだよな？」

「そうだよ」

「だったら……、俺が前にもらった月浪の母さんの名刺って生霊にも効くか？」

奥菜の面を除霊した際、縁の母・月浪禊《みそぎ》から悪霊退散の効果がある護符にもなる名刺をもらったことを芦屋は思い出していた。

なら、名刺を使って梶川の生き霊を祓えば、赤いテクスチャも剝がれるはずだ。

「え？」

縁はきょとんとした顔で芦屋の顔を見つめた。

「そりゃ、母の名刺はどんな怪異にも効くけど、結局梶川に直接名刺を突きつけない限り効果はないよ」

「俺の両親と兄は警察官だ」

芦屋は自身のスマートフォンを取り出し、いつでも連絡ができるようにしながら言う。

「融通が利きそうなのは兄貴だから、そっちに梶川の情報を伝えて捕まえてもらう。ついでに名刺で除霊もしてもらうのは、アリじゃないか？」

「アリかナシかって言ったら……アリだな」

縁はしばらく躊躇《ちゅうちょ》したが、認めた。その後納得したように芦屋を見上げる。

「……ああ、だから君、剣道部だったのか」

「そうだよ」

芦屋はサラリと頷いた。

両親ともに警察官で、兄も当たり前のように同じ道に進んだ。弟もおそらく何事もなければ警察官になるだろう。その準備として剣道は芦屋家の三兄弟全員が習って当然、選んで当然の稽古事だった。今となっては懐かしい話である。

「芦屋くんのお兄さんに説明するより、私が怪談した方が話は早い気もするんだけどな」

芦屋が身内に頼ってまで縁を梶川から遠ざけようとするのがよほど不思議なのか、困惑を隠さない縁に、芦屋は淡々と告げる。

「俺は殺人犯と怪談やりたくない」

ついでに言うならさせたくもないのだが、お節介だと呆れられそうなので黙っておいた。

※

週明け、午前九時の東美怪奇会の部室には古ぼけたブラインド越しに朝日が差し込んでいる。ホラー映画のポスターと幻想怪奇小説、ホラー漫画がやたらに充実した本棚に囲まれた部屋を陽光は柔らかく照らし出していた。

芦屋啓介の他に人はない。大体怪奇会のメンバーは夜行性なので、午前中は滅多に人が来ないことを知っていた。ここは密談にはもってこいの穴場なのだ。

芦屋は本棚から適当に抜き出した漫画をめくりながら、今日、月浪縁と話すべきことを整理する。

梶川密の個展に足を運び、箱――おそらく行方不明の井浦影郎の遺灰が入っている――を見つけ、芦屋が兄に連絡を取った後はパトカーがサイレンを鳴らして来る大騒ぎになった。芦屋も縁も指紋の採取などに協力する羽目になったわけである。

梶川は結局画廊に姿を見せることもなく、ＳＮＳの更新も途絶え、警察は速やかに行方を追うことになった。

これが金曜日の出来事だ。


縁が部室に入ってきたので芦屋は読みかけの漫画を閉じる。

縁はトートバッグをパイプ椅子に下ろしながら声をかけた。

「芦屋くん、あのあとどうなったのか教えてくれるかな？」

ＴＲＰＧのルールブックやら画集やらが積まれたテーブルを挟んだ向かいに縁は座り、芦屋が話し始めるのを待った。

個展に足を運んでからの土日で、もろもろ事態が急転しているため、芦屋はなにから話すか段取りを組んでいたのだが、それでもしばし迷って、告げる。

「箱の中身はやっぱり遺灰――人骨だった」

縁はハッとした様子で瞬《まばた》く。きっと覚悟はしていたものの、断定されると思うところがあるようだ。静かに目を伏せた。

「……そう。井浦さん、だよね？」

「状況から言ってそうだと思う。けど、わからないみたいだ」

縁は怪訝《けげん》そうな声をあげた。芦屋にも気持ちはよくわかる。だが。

「兄曰《いわ》く、火葬後の骨からDNAを採取するのは難しいんだと」

DNAは熱に弱く、灰になるような温度で焼かれると壊れてしまうそうだ。

だから遺灰が井浦影郎のものであるという証拠は、どこにもない。けれど、状況から推察できることはあった。

「梶川の自宅に陶芸用の窯があるらしい。梶川はそれで井浦の遺体を服ごと焼いたんじゃないかって兄貴から聞き出した」

「どうしてか作品に井浦の遺灰を入れて展示したためにことが明るみに出ているが、やろうと思えば完全犯罪もやれたかもしれない。今回は偶然見つけられただけだ」と、兄は苦虫を嚙《か》みつぶしたような顔をしていた。

縁は芦屋の話に引っかかることがあったようで、不思議そうに尋ねた。

「お兄さん、刑事でしょ。よく教えてくれたね」

「俺の性格をよくわかってるんだよ。たぶん、言いふらしたりしないって信用もされてるんだろうな」

「一回首突っ込んだら最後まで関わらないと気がすまない奴だ」と、兄は芦屋啓介を評して言う。

さすが身内だ。よくわかっている。

「じゃあ私に聞かせたらダメじゃん」

縁が軽く笑って言うので、つられて芦屋も笑った。確かに兄からの信用を芦屋はたやすく裏切っている。

少し空気が和んだ気がしたので、芦屋は息を吐いた。

「あと、言わなきゃいけないことがある。……梶川の遺体が見つかったようだ」

さすがに衝撃的だったのか縁の声がしばし途切れた。芦屋もすぐには二の句を思いつかずに沈黙する。

井浦影郎を殺した経緯を。作品の中に井浦の遺灰を隠した理由を。蓮根修二を呪ったわけを。梶川本人から聞くことはもうできない。

「自殺かな？」

「たぶん。俺もそこまでは教えてもらってないが」

そこまで聞くと突然、縁は奇妙なことを言い出した。

「芦屋くん、その様子だと、梶川の絵に遺体が使われている形跡はなかったんだね？」

「……月浪、おまえなに言ってんだ？」

芦屋は思わず聞き返す。

梶川の作品は警察によって全て押収されている。特に遺灰が隠されていた箱絵は井浦のDNAや痕跡が採取できないかと念入りに調べたと芦屋は兄から聞いていた。縁の言うとおり、梶川の絵に遺体が使われた形跡がなかったことは確かだ。しかし、なぜ縁がそのような発想になったのかがわからない。

芦屋の困惑を悟った縁は静かに言う。

「日本画の材料には動物由来の素材が多い。絵の具を定着させる〝膠《にかわ》〟の原料は牛や鹿の骨や皮なんかを使う。絵の具の一つである〝胡粉《ごふん》〟は貝殻の粉が原料になっている。――おそらく遺灰を絵の具や、絵の具の定着剤に混ぜても使えるはずだ」

ゾワッ、と芦屋の背筋を寒気が走る。絶句している芦屋を差し置いて、縁は低く呟《つぶや》いた。

「でも梶川は井浦を材料には使ってない。そうだろうと思ってたけど、芦屋くんのおかげで裏取りもできた。結局梶川は遺灰を骨壺に入れて、箱絵の中に隠しただけ。……やっぱり、あまりにも中途半端だな」

「どういう、意味だ？」

「芦屋くんは、箱絵の『こいびと』だけ他の絵とは違うと思わなかった？」

質問を質問で返されてムッとした芦屋だが、思い返してみると縁に頷《うなず》ける部分がある。

「確かに、印象が違ったな。他の絵と違って大作で木箱に描いてるし、照明も凝ってた」

「芦屋くんって割と物事をざっくり良《い》い方に解釈するよね。甘党なの？　ちなみに私はカレーは辛口派なんだけど」

「おい。ほんとにどういう意味だ。なんらかの含みがあるだろ」

「さぁね」

いつものようにチェシャ猫ばりにニヤニヤ笑う縁の顔に芦屋は深々とため息をついた。

「とりあえず、蓮根が狙われることはもうないよな。元凶の梶川が亡くなったなら、赤いテクスチャも剝がれてるんじゃないか？」

生き霊の本体の死亡という、後味も悪くスッキリしない展開だが、事態が収束したことはめでたいだろうと口にすると、縁は「そうだね」と頷いていた。

「実はまだ確認してないんだけど、一応見るだけ見て……」

タブレット端末を取り出してスルスルと操っていた縁の声が不自然に止まる。芦屋が何度か呼びかけるが返事がない。

芦屋は、嫌な胸騒ぎを覚えていた。

その予感を裏付けるように、ようやく答えた縁の声は硬い。

「芦屋くん、この事件はまだ終わってないみたいだ。というか、むしろ状況は悪化してるのかもしれない」

縁は芦屋にタブレットの画面を向けた。

表示されているのは東美怪奇会の集合写真の模写である。以前見たのと同じ絵のはずだった。

前に見たときは縄跡のような赤いテクスチャが蓮根の首元をぐるりと一周回っていたが、

今は違う。

縄のような赤いテクスチャはいまや、蓮根の全身を縛り付けている。

縁の言うように、事態は明らかに悪化して見えた。

「梶川は、死んでも蓮根くんのことを殺したいみたいだね」

芦屋は赤いテクスチャの浮かぶ絵を睨む。死んでなお梶川は悪霊となって、蓮根を呪っている。その殺意をありありと伝える絵画に見えた。

だが、芦屋にはわからない。梶川の底知れない憎悪には気圧《けお》されるより先に「どうして」という言葉が浮かぶのだ。

「なんで……なんでここまで梶川は蓮根を殺したがってるんだ？」

芦屋の困惑混じりの疑問に縁が答えた。

「大体見当はついているけど、梶川の動機は、ありふれた、くだらない理由だよ」

すでに真相めいたものを摑《つか》んでいるらしい縁は、苦々しさを隠さぬまま、乱暴にタブレットの電源を切った。


【？・？・？】

合鍵を使って井浦影郎の部屋に上がりこむ。

家主が暫定死亡・行方不明でも電気は止められていないようだ。照明のスイッチがきちんと機能した。明るくなった部屋の内部は警察が家宅捜査した痕跡もほとんど残っておらず、あるべきものがあるべき場所に置かれている。

素晴らしい、だが未完成だ。

ここには最後のミューズの痕跡が欠けている。これからミューズの残骸を加えることで完成し、井浦影郎のコレクションは完璧になる。

肩にかけていたトートバッグを床に下ろし、準備に取り掛かる。

井浦の部屋には一通りの画材が揃《そろ》っていたため用意する道具は縄だけでよかった。金槌《かなづち》と釘《くぎ》は拝借し、踏み台には椅子を使えば良いと思ったが、この椅子にも確か井浦の元恋人とのエピソードが付随していた。最後にコレクションの一つが足蹴にした状態になるのはどうなのか、と考えてもみたが、他にちょうどいいものはなかったので妥協する。

即興的な要素があってもいいだろう。この部屋に——井浦のコレクションに——不純物を加えるよりもずっといい。

そう、思った矢先の出来事だった。

「いくらなんでもここで死ぬのは大家さんが気の毒なんじゃないかな」

平淡《へいたん》な女の声がした。振り返ると黒いワンピースを着た月浪縁と、見覚えのない精悍《せいかん》な顔立ちをした青年が立っている。飾り気のないシンプルな服装の青年を見つめていると、脳の奥の方で蚊の鳴くような声が呟く。芦屋啓介というのが青ざめた彼の名前らしい。

「蓮根……おまえ、なにやってんだよ……」

蓮根修二の手が握る縄。梁に釘を打ち込んだ跡を見れば一目瞭然のことを芦屋は尋ねる。

蓮根はなにも答えずに口角を上げた。

芦屋は答えない蓮根に眉根を寄せて口を開こうとしたが、手を払って縁が制す。

「芦屋くん、怪異と相対した時は名前が大事なんだよ。そいつが何者なのかを言い当てることで、話を聞かせる状態にまで持ち込むんだ」

縁はさらりと述べたかと思うと、人差し指で空を撫《な》でるように蓮根を指差した。

「おまえ、梶川密だろ」

言い当てられた途端、バチンッと稲妻が走ったような衝撃を受け、蓮根の身体《からだ》が崩れ落ちた。糸が切れた人形のように身体の制御がうまくできない。

「な、にをした」

蓮根の口から出た地を這《は》うような声は、蓮根修二のものではない。しゃがれた女の声だ。見えない巨大な手のひらに押さえつけられたように身じろぎもできず、縁のことを睨《にら》むことしかできなかった。

縁はさして動じる様子もなく、腕を下ろして当然のように答える。

「名前は一番身近な呪いで縛りだって聞いたことないかな？　名前を知られるというのは

正体がわかるということ。正体がわかるなら対策も打てる」

縁は芦屋に目を配らせた。

「ドッペルゲンガーを相手どるなら、幻覚だと思い込んだ上で治療を受ければ回復する。といった具合に」

芦屋が納得したように頷くのを見届けると、縁は井浦の部屋を見回しながら続ける。

「なので正体を摑まれたからには、好き勝手に他人の身体を操ることはできなくなる。擬態も通用しないよ、梶川。それはおまえの身体じゃないって、私と芦屋くんはわかっているから」

ダイニングテーブルを挟んで二脚ずつ置かれている椅子のうちの一つに縁は勝手に腰掛けた。縁に出遅れながら芦屋もまた、縁の横に並んで座る。

その様を倒れ伏しながらも眺めていた梶川に、縁は愛想よく微笑《ほほえ》んで、手のひらで着席を促した。

「楽にしていいよ。私たちは別に蓮根くんの身体を痛めつけにきたわけじゃない。話をしよう」

そこでようやく、ある程度の身体の自由が戻ってきた。縁に従う格好になるのは癪《しゃく》だったが、他にどうしようもないので、身体を引きずるように縁の向かいの椅子に腰掛ける。

ちょうど、井浦との最後の会話の時も同じ席に座っていた。その時と違うのは、現在操る身体が自分自身のものではないこと。そして相対しているのがどことなくチグハグな二人組であることだ。

「……そっちの男の子のことはよく知らないけど、芦屋啓介って言うんでしょ。身体の方が覚えてた」

梶川が声をかけると芦屋は顔をしかめた。

いま現在、蓮根の魂は完全に梶川が掌握しており、身体は蓮根のものだが、言動は梶川のものだ。

幽霊に取り憑《つ》かれた人間は生者にとってよほど気色悪く映るらしい。縁が正体を見破ってから、芦屋はずっと険しい顔で梶川の一挙一動に注視している。

梶川はその反応を面白く思った。蓮根の前に姿を現した時の驚嘆と恐怖の表情には劣るが、これはこれで愉快だ。

それにひきかえ、縁は涼しい顔で梶川のことを観察しているように見える。

「あなたのことは知ってる。井浦があなたのことを褒めてたよ、月浪縁さん」

かつて井浦が話題にあげた通り、月浪縁は目鼻立ちの整った、少女然とした佇《たたず》まいの美しい人だったけれど、井浦から聞いていた静謐《せいひつ》さは感じられない。むしろ、貼り付けた笑顔の下でふつふつと闘志が燃えているように思える。

「こんなところまでなにしに来たの？」

「こちとら一応霊能力者なんでね」

縁は白い歯をこぼすように笑いながら、梶川に宣戦布告する。

「おまえを祓《はら》いに参ったの」


【芦屋啓介】

芦屋啓介は怪奇現象の巻き起こるマンションの一室で、しばらく肉を食べるのは避けようとひそやかに決意していた。げんなりした目で蓮根修二――いや、その身体を乗っ取っている梶川密の姿を見る。


縁の描いた厄払いの絵画の中、蓮根を覆う赤いテクスチャが異様な変化を遂げ、月浪縁が「とにかく蓮根と接触しなければ」と言いだしたのはある意味で当然のなりゆきだった。

それから一時間も経《た》っていない午前十一時のことだ。

芦屋と縁の二人は日本画棟に足を運んで、蓮根が来るのを待っていたのだが、待ち人が来た瞬間、縁の顔色が変わった。

「芦屋くん、尾行に変更だ。たぶん〝あれ〟はここからすぐに移動する」

芦屋は、有無を言わせない言葉にとまどいながらも従った。そのとき芦屋が見た蓮根は多少ぼんやりとしているようだったが特に異様な姿をしているわけではなかった。が、どうも、縁には違うものが見えていたらしい。

さっそうと蓮根の後を追おうとした縁は、思い出したようにくるりときびすを返して芦屋に尋ねた。

「ところで芦屋くんってグロ耐性ある？」

その場では「耐性が必要になるのかよ」と突っ込んだ芦屋だったが、こうしていざ、幽霊に取り憑かれた人間と対峙《たいじ》してみると〝グロテスクに耐えうる動じなさ〟は必要不可欠だと痛感させられた。

縁が梶川の正体を見破ってから、芦屋の五感は異様なものを捉えている。

蓮根の顔をした人間の口から、冷ややかに面白がるような女の声が聞こえる。

おそらくは蓮根に取り憑いている梶川の声と、蓮根自身の声が重なって二重に聞こえてくるのだが、そのたび蓮根の顔が粘土をこね回しているように歪《ゆが》んで、ときどき皮の下の肉が露《あら》わになったり、骨が見えたかと思えば、梶川と思《おぼ》しき女の顔に変化したり、元に戻ったりを繰り返している。

これが単純に気持ち悪い。

「霊能力者が実際どうやって除霊するのか、興味あるな。お経とか唱えるの？」

「経文が効くのは生前仏教を信仰してた人だ。例えば、カトリック教徒に聖書の文句は有効でも、般若心経《はんにゃしんぎょう》は効かないって言ったら想像しやすいかな？」

しかし縁は平然と幽霊と会話を試みていた。

「君はあんまり信心深いほうじゃなさそうだから読経は時間の無駄だね。やらないよ」

おまけに皮肉を交える余裕もあるらしい。

「なら、一体どうするつもり？」

「『君を紐解《ひもと》いて払《はら》い除《の》ける』」

どういう意味なのかわからなかったらしい梶川は縁を検分するように目をすがめた。

対して、縁は微笑んで続ける。

「『もう除霊は始まっている。これから君は我々に、胸のうちを全て明かして消滅する』」

縁は笑みを消して、トートバッグからタブレット端末を取り出し、テーブルに置いた。

画面には蓮根をモデルに描いた絵が表示されている。

「私はいわゆる異能の持ち主でね。描いたモデルに降りかかる厄災を知ることができる。この赤いテクスチャが教えてくれるわけだ」

縁の指先が画面に触れる。写っているのは縄のような赤いテクスチャに縛られて、身動きの取れない蓮根修二。改めて見るとこの絵は梶川に取り憑かれて自殺に追い込まれつつある蓮根の状況とリンクしているような気がした。

梶川も芦屋と似たようなことを思ったのか首を傾《かし》げて、

「なんだか予言者みたいね、月浪さん。なんとなく、巫女《みこ》装束が似合いそう」などと言う。

縁は椅子の背もたれに深く体を預け、ため息交じりに頷《うなず》いた。

「まあね。しかし厄払いの絵画の本領はここからだ。この赤いテクスチャが現れた時点で災厄は半減する」

梶川がテーブルに置いていた指が痙攣《けいれん》するように振れた。

「つまり、どうやったって梶川密に蓮根修二は殺せない」

「嘘《うそ》」

不敵に笑う梶川の口が耳まで裂ける。

「だって本当に蓮根修二が無事に済むなら、あなたたちがここに来る意味なんてないでしょう。放っておけばいいじゃない」

「嘘ではないよ。でも、蓮根くんを放置して無事に済むとも思ってない」

縁の言葉に、芦屋は思わずその横顔を注視した。

「首吊《くびつ》りが失敗に終わって命が助かったとしても、後遺症が残る場合もある。例えば、頭に酸素が回らなかったことで植物状態になったり、なんらかの障害が残ったりするかもしれない」

それでも死んではいないのだから厄は半分祓ったことになるらしい。芦屋は死ななければいってもんじゃないだろ、と口に出しかけて、堪えた。

「だからこうやって幽霊《わたし》と直接対面することも厭《いと》わないわけね」

芝居がかった所作で胸に手を当てた梶川は一人だけ笑顔のまま、真顔の縁と苦い顔の芦屋を眺める。蓮根のために危険を冒す二人を明らかに面白がっていた。

「へえ……そこまでして助けたいんだ。月浪さんって蓮根修二のことが好きなの？　芦屋くんはその付き添い？　好きな人が好きな人のために命を懸ける様を目の当たりにするのってどんな気分なの？」

その時ばかりは幽霊に相対する気持ち悪さよりも呆《あき》れが勝った。芦屋は思わず口を挟む。

「俺たちは恋愛感情で動いてるわけじゃない。……あんた、かなり見当違いなことを言ってるぞ」

「そうなの？」

つまらなそうに返した梶川だ。しかし縁から反論が上がらないのも不思議である。芦屋がチラリと窺《うかが》うと冷え切った眼差《まなざ》しの横顔が目に入る。

『なんでもかんでも愛だの恋だのに絡めて考えやがってこの恋愛脳がよ』

と、ボブヘアの背後に力強い筆文字で書かれている気がした。結構本気で気分を害しているようである。

だが、縁はゆっくり息を吐いて平静を装い、告げる。

「……私が蓮根くんに干渉してるのは、絵を元に戻すためだよ」

赤いテクスチャをきれいに剝がすためには、モデルが受ける怪異の影響を最小限に済まさなければならない。だから〝半減〟では足りないのだ。

梶川は縁の返答に納得いかなかったらしい。

「元に戻す？　それでその絵は完成品でしょう」

「は？」

剣呑《けんのん》な声をあげた芦屋に、梶川はやれやれと肩をすくめる。

「薄く下絵が見えてるけど、赤いテクスチャがあった方が面白い絵になってるよ。テクスチャがなくなっちゃったら、ただ写実的な、単に上手《うま》いだけの絵だよね。そんなの写真で充分じゃない。五分もいらずに似たような作品ができると思うな」

絵画も写真もバカにしている発言に聞こえた。

芦屋はカッと頭に血が上るのを自覚したが、当の縁が平然としているために、なんとか冷静でいようと努める。それにしても腹立たしい。梶川はモデルを細密に描く自分の作風を棚に上げてなにを言っているのだろうか。自分の作品と鏡を見ろと芦屋は思う。

梶川はそれ以上縁の絵については触れずに、あごに手を当てて呟《つぶや》く。

「でも、そうだね。命は助かっているなら二度と目が覚めない状態になっても、確かに厄を半分祓っているわけだ。そういうアプローチも、悪くないな」

「どういう意味だよ？」

不穏な言葉に芦屋がトゲのある声を出すと、梶川は朗らかに答える。

「永遠に眠り続ける〝ミューズ〟というのも、それはそれで美しいと思って！」

理解不能の恍惚《こうこつ》を露わにする梶川に、芦屋は口をつぐんだ。

話が通じる気がしない。それもそのはずだ。梶川は、井浦影郎の遺灰を作品に隠すことをよしとする人物なのだ。

梶川の思考を紐解くことなど、本当にできるのだろうか。

疑念が首をもたげた芦屋をよそに、縁は淡々と指摘する。

「死を芸術に仕立てようとしてる割に、随分行き当たりばったりじゃないか」

縁の指摘に梶川は苛立《いらだ》ったようだ。動揺すると顔や身体《からだ》がどろりと歪むらしく、この時は一際むごたらしく、顔の半分が赤とベージュのマーブル模様のようになって、戻った。

「失礼な人。即興的な要素を取り入れるのは悪いことじゃないでしょう？　なにせ幽霊になったのは初めてなんだから、試行錯誤するのは当然だと思うけど」

意外にも縁は梶川に同意した。

「まあ、幽霊が直接的に人を殺すのは結構難しいしね。人間の生存本能を幽霊は滅多に超えられない」

「でも、蓮根は……」

現に梶川に取り憑かれて首を括《くく》ろうとしていた。芦屋が指摘すると縁は冷えた目で梶川を——蓮根を見つめた。

「蓮根くんは今、絶望の淵《ふち》にいて自殺してもいいと思っている。だから梶川に身体を明け渡してしまっているんだよね。そうでしょ？」

「結構簡単だったよ。元々弱ってたみたいだし」

サラリと認めた梶川に、縁は続けた。

「でも、蓮根くんより井浦さんの方が楽だったんじゃないか？」

蓮根の顔に梶川の顔が完全に覆《おお》い被《かぶ》さった。粘つくような笑みを浮かべている。

縁は世間話をするような口調で尋ねた。

「ねえ、そもそもの疑問があるんだけど、なんで井浦さんを殺したの？」

「井浦影郎を愛していたから」

臆面もなく、梶川は言い切った。縁は冷めた一瞥《いちべつ》で応じる。

「恋人である君を差し置いて、作品を作るためなら優れたクリエイターと見れば誰とでも関係を持つような人だったのに、君は井浦さんを愛してたの？」

「当然」と、梶川は即答する。

「それが作品を作るために必要なことなら仕方ないじゃない。割り切るべきでしょう。私は恋人の浮気に感情的になって嫉妬したり束縛したりしない。そんなのは、みっともなくて見苦しいだけだから」

梶川はほう、とため息を吐いてから、夢見る乙女のように手のひらを合わせて微笑《ほほえ》む。

「むしろ、私は井浦の創作のやり方は傲慢で素敵だと思ってた。井浦はミューズたちを食い潰して美しいものを作り、百舌《もず》が速贄《はやにえ》をするようにミューズの残骸をこの部屋に飾った。肉食獣が弱者を蹂躙《じゅうりん》するのと同じ。強い才能は弱い才能を飲み込んで輝きを増すの」

有象無象のクリエイターたちを養分に花開く井浦影郎の才能を梶川は手放しで称賛した。それが創作のためならば推奨されるべきものだと言ってのけた。

「彼の毛並みが美しいうちに皮を剝いでしまおうと思った。一番に好きだと思った瞬間を留め置きたいと思ったから殺したの。劣化する井浦影郎を見るのは耐えられないし、ここが彼の最高到達地点《ピーク》だった」

芦屋はついていけずに閉口する。横にいる縁もまた辟易《へきえき》した様子で腕を組んでいた。聴き手が白けているのを察したらしい梶川は不満げに首を傾げる。

「人間をメインの素材《モデル》に作品を作るときって『その人の現在の魅力を永遠にしたいから』だと思ってるんだけど、理解できない？　どうしたって老いて死ぬさだめの人間を、消費期限が切れる前に適切な形で残したいと思う切望ってわかるでしょ？」

「井浦影郎は老いたと言うには若すぎると思うけど」

「でも劣化し始めてた」

縁の疑問に、梶川の声が低く沈んだ。

「腐る前に処理しなきゃいけない。彼が完璧であるうちに。死は決してタブーではなく、生と同等の尊厳をもって受け止められるべきなのだから」

コンセプトらしきものを魔法の呪文のようにうっとりと述べて、梶川はテーブルの上で指を組みながら、微笑む。

「だから私は井浦の半分を作品にした。もう半分は抱えて死んだ。粉々になっても一緒に居たかった。死んでも二人を分かてないように……。そうしたら、私は幽霊になっていた。天命とはまさにこのこと！　なすべきことは理解してる！　作品を作らなくちゃ！」

黒い瞳が爛々《らんらん》と輝く。蓮根の顔にもはや面影はなく、そこで喋《しゃべ》っているのは理性を失った梶川密という画家のように思えた。

「私は作家なのだから！　死が芸術になることを一番よく知る作り手なのだから！」

興奮冷めやらぬ梶川はほう、と一つため息をこぼして、なんとか冷静さを取り繕った。

「幽霊になってから最初に作る作品——その栄えある第一号が蓮根修二というわけ。彼を殺したら月浪縁、あなたも作品にしてあげる」

恍惚とした声で堂々と殺害予告をする梶川に、縁を差し置いて芦屋の肝が冷える。

しかし縁は平静そのものだった。眉ひとつ動かさず、梶川を見据えたまま問い返す。

「……やはり、梶川密が井浦影郎を殺したのは彼の死を自分の芸術作品にしたかったから？　蓮根修二のことも、ついでに私のことも作品にしてやろうって？」

「そう。そう言ったの」

「嘘だね」

　頷いた梶川を縁はバッサリと切り捨てた。

「真っ赤な嘘だ」

「本当に失礼な人。なにを根拠に……」

　顔をどろりと歪《ゆが》ませながら梶川が追及するよりも早く、縁は口を開く。

「モデルの人選。あと、単純に出来がよくないからだよ」

　ぴたりと、梶川の顔の揺らぎが止まった。

「展示『関係性』を見に行った。画廊の一階に並んでた作品は、人体のパーツへの偏愛《フェティッシュ》を圧倒的なデッサン力で表現した力作たちだった。生々しいし、作家の一方的な視線の表出にも見えたから好き嫌いは分かれると思うけど、それでもクオリティが高いのが一目でわかる。なのに……井浦影郎を描いた絵は精度が低い。スポットライトの当て方でなんとかごまかしてるけど、明らかに先行作品から一段レベルが落ちる」

　芦屋は縁の指摘に思い当たることがあった。

　一階にあった梶川の絵は産毛《うぶげ》や肌のきめまで描き込んだ緻密なものだったが、井浦を描いた巨大な箱絵だけは絵の具の筆致が残っていた。スポットライトに気を配り演出に凝っていたと言えば聞こえはいいが、裏を返せば作品の精度の低さを演出でどうにかごまかしていたとも取れる。

「印象が違って見えたのは、そのせいか」

梶川の顔が再び揺らぐ。めまぐるしく変化して形らしい形を成しえていない。梶川は、動揺している。

「あんな雑な仕事の作品を『最愛の人を永遠にしたくて作った』とか、嘘《うそ》でもよく言えるよね。恥ずかしくないの？」

縁の挑発に梶川は乗った。つりあがった巨大な目が蓮根の顔の左半分で瞬《まばた》く。

「……随分上からものを言うんだね。一体、何様のつもりなの？」

「私は現代の作家として物申してるんだよ、梶川」

恐るべき怒気に当てられもせず、縁は静かに続ける。

「もしも『死は決してタブーではなく、生と同等の尊厳をもって受け止められるべきもの』ならば〝死〟を芸術として描くと決めた作家は全身全霊をかけて制作に臨む義務がある。そうでなければ生と同等の尊厳を表すことなんてできないだろ？」

梶川の苛立ちを凌駕《りょうが》する、冷徹な怒りを込めて縁は問う。

「自分の決めたコンセプトを満足に表せない作家に、どれほどの価値があるんだ？」

梶川は答えなかった。——もしかすると、答えられなかったのかもしれない。

それまで受け答えをしていた梶川の顔はどろりと溶けた。首から上に球状の、おぞましい模様を描くなにかが載っているだけで、表情さえも読み取れない。

「好き嫌いとは別の話になるけど、私は作家としての梶川密には才能があると思っていた。肌のきめまで描画する緻密な作風は圧倒的なデッサン力と同時に、筆の速さと計画性の賜《たま》物《もの》だ。そうじゃなければ個展を精力的に開いて、新作を量産することはできない」

縁は梶川の作家としての才能を認めていた。だからこそ、梶川の最後の作品――井浦影郎を描いた『こいびと』が不出来であると、見抜いた。

「解《げ》せないんだよ。『人間をメインの素材《モデル》に作品を作る理由は「その人の現在の魅力を永遠にしたいから」』だと言ってのける作家が、『モデルが劣化しだしたから殺す』なんて中途半端な真似《まね》をするかな？」

確かに、梶川の創作スタンスから言えば『井浦が劣化したから殺す』という動機は不自然にも思える。『愛する人間を永遠にしたい』なら、完璧な状態を残したいと思うのが自然だ。劣化してからでは、遅い。

「梶川の信念が本物なら、素材である井浦が劣化する前、最高到達地点《ピーク》とやらを選んで殺すはずだ。井浦を膠《にかわ》にするなり、絵の具に遺灰を混ぜるなり、緻密な作風を生かして井浦本人を自身の作品に〝使う〟方法はいくらでも考えられたはずだ」

梶川の言葉を引用しながら疑問を呈した縁は一度言葉を切って、梶川を窺《うかが》う。

「そう。この殺人が計画的犯行ならば。時間がありさえすれば」

梶川の歪《いびつ》に揺らいでいた顔が、凪《な》いだ。

「殺人は突発的だった。別れ話を切り出されてカッとなって殺したんだよね？」

ゴッ、と鈍い音がしたかと思うと、なにかが倒れた。

突然の轟音《ごうおん》に芦屋は瞬いて音源を確認し、目を見開く。

――井浦影郎が床に倒れ伏していた。頭から血だまりが広がる傍らに、女が一人立っている。表情は陰になって窺えないが、灰皿を持った手がふらりと揺れて、滴った血が、フローリングの床に一滴落ちる。

瞬きをすると井浦と女の姿は煙のように消え去った。

心臓が早鐘を打っている。どうやら幻覚を見せられたらしい。

それは、紛れもなく梶川が井浦を殺した瞬間だった。

縁は幻の井浦が倒れていたあたりを冷たい目で見やる。

「で、井浦影郎の死体を目にして梶川密は思った。『どうしよう』とか『なんとかして誤魔化せないか』とか、そういう動揺よりも先に『痴情のもつれを理由に殺人を犯しただなんてみっともない』とか『もっと別の、なにか特別な理由があるべき』だと考えたんじゃないか？」

「なんで……」

呆然《ぼうぜん》とした声が部屋に響く。その声には心のうちを手に取るように読まれていることへの恐怖が滲《にじ》んでいた。

不意に漏れた弱音を取り繕うように梶川は縁に食ってかかる。

「わかったようなことを言うじゃない。ろくに話したこともないのに」

「知ってるとも」

震える声で聞く梶川に、縁は明晰《めいせき》に答える。

「梶川密は生粋のエゴイストだ。偏執的に自分の定めた美の基準に沿うモデルの体の一部分だけを描き、それ以外は切り捨てる。モチーフの声は無視する。モデルの全体像を描かないのは、モチーフを特定しにくくするためでもあるが、一番の理由は描きたくない部分がどうしても出てきてしまうからだろ？」

縁は梶川の作風から梶川自身を読み解いて、微笑む。

いっそ傲慢なまでの決めつけ、レッテル貼りにもなりかねない縁の読解は、どうしてか芦屋にはある種の説得力を持って聞こえた。

「作家がどういう人間かを、作品はなにより雄弁に語る」

ほのかな失望と軽蔑の入り混じった複雑な笑みだった。

「だからこそ、優れた作家は作品の語る言葉を操作する。作品が他者に与える印象をコントロールするためだ。その点、梶川は作品が他者に与える印象については全く気を配っていなかった。卓越した技術と相反する暴力的で生々しい野生の視線。そのアンバランスさを魅力と取る人がいたから評価されたんだと思うんだけど、実際は無自覚だっただけみたいだね」

縁は目を伏せて言う。

「作家が作家として理想的に振る舞うのは一つの作品を作るのと同じことだ。決して簡単なことじゃない。奥深く、難しい」

「……奥菜玲奈でさえ、最後まで演じきることができなかったのだから」と呟《つぶや》いたのが、小さく聞こえた。

奥菜玲奈は〝理想の自分〟の仮面を被《かぶ》り続けた人物だ。縁は最後まで玲奈の作り上げた仮面に一目を置いていた。

しかし、玲奈でさえ追い詰められれば動揺し、完璧に作り込んだ仮面を壊してしまった。それまで揺るがなかった演技も、思想も、信条も、強く揺さぶられれば、壊れてしまうことがあるのだ。

——梶川は、どうか。

「痴情のもつれで殺人を犯した事実を認められなかった梶川は、それらしくてふさわしい理由を考え出さなくてはならなかった」

梶川は井浦を突発的に殺してしまった。そして、自分が殺人を犯した理由を認められなかった。けれど、殺してしまった事実は変えられない。

「それで、猶予のない中なんとか思いついたのが『死は芸術である』とかいう、フィクションの猟奇殺人者がよく使うテンプレート的な動機というわけだ。『振られたから殺した』って動機よりマシに思えたんだろうけど、それが作家としての信頼を損なう結果になってんだよな。なんせ出来上がったものが拙いから」

だから取り繕おうとして、井浦を殺したことを〝作家として〟正当化するために『愛しているから殺した。死を芸術にした』という無茶苦茶なテーマで作品を作った。けれど、梶川は本気で殺人を芸術に昇華しようと模索したわけではない。愛を殺人によって表現したかったわけでもない。そう見せかけたかっただけ。

縁が暴いた動機と痛烈な批判に、梶川は一言も口を挟まなかった。

「反論……しないんだな」

「自分の作品の出来不出来を一番身にしみて理解してるのは作家自身だ。異論があるならとっくに言ってるよ。というわけで、梶川密を語る言葉は二つ――」

思わず呟いた芦屋に、縁は淡々と応じた。

「自分の定めた『死』というテーマに全身全霊をもって向き合えなかった作家か。恋人に別れ話を切り出されて理性を失い、人を死に至らしめた人間か」

二本指を立てて、一つずつ折っていく縁のことを、果たして梶川は認識していただろうか。顔を覆っていたドロドロとした揺らぎはもう左目の辺りに残っているだけで、力なく蠢《うごめ》くばかりだ。

「手前勝手な人殺しの動機を『芸術』になすりつけておいて作家面《ヅラ》されるのが、私は本当に我慢ならない。少しは恥を知ってほしい」

冷たく吐き捨てた縁に梶川はなにも答えない。人形のように生気のない蓮根の顔が露出していた。その様に縁は浅くため息を吐くと、低く、呼んだ。

「蓮根修二くん」

梶川がテーブルに投げ出した右手の人差し指が、大きく震えた。

「こんなもんなんだよ。蓮根くんを今、死に至らしめようと企《たくら》んでいるのは」

それまで梶川に取り憑《つ》かれたままだった蓮根の目に、うっすらと意思の光が宿ったような気がした。

「蓮根くんはそのままだと、井浦影郎を殺して死後も君に纏《まと》わりつく、梶川のせいで病んで死ぬ。だけど、今もまだ井浦さんの後を追って死にたいのなら、別に死んでもいいとも思う」

「おい、なにを……」

言い出すんだ、と続くはずだった芦屋の言葉は縁に睨《にら》まれて声にならなかった。

邪魔をするべきでないと悟った芦屋はおとなしく口をつぐむ。

「正直、この期に及んで後追い自殺を望む人間の説得なんてできる気がしないし、やる気もない。……ただ」

縁はその一瞬、苛立《いらだ》ちを隠すのを止めた。

「私は梶川の思い通りにことが運ぶのがすごく癪《しゃく》に触るんだよ。作品づくりのスタンスから恋愛感情の表現まで、死んでも無神経で自己中心的でムカつくから。蓮根くんはどう思う？」

縁は冷静さを取り戻して、語りかける。

「井浦さんなら、どう思うかな」

念を押すように続けた言葉に、蓮根はなんとか口を開いた。

「い、うら」

瞬間、左目を覆っていた歪《ゆが》みの残滓《ざんし》が鋭く反応して蓮根の口を塞ごうとした。

しかし、蓮根はかまわずに言葉を続ける。

「先輩が、井浦さんがどう思うかなんて、わからない。僕は、井浦さんのことを、なんでも知ってるわけじゃない」

身体《からだ》の主導権を蓮根が取り戻そうとしていた。

それを押しとどめようとする、苛立った梶川の声が重苦しく部屋に反響する。

「あなたにカゲくんのなにがわかるの？」

「僕が知ってる、井浦さんは」

蓮根の右目が苦しげにすがめられた。

「ひどい、人でした。とても」

嘲笑が響き渡る。高笑いする女の声が嵐のようだ。

「でも」

嵐の只中《ただなか》でも蓮根の声は、はっきりと聞こえた。

「井浦さんは殺されてもいい人なんかじゃない。作品として見世物にされて許される人でもない。……許されていいわけないだろう」

蓮根の目に光るのは涙ではなく、強い意志だった。怒りだった。

その怒りに気圧《けお》されるように笑い声が収まると、蓮根は縁に向けて口を開く。

「井浦さんは、自分に全然、自信がなかったんだ」

蓮根は井浦影郎を語る。

井浦は苦悩していたのだという。

どれほど大衆に求められる作品を作っても、技術があっても満足できない、飢えにも似た苦しみ。大衆に飽きられることへの恐怖。常に作家として進化し続けなければいけないことへのプレッシャー。期待される作家として振る舞うことへの疲労。簡単に飛んでくる誹謗《ひぼう》中傷と罵詈《ばり》雑言の棘《とげ》。その全てに追い立てられて井浦は走った。足を止めたら喰《く》い殺される。そんな不安に駆られながら、ただひたすらに加速した。

生き延びるため、腹を空かせた獣のように作家の卵たちの才能を食い潰して奪う。その罪悪感から彼ら彼女らをミューズと呼んで、思い出を部屋に飾って指針にした。これだけの才能を奪ってきたのだからまだ走れる。まだ食える。まだ作れる。

そうやって自分を奮い立たせないと筆を取ることさえままならなくなり、名ばかりのミューズの残骸が並べられた部屋では安らぐこともできなくなった。それでもミューズの残骸《コレクション》を捨てることは許されない。作家・井浦影郎を形作っているのは他ならぬ彼ら彼女らの才能、涙と血肉だ。それを忘れたら、作家として死んだも同然。

——思い詰めていたのだと蓮根は言うと、フッと吐息を零《こぼ》すようにして、力なく笑った。

「僕は『そんな生き地獄にいるくらいなら、いっそ死んだらどうですか』って言ったんだ。『今の井浦さんは苦しむために作家をやっているみたいだ。苦しまずに済む方法はないんですか。最初に作家になりたいと思った井浦影郎は、なにを作りたかったんですか？』って尋ねたら、井浦さん、泣き出してしまって」

かつて思い描いた理想からは遠く離れた場所にいることに、井浦は気づいた。

「自信がないから、人からなにかを奪うようにして作品を作って、それがいろんな人に受け入れられてしまって、それを、もうやめたいって言ってた。完璧な才能なんかなくてもいい。たくさんの人に受け入れられなくてもいいって」

井浦は蓮根に叱咤《しった》されて、更生しようとしていた。

「変わりたいって、言ってた」

「口先だけだよ、そんなのは」

梶川は吐き捨てるように言った。

「井浦は作家と付き合って思考を丸ごとトレースする。だから『変わりたい』と口にしたのも蓮根修二《おまえ》の思考を真似《まね》ただけで一過性のこと。すぐに彼は別の作家と付き合いだして、また新しい表現を取り入れる。次のミューズは月浪縁だったかもね」

鼻で笑った梶川に、縁の瞳が刃物じみた光を帯びた。

「……あのさぁ、酷《ひど》い死に方をした人を悪く言いたくはなかったんだけど、なんで私があのクソ野郎に口説き落とされる前提で話をするのかなぁ？」

身もふたもなく切って捨てる。あまりにも鋭利な言葉に梶川の声も蓮根の声も途切れた。

「君らにとって井浦影郎がどれほどの男かは知らないけど、創作のために他人を食い潰すのをよしとする人間なんて恋愛以前に人としての好感が持てないな。だからミューズ候補扱いされるのは心底心外かつ大迷惑。気色悪いからやめてよね」

芦屋は横から感じるひしひしとした怒りのオーラに落ち着くように言うべきか迷う。縁は芦屋があたふたしているのを横目に、深くため息をこぼした。

「だいたい、クソ野郎同士つるんだところで得るものはないでしょ。井浦さんにはその点ご理解頂いた上で話をつけてるんだよ。その後、蓮根くんの言い分が正しいなら少しはまともになろうとしてたみたいだけど……」

縁はスッと床を指差した。頭から血を流した井浦の横たわっていた場所だ。

「井浦さんが蓮根くんを選んで梶川を捨てようとしたのは『いつものこと』の延長だったのかもしれない。でも、本当に変わろうとしていたのかもしれない。──わからないんだよ。梶川が井浦さんを殺して、全ての可能性を断った今となっては」

縁の声には、クソ野郎となじったはずの井浦への、やりきれなさと同情が滲《にじ》んでいる。井浦の真意を知るものはこの世にいない。蓮根の希望と梶川の諦観のどちらが正しかったのかを知るすべは、どこにもないのだ。

蓮根の唇が小さく震えた。

「井浦さんは、確かにひどい人だった。それでも、僕は応援したかった」

蓮根の左目あたりに残る、薄い肉の膜のようなものが、蓮根の声が上がるたびジリジリと焼け落ちていく。

「天才でも完璧でもなくて、コンプレックスだらけで、それでも、変わりたいと願って行動し始める。……井浦さんのことが好きだから」

芦屋には腹落ちするところがあった。梶川が執拗《しつよう》に蓮根を殺そうとした理由も、縁に対する敵意をあらわにしたのも、井浦が好意を持った人間だったから、なのだろう。

梶川は口では「創作活動のために自分以外の人間と関係を持つのは仕方がないことだ」と割り切っていたが、結局のところ割り切れてなどいなかったのかもしれない。

芦屋は静かに目を伏せる。

蓮根のそれまでの言動で薄々勘付いてはいたが、改めて死者へのまっすぐな愛情を吐露されると、苦しい。

蓮根はうつむいて、絞り出すように、細切れの言葉を口にした。

「なのに」「井浦さんは」「僕は」「お別れも言えてない」「これからも言えない」「どうして」「バラバラにされて」「焼かれて」「粉々になって」

理不尽への怒りと、悲しみとが渦巻く最中に蓮根は小さな望みを口にした。

「井浦さんに、もう一度会いたい」

決して叶《かな》うことのないささやかな願いだった。

「なんでもいいから、また、くだらない話がしたいんだ」

机の上に置いた手のひらがもがくように握られていく。

「どうして死ななきゃいけなかった？　どうしてこんな身勝手な人に、井浦さんは殺されなきゃいけなかったんだ？」

蓮根は喘《あえ》ぐように言った。その左目にわずかに残る肉の膜に浮かぶ、梶川の目が嫌悪にすがめられる。

「失礼しちゃうな。ねえ、そんなに会いたいなら死んだら？」

女の声が甘く囁《ささや》く。

「死んだら会えるかもしれないよ」

梶川に抗《あらが》うようにもがき、震えていた蓮根の挙動の一切が、止まった。

「そうだ。死んだら会えると思ってた」

だから、蓮根は首を括《くく》ろうとした。

「もう一度顔を見れるなら、言葉を交わせるならなんだってするよ」

悪霊の誘惑に駆られて命を捨てようとした。生きていたなら二度と会えない井浦に会うために。蓮根は確信を求めて縁を見つめる。霊能力者の少女に縋《すが》るように口を開いた。

「月浪さん。僕が死んだら……」

縁は首を横に振る。

「会えないよ」

無慈悲なほど冷静に、告げた。

「いま死んだとしても、蓮根修二が井浦影郎に会うことはない」

愕然《がくぜん》と目を見開いた蓮根は、固くまぶたを閉じた後に、顔を上げた。

「なら……、なら僕は死ねない」

ひとつ言葉を紡ぐたびに、蓮根を覆う肉の膜のようなものが剝がれていく。喚《わめ》き散らす女の声が徐々に小さくなっていく。

『絶対に死なない。梶川にはこれ以上なにもくれてやらない』」

蓮根が決意を持って宣言した瞬間、背中から黒い塵《ちり》のようなものが吹き上がって消えた気がした。

タブレット端末の画面を見れば、蓮根を縛り付けていた赤いテクスチャも無くなっている。縁は無表情のまま蓮根に口を開いた。

『梶川密は除霊された。彼女が今後、君に取り憑《つ》くことはない』」

縁の言葉を聞き届けた蓮根の顔から、薄暗いベールが取り払われたように、顔色が明るくなった。しかし蓮根はうつむいて、尋ねる。

「……月浪さん。月浪さんはどうして、僕のことを助けてくれたんですか」

「君を描いた絵に赤いテクスチャが浮かんだからだ。これを取り除くために、梶川密を除霊して君から危険を払いのける必要があった」

淡々と告げた縁に、蓮根は息をこぼすように笑った。

「僕は、オカルトが好きですけど、信じてはいなかった。幽霊や霊能力者が本当に存在するなんて、思ってもみなかったんです。全部フィクションだと思っていました。月浪さんの力は、すごい……」

言葉の最中に目を覆って、唇を噛《か》み締《し》めた蓮根は、

「そんなすごい力があるなら、どうして井浦さんを助けてくれなかったんですか」

縁を、呪った。

「おい、蓮根」

隣で息を呑《の》んだ音を聞いた芦屋が堪《たま》らず口を挟むが、蓮根には聞こえていなかったのかもしれない。手のひらで目を覆ったまま、表情が読み取れない。そのまま蓮根は静かに縁をなじっていく。

「井浦さんのことが嫌いだから、描かなかったんですか。死んでもいいと思っていたから……」

「……おまえ、自分がなにを言ってるのか、わかってるのか」

まるで縁に井浦の死の責任があるかのような言い草に、芦屋が苛立《いらだ》ち混じりに問いかけると、蓮根は机に手のひらを叩《たた》きつけて怒りをあらわに食ってかかった。

「だってそうでしょう!?　本当に描きたいと思っていたなら！　絶対に描くべきだと思っていたなら交渉したはずだ！　月浪さんなら、井浦さんはきっと許したはず……」

「蓮根！」

芦屋は思わず声を荒らげる。だが憔悴《しょうすい》した蓮根の眼差《まなざ》しを受けて、芦屋は一度息を吐

いた。落ち着くべきだとわかっていた。恋人を無残に殺されて蓮根は深く、傷ついている。

また八つ当たりに行われる縁の糾弾について縁自身が弁明するならともかく、芦屋がしゃしゃり出て怒ることでもない。

けれど、蓮根を助けようと梶川に立ち向かい、命を救った縁が救われた蓮根から罵声を受けるいわれなどない。芦屋はどうしてもそんな状況が許せなかった。なにより——。

「もしもの話をしたってどうしようもないだろ」

井浦影郎は既に死んでいる。もう取り返しはつかないのだ。

同時に、芦屋は知っている。縁が井浦の死を当然だと思っているわけがない。井浦の命を救えず、取りこぼしてしまったことを、縁が悔やんでいないはずがないのだ。

「助けられておいてその態度はない。筋違いだろ……」

芦屋の言葉に、蓮根の目から大粒の涙がこぼれた。

「わかってる。……ちゃんと、わかってますよ。でも、どう納得しろって言うんだ、こんな……」

机の上に置かれた、拳が強く握られ白く、震えている。

「助けられたかもしれないのに……！　助けられなかったことを『しかたない』だなんて言われても、納得なんてできないよ……！」

引き絞られるような悲痛な叫びが、井浦の部屋にこだました。

「あの人を、返してくれ……」

芦屋は奥歯を噛み、なにか言おうと口を開きかけたが、腕を掴《つか》まれてパッと振り返った。おまえも言われっぱなしでいいのか、と思っていた気持ちは縁の顔を見て、みるみるしぼんだ。

絶対に泣くまいと堪えているのが芦屋にもわかった。

縁はなにも言えなくなった芦屋の腕をすぐに離して、口を開いた。

「ごめんね」

縁は深く頭を下げて、震える声で続ける。

「ごめんなさい」

蓮根はそれ以上縁に罵声を浴びせることはなかったが、やり場のない怒りと悲しみに嗚《お》咽《えつ》するばかりだった。

縁がずっと自分から他人を、怪奇現象から周囲の人間を遠ざけようとした理由を、芦屋は身に染みて実感していた。

〝怪異というのは基本的にクソ野郎で、関わるとろくな目に遭わない〟

うつむいた縁が抱えていたものの一端を垣間見《かいまみ》た芦屋啓介が、月浪縁に語りかける言葉もまだ、見つからない。

第四章
麒麟の筆

【芦屋啓介】

月浪健《つきなみたける》の勤める病院の一室は、芦屋啓介《あしやけいすけ》が『精神科』のイメージから想像していた真っ白な部屋とはまったくの別物だった。フローリングの明るい木目が優しく、所々に変わった形の椅子や照明、観葉植物などが置かれて、外資系のカフェや内装に凝ったビジネスホテルのような雰囲気である。

芦屋が病院にいるのは他でもない。葉山英春《はやまひではる》に会うためだ。

葉山はひと月の入院の後、自宅から通院できるようになったのだが、ドッペルゲンガーのフラッシュバックの恐れがあるために大学は休学。芦屋との面会も禁じられ、ようやく今日が解禁日である。万全を期してか健の指示で、芦屋と面会するなら病室で、ということになったのだ。

SNSを介してのやりとりはしていたが、芦屋が葉山と顔を合わせるのはおおよそ一年振りだった。久方ぶりに顔を合わせた葉山はTシャツに細身のデニムの簡素な格好でひらひらと芦屋に手を振る。とても患者には見えなかった。

葉山は来客用のパイプ椅子を開いて芦屋を座らせると自分もベッドに腰掛けて笑う。

「いやぁ、なんだかんだで結構メンタルやられてたんだなぁ。芦屋には迷惑かけっぱなしでホントすまん」

いつも染めていた髪は黒くなっていたが、それを除けばドッペルゲンガーに取り憑かれる前の葉山に戻っていた。軽い調子で芦屋を気遣うのも以前と同じだった。

芦屋は眉をひそめて、膝の上に載せた指を固く組んだ。改めて、自分が情けないと思う。

「そんな……迷惑、だとか、そういう風には、全然思ってない。逆に俺が余計な気を回したせいでいろいろ……」

途中で言い訳がましい自分が嫌になって、芦屋は言葉を切った。目を合わすことさえできないことを恥じるように頭を下げ、それでも葉山にはっきり聞こえるように言う。

「ごめん」

葉山が一瞬息を呑んだ音が聞こえた。そう間をおかずに、葉山の明るい声が病室に響く。

「いや、なんで芦屋が謝るの？　なんか俺に謝るようなことがあるのか？　悪いけど心当たりがないんだわ」

恐る恐る顔を上げた芦屋に、葉山はなんてこともないように続ける。

「だいたい三角《みすみ》教授の件だって、振り返って考えるとあの人死ぬほど大人気ないしひっでえ八つ当たりだったなとは思うけど、俺が無神経だったとこもあるからさ」

葉山は苦笑して言った。

「知らなかったんだよね。三角教授が広告嫌いだっていうの」

講評で葉山を酷評した三角が、なぜあんなにもキツく葉山を槍玉《やりだま》に挙げたのかの理由を、葉山は知っているようだった。芦屋が縁《よすが》から聞いたのと同じ推測を、健経由で聞いていたのかもしれない。

そして、その推測は葉山自身も納得がいくものだったのだろう。

「たぶん、現場でなんか嫌な目に遭ったんだろう。思い出したくもない作品だったのかもな。でもそれが代表作扱いされてて、俺みたいな事情もなんも知らない学生に『あの作品に感銘を受けました！』とか、ファン丸出しのミーハーなコメントされたら面白くないのは、わかるよ」

複雑な面持ちの葉山に、芦屋は瞬《まばた》いた。

「したのか、ミーハーなコメント」

葉山はぎくりと肩を震わせたかと思うと、深々とため息を吐いた。

「……そーなんだよ。舞い上がってやっちまったんだよ。あぁー！　時を巻き戻したい！」

頭を抱えてベッドに倒れ込み、軽くのたうちまわる葉山は、やはり三角のことを尊敬していたのだろう。

「それだけ好きな作家だったってことじゃないのか」

「まあ。……そうだよ」

ひとしきり暴れるポーズをとって気が済んだのか半身を起こした葉山に、芦屋が少々の恨みがましさを込めて尋ねる。

「教えてくれてもよかったと思う」

葉山はあからさまに目を泳がせた。

「うーん。なんか、ちょっと恥ずかしかったんだよな。芦屋にファンやってる姿を見られるの」

なにを恥じるところがあるのか全く理解できなかった芦屋は首を傾《かし》げた。

「俺は気にしない」

このコメントは相当な的外れだったらしい。葉山はわざとらしく頬杖《ほおづえ》をついた。

「知ってるよ。そりゃ芦屋はそういう奴だ。わかってる。だけど芦屋啓介が気にしなくても葉山英春は気にするんですよ。啓介君、おわかり？」

「……わかった」

物事の許容範囲というのが人それぞれであることを、ここ一年で嫌という程学んだ芦屋はしぶしぶ頷《うなず》いた。葉山は満足そうに口角を上げたと思ったが、芦屋の顔を見て気遣うように眉を下げる。

「あのさ、前もちょっとは聞いたけど。……ほんとに大丈夫だった？　ほら、例の」

葉山の言いたいことはわかる。ここ最近は落ち着いてきたが、梶川密《かじかわみつ》が井浦影郎《いうらかげろう》を殺した事件は大々的に報道された。井浦が現役美大院生でありながらイラストレーターとして華々しく活動していたことや、梶川が気鋭の学生作家として有名だったことも手伝い、私立東京美術大学はあまり望ましくない形で世間の注目を浴びたのだ。

「俺は平気だよ。事件が明るみに出てすぐ夏休みに入ったから〝大学に押し寄せる取材陣〟みたいなのと鉢合わせすることもなかったし、今は大学もだいぶ落ち着いてるから。……なあ、そんな心配することないだろ?」

あまりにも葉山が不安そうなので芦屋は不思議に思って尋ね返した。

葉山は「いやいや」と、手を横に振る。

「フツー心配するって! だってネットでも美大生ひとまとめにして結構叩《たた》かれてたじゃん。なんか『やっぱり美大なんか行く奴は普通と違って病んでたり倫理観がおかしいのが多い』的なコメントで盛り上がってたし……」

「そんなド偏見を気にする必要はない」

普通の美大生は常識も良識も持っている。変人と言われがちなタイプの美大生は意識して変人を演じているか、自分の制作に一生懸命なだけで善悪の区別がつかないわけではない。猟奇的な作風、露悪的な作風の美大生はいるが『現実で人を殺すことを芸術として認めてもいい』などと言い出す学生はまずいないし、いたとしても本当に人として終わっている人間だけだ。もちろん〝美大生だから〟人として終わっているわけではない。

芦屋があまりに断固として言い切ったからか葉山はぽかんとしたあと、面白そうに肩を揺らした。

「……バッサリ切って捨てたな！」

「当たり前だろ」

葉山は目に見えてホッとした様子だ。

その顔を見て、芦屋は今なら聞くことができるかもしれないと思う。

ずっと気になっていたことがあるのだ。

「なんで葉山は俺に写真を教えてくれたんだ？」

「急に話変わったな？　そして今更なに？」

葉山はきょとんとした様子で芦屋の顔をまじまじと眺める。芦屋が黙って見返すと真剣に尋ねていることがわかったのか、葉山は腕を組んで考えるそぶりを見せると、自分も答えを探るように、口を開いた。

「芦屋のことをいい奴？　だと思ったから？」

「だから、なんでそう思ったか……。おい、疑問形かよ」

芦屋のツッコミに、葉山は軽く笑って見せた。そのあとさらりと理由を述べる。

「初対面の時に芦屋は俺の名前を覚えてたよな。それまで話したこともなかったのに」

「葉山だってそうだろう」

当時は自分の名前を覚えられていると思ってなかったので、印象的だったのだと芦屋が言うと、葉山は驚いた様子で瞬いた。

「そりゃあ、芦屋は遅れてクラスに入ってきたわけで、こっちが覚えてるのは当然みたいなところがあるだろ。一応遅れてきた経緯は先生から聞いてたし、その上自己紹介のときの芦屋は松葉杖《まつばづえ》ついて全力で負のオーラを背負ってたからインパクトあったよ」

聞き捨てならない単語が出てきて芦屋は半眼になった。

「……負のオーラとはなんだ」

「ザ・運動部の主将なナリのくせに、ただでさえ低空飛行のテンションがあの頃は常にお通夜状態だっただろ。死んでたぞ、顔が」

ズバズバと物を言う葉山である。

芦屋は当時死ぬほど落ち込んでいた自覚があるだけになにも反論できなかった。

バツが悪そうに黙り込んだ芦屋に、葉山は苦笑して続ける。

「気持ちはわかるけどあれじゃ話しかけづらいって。話してみたら案外面白かったけど」

「……そうか」

しみじみとへこんでいる芦屋を差し置いて、葉山は気を取り直すように話を戻した。

「でも、芦屋のほうは俺とは違うじゃん。人とナリも摑《つか》めない四十人弱いるクラスメイトの顔と名前を一気に全員覚えてた。少なくとも名前を覚える努力はしてたんだなって思ったんだよ」

芦屋は、高校生の頃の、足掻《あが》いていた自分のことを今更に見つけてもらったような気がして、唇を引き結んだ。

「なにより、スマホを構えて俺を撮った途端に、芦屋の負のオーラがちょっとマシになったように見えたんだ」

葉山はニッといつも通りの自信に満ちた笑みを浮かべる。

「こいつはたぶん、作ることに向いてるんだろうなって直感したわけ」

「……だから教えてくれたのか」

「そういうこと。のちにサクッと現役で美大に受かるんだから、我ながらなかなか慧眼《けいがん》だったな。葉山英春の目に狂いはなかった」

軽い調子で自画自賛を挟む葉山に、芦屋はふっと小さく息をこぼした。

「あのさ、葉山」

「なに？」

「ありがとう」

「なんだよ、急に。それなんのお礼？　今日のおまえ全然脈絡がわかんないんですけど」

眉を八の字にして困惑する葉山の肩を、芦屋は軽く叩いて告げる。

「とっとと治して戻ってこいよ、待ってるから」

「……おうよ」

くしゃりと笑った葉山に、芦屋は安堵《あんど》する。

きっと葉山は大学に戻ってこられる。そう思った。

面会を終えて帰ろうと、芦屋はリュックサックを肩に引っ掛けて歩き出す。病室を出たところで、メガネの奥の穏やかな瞳と視線が重なった。

「芦屋くん、ちょっといいかな？」

月浪縁の兄、健がちょいちょいと手まねきしていた。

健の後を付いていく。扉に印字された診察室《カウンセリングルーム》の文字を横目に入室して、芦屋は思わず目を瞬いた。診察室というよりちょっときれいな、飲食できる本屋のようだ。

健がデスクからサイドワゴンを引っ張り出して患者用の椅子の前に置く。今までかろうじて医者と患者の距離感だったのが、サイドワゴンをテーブルがわりにすると、もはや喫茶店の二人席だった。

健は芦屋に着席を促すと、自ら氷の浮かんだ緑茶と水を持ってきた。芦屋は受け取って口を開く。

「ありがとうございます。……病院なのに、白い部屋じゃないんですね」

「それ葉山くんにも言われたよ。僕は白い部屋って落ち着かないんだよね。眩《まぶ》しいから」

健は冗談なのか本気なのかわからない調子で言ったあと、付け加えるように説明する。

「もちろん僕の趣味に合わせたわけじゃなく、感覚や神経が過敏になってる人にもよろしくないから、ある程度木目のある部屋にしてるんですよ。観葉植物は全部フェイクですけども」

部屋の隅に置かれた本物と見紛《みまが》う立派なモンステラの葉に思わず目をやった芦屋だが、にこにこ笑っている健がこちらを観察していることに気づいて、とたんに落ち着かなくなった。

「あの、俺を呼び出したってことは葉山の経過に、なにか問題でもあるんですか？　元気そうに見えたけど……」

よほど芦屋が不安げに見えたらしい。健は大袈裟《おおげさ》に手を横に振って苦笑した。

「ああ、わざわざ病室での面会だったし何事かと思うよね。ごめんごめん。怪異がらみの患者は特殊対応になるんだ。葉山くんに関しては君の見立てどおりだよ。そろそろ復学を視野に入れてもいいと思う」

「本当ですか！」

思わず身を乗り出した芦屋はハッと我にかえる。そっと意識して背もたれに背中をつけて、健の言葉を嚙《か》み締《し》めるように呟《つぶや》く。

「……よかった」

きっと復学できるはずだと感じたことは気のせいではなかったのだ。

心底安堵した芦屋を見て健は軽く瞠目《どうもく》したかと思うと、にこやかに言った。

「君って友だち甲斐《かい》のある奴だね。家族と同じかそれ以上に連絡をとったり、回復を喜ぶ友だちってなかなかいないよ」

芦屋は内心で「そんなに誉《ほ》められたことでもない」と嘆息する。葉山を追い詰めた怪異・ドッペルゲンガーを生んだのは強烈なストレス、葛藤と懊悩《おうのう》だと聞いている。

葉山が怪異を生むまで悩み苦しんだのは、芦屋の不用意な一言が一因でもある。

酷《ひど》い講評を受けた葉山を励ますつもりで「教授の言うことを聞く必要はない。おまえはそのままでもいい」と言ったことが、葉山を苦しめてしまった。

少なくとも、芦屋自身はそう思っている。

「……葉山の件は俺のお節介が引き起こしてるところもあったと思うので」

良かれと思って口にした言葉が葉山の中で歪《いびつ》な像を結んでしまったことを、芦屋は後悔していた。

「だから、こうやって面会するのも、いいことか悪いことかはわかんないところはあるんですけど、月浪が」

途中で芦屋は、目の前の男もまた〝月浪〟であることに気づいて言い直した。

「縁さんが、俺が葉山を励まそうとしたことは間違ってないと言ってくれたから、葉山とちゃんと話をする機会を、作れたんだと思います。そうじゃなかったら気まずくなって、疎遠になってたかもしれない」

芦屋は組んだ手のひらに視線を落として、固く目をつむる。

「そうならなくて本当によかった……と思ってます」

「なるほど。あいつは俺よりよほどアフターケアが上手だな」

健の口調が少しばかり砕けたものに変わった。

芦屋が顔を上げると、メガネ越しにいたずらっぽく笑う瞳と目があった。縁がよくやる微笑《ほほえ》み方だ。

「芦屋くん、怪異に一番抵抗力がある状態ってどういう時かわかるか？」

突然脈絡のない質問を投げてくるのはこの兄妹《きょうだい》の特質なのかもしれない。

しかし芦屋は一瞬目を丸くしたものの、真剣に考えて自分なりに答えを返した。

「気をしっかり持つ、とかですか？　なるべく平常心を保ってポジティブな状態でいるとか」

「九割正解。平常心とはなにかっていうのが補足できたらカンペキだ」

健は人差し指を立てて意味ありげに言う。

「正解は『幽霊・オカルト』の類は存在しないと当然のごとく思い込むこと」

身内も自身も霊能力者であるはずの健の発言に、芦屋は耳を疑った。

「いやでも……実際いますよね、怪異」

「いるんだけども」

健は芦屋がぽかんとしているのを見るとすぐに気を取り直して続ける。

「いないと思い込んでる人間の方が寄せ付けないんだよ。怪異が現世で少ないエネルギーをかき集めて必死に起こした怪奇現象も、風の音。見間違い。偶然。で片付けられたら無かったことになるからね」

言われてみればわからないでもない、と芦屋は腕を組んだ。葉山は〝自分のドッペルゲンガーを自分だと認識しなかったために死なずに済んだ〟のだ。

「まともに相手をしちゃう方がかえってヤバいというわけ」

もしも葉山が幽霊も妖怪も実在していると強く信じていたなら、幽霊の特徴を調べ上げてその正体を突き止めていたなら、葉山は——もしかすると芦屋も——とっくに死んでいたのかもしれない。

「だから本物の霊能力者はあんまり表に出ないんだよね。『いる』って知らしめちゃうと退治する相手が軒並み強くなるんだよ。これやっちゃうと本当に死活問題になるから」

健の話を聞いていると、縁から渡された名刺のことが芦屋の脳裏をよぎった。

『特殊清掃・月浪院　取締役《とりしまりやく》　月浪　禊《みそぎ》』

渡された時には職種と業種は果たしてそれでいいのかと突っ込みたくなったものだが、

あれはあれで意味のある偽装工作のようなものだったのかもしれない。

「なるほど、どうりで特殊清掃……」

「あ、うちの母の名刺のこと？ あれはちょっと適当だよなあ。あはは」

あっさりと笑い飛ばした健に芦屋は脱力した。結局適当なのだろうか。

落ち着いた所作でグラスを口にする健に、芦屋はそれにしても、と前置きして尋ねる。

「健さんの言うことが本当なら、霊能力者とかの専門家は一般人より抵抗力がないってことになりませんか」

「どっこいどっこいって感じだよ。対抗できるノウハウが溜《た》まっているから、強い怪異に適切な対処ができるのは専門家の方。でも専門家も幽霊を信じない人間と比べたら劣るところはあるんだ」

健は一つため息をこぼすと、話題を変える。

「ところで七月の一件、縁には相当堪えたみたいだね」

なんてこともない調子で言った健に芦屋の心臓が大きく鼓動する。

悪霊と化した梶川密を祓《はら》いのけ、蓮根《はすね》修《しゅう》二《じ》から罵倒されたあの一件以来、芦屋は縁に会っていない。

縁が芦屋のことを避けているからだ。

いつもなら芦屋はなんとしてでも接触を試みただろうが、今回は芦屋自身が縁にかける言葉をまだ見つけられていない。

「……あのとき、俺は、なにもできませんでした」

葉山とも話したが、梶川と井浦の事件は半ば収束していると言っていいだろう。大学内で事件のことを公に話すことはなんとなくタブー視されている。そのまま、みんなが当たり前のように、何食わぬ顔で授業を受けていると、そのうち本当に事件が起きたことも忘れてしまいそうだ。死者が日常にさざ波を立てても、生きている人間の大半は歩みを止めることがない。

立ち尽くしたままの芦屋を置いて。

「情けないです。縁さんにかける言葉の一つも選べない……」

沈む芦屋に健は軽く眉を上げてみせる。

「なにもできてないってことはないんじゃない。縁にとってはたぶん君が居るだけでよかったんだと思うけど」

健はあさっての方向に視線をやると「いいか。後で怒られても」とひとり呟いて、芦屋に向けてやけにキラキラした笑みを浮かべた。

「あのさ、芦屋くん。俺はまだ立ち位置として研修医なんだけど、それはさておき、今から精神科医としても家族としても言っちゃいけないことを言うから、ちょっと黙って聞き流してくれる？ コンプライアンスとプライバシー的なやつに絶対引っかかるんだけど、必要なことだと思うので」

「はあ……？　わかりました」

頭にいくつかの疑問符が浮かんだがとりあえず芦屋は頷《うなず》いた。すると、健はそれまでと打って変わって静かに口を開く。

「縁の霊媒体質は自分の意思とは関係なく怪異を引き寄せてしまう。自分にも周りにも危害が及ぶ」

それは芦屋も知っている。実際、縁は怪奇現象にやたらと遭遇していた。

「縁は昔、怪異のせいで友人を失ったことがある。命を助けるので精一杯で、記憶を守ってやれなかったそうだ。その子は縁と出会ってから過ごした一年半の記憶を全部忘れてしまって、散々に苦労していた」

驚きはしなかった。

むしろ、芦屋は納得していた。

厄払いの絵画が怪異の災いを予告するせいもあって、縁は自分から怪奇現象に首を突っ込んでいっているようだった。その理由の一端を垣間見《かいまみ》た気がして、芦屋は組んだ手のひらに力を込める。

健はため息混じりに続けた。

「それが、本当に嫌だったんだろうな。『他人を巻き込みたくない。どうしても巻き込んでしまうなら、せめて自分がどうにかしたい』って頑《かたく》なになった。まともな人間関係を築くのを諦めて絵に没頭した。なまじ〝厄払いの絵画〟なんていう能力があるものだから、知り合った人間全員描き倒す、なんて無茶をするようにもなった。挙句の果てに、自分の描いた作品のことまで大事にしようとしたんだ。『自分が描いたものが、赤いテクスチャのせいで歪《ゆが》むのは許せない』と」

ウチの愚妹はわがままで困るよ、と健は苦笑する。

「せめて本当に助けたい人間を選んで描くか、絵は厄払いのために歪んでもしょうがないと割り切ったほうがずっと楽だって散々忠告したんだが、縁は聞く耳を持たないんだな。実際、これまで縁は死人を出したことがなかったから、俺も強くは言えなくてね」

芦屋は目を見張る。

――ならば、井浦影郎は縁にとっては初めて出してしまった犠牲者だ。

言われてみれば梶川の悪霊と全面対決したときの縁の言動にはいつも以上のトゲと怒りが込められていた。あれが罪悪感の裏返しだったとすると、もしかしたら芦屋が想像していたよりもずっと、縁は井浦の死にショックを受けていたのかもしれない。

井浦を失って取り乱した蓮根に罵られても、言い訳ひとつせず頭を下げた縁を思い出して、芦屋は眉根を寄せてうつむいた。健の声も低く沈む。

「あの霊媒体質で、誰も死なせずにここまでもたせたのは身内の欲目なしにすごいことだと思う。でも、七月の件を聞いてやっぱりな、とも思ったよ。いつかこんな日が来るとわかってた。どれだけ頑張ったって、全部が全部、思い通りになるわけもない」

健は芦屋に向けて口角を上げてみせる。無理やりな、苦みのある笑みだった。

「それでも、どうしても思い通りにしたいことはあるんだろうな。縁は芦屋くんが協力してくれるようになってから、家で君の絵ばっかり描いてたよ」

「え？」

面食らって声を上げた芦屋を見て、健は「やっぱりあいつ言ってなかったか」と呟《つぶや》く。

「当然だろう。自分の霊媒体質に巻き込まれることを承知で関わってくる人間を、縁が描かないわけがない。……それにたぶん、嬉《うれ》しかったんじゃないの？」

怪奇現象の兆しがあるたびに「自分に関わるな」「芦屋くんは来なくていい」と言っていた縁の顔が、芦屋の脳裏に浮かんだ。

「これまで厄払いの絵画が関わる事件に身内以外を関わらせなかった縁が、君を関わらせたのはそういうことでしょう」

健の言うとおりだ。縁は口では遠ざけようとしても、芦屋がすすんで縁に関わり、怪奇現象に首を突っ込むのを呆《あき》れがちにではあったが、最後には許した。いまのように、芦屋の前から姿をくらますことだってできたのに。

「俺はちょっとホッとしてたわけですよ。あいつも少しは無茶するのをやめる気になったのかなって」

健は腕を組んで、軽い口調ながら試すように問いかけた。

「霊能力者にだって、友達がいてもいいだろ？」

「そうですね」

芦屋は即答する。

「本当に、そう思います」

噛《か》み締《し》めるように続けた芦屋に、健は満足げに頷いた。

「芦屋くん、さっき縁にかける言葉が選べないって言ってたでしょ。遠慮することないよ。全部言っていい」

あまりにも投げやりなアドバイスに芦屋は瞬《まばた》く。

「……いや、そんな適当でいいんですか？」

「縁は怪談慣れしてるから、誰かの言葉の意を適切に汲《く》むのにも慣れてるよ」

割と失礼な芦屋の本音を、健が意に介した様子はない。

「それに、身内からの言葉じゃ響かないことも、友だちからだったらちゃんと響くこともあるからさ」

芦屋はハッと健の顔を見る。健は眉を下げて頼み込んだ。

「気が向いたらでいいから、縁と喋《しゃべ》ってやってくれよ」

健が芦屋をわざわざ診察室に呼んだのは、これを言いたかったためだろう。

芦屋は膝の上で軽く拳を握って、開いた。

「そのつもりです」

健と話してから、いままで身動きが取れなかったのが嘘《うそ》のように、芦屋は自分がなにをしたいのかが手に取るようにわかっていた。肩にのしかかっていたものが、健との会話で取り払われたような気がした。

「ありがとうございます。なんか、整備してもらったみたいだ」

――もしかすると月浪健は相当優秀なカウンセラーなのかもしれない。芦屋が感心を口にすると、健は肩を揺らして笑った。

「あはは！　言い得て妙だね。俺はなんとそれで飯を食ってるんですよ」

口角をつりあげるチェシャ猫のような笑い方は妹とよく似ている。芦屋はいてもたってもいられなくなって「すみません」と断るとリュックを肩にかけて立ち上がる。

「それじゃ、縁をよろしく」

なにもかも承知した様子でひらひらと手を振る健に一礼して、芦屋啓介は歩き出す。縁に会ってみないことにはなにも始まらないのだと気づいた芦屋は、立《た》ち竦《すく》むのを、やめた。

※

月浪健と話した翌日、芦屋啓介は日本画棟に向かった。

夏休みが明けてすぐのアトリエは人もまばらだ。新学期に入り新しい課題が出されたばかりだから、作品の構想を練っている人間がほとんどらしい。芦屋はその中でも作業している何人かの同期に月浪縁を見たか聞いてみるが、手応えはなかった。

そもそも最近は縁のことを日本画棟で見かけないという。

一学期末の作品講評の日には出席していたが自分の発表が終わるとすぐに退室していたようで、そのあとは必要最低限しか顔を出すことがない。必修であっても来たり来なかったりする。これまで縁は比較的真面目に大学に通い、その技量で注目されていた。九月に入ってからは特にそんな調子なので同級生の間では様子が変だと噂《うわさ》になっていたようだ。

芦屋はアトリエから廊下に出てすぐそばの壁にもたれながら、真昼の太陽に青々と茂る植木をぼんやりと眺める。同級生が縁を評する言葉に気になるものがあった。

『最近の月浪さん、元気はなかったけど絵の調子は絶好調だったよ。神がかってる感じ』

〝月浪縁〟と〝神がかり〟という言葉の組み合わせは、どうしても縁の霊能力・厄払いの絵画を彷彿《ほうふつ》とさせるが、そうではない。縁は人物でなく別のモチーフを描いた作品によって、同級生らを感嘆させたのだ。

これが芦屋には引っかかる。

縁は確かに技術のある描き手だ。芦屋の知る限り予備校時代から上手《うま》かったし、美大に入ってから公にしていた作品――風景、植物、動物、あるいは妖怪を描いた絵なども佳作ではあった。だが、縁の本領は人を描くことにある。

芦屋は特に印象に残っている作品を思い出す。

葉山と芦屋を含む予備校の同級生たち。——奥菜玲奈《おきなれな》。井浦影郎。蓮根修二を含む東美怪奇会の面々を描いた作品たち。――浮かんだ赤いテクスチャを除けばいずれの作品も、人の美点を捉えた優しい絵だった。ひねくれた性格の縁は人を描くときだけ、素直だ。モチーフとする人を祝福するように筆をとっているように見えた。その〝祝福〟こそ、厄払いの絵画の持つ霊能の源ではないかと思うほどに。

しかし、縁の絵を語った同級生たちの口ぶりは素直な賛辞というよりも、圧倒されて語る言葉がない、といった様子だった。ある種の畏怖さえ感じとれた。

「あいつ一体、どんな絵描いたんだ？」

思わず口走った芦屋の前に立ち止まる人影があった。影の正体がわかると、芦屋は大きく目を見開く。

「……久しぶりですね、芦屋くん」

蓮根修二が気まずそうな顔をしながらも、そこに立っていた。

九月はいまだに残暑が厳しく、立ち話には適さない。芦屋が食堂に誘うと、蓮根は少々の戸惑いを見せたが、頷いた。

白いテーブルの並ぶ東京美術大学の食堂はそこそこに席が埋まっていたが、昼時をはずしているから座る場所は確保できた。蓮根はサークルを辞めたが、大学には出てきているらしいとの噂は聞いていた。当然万全の調子ではなさそうだが、以前よりはだいぶ持ち直しているように見える。

「……その後、どんな感じだ」

芦屋が精一杯言葉を選んだことが伝わったらしく、蓮根は小さく笑って答えた。

「立ち直ったと言ったら嘘になりますけど、家で腐ってるよりは大学に出てきて手を動かしてた方が気が紛れますから。ここで夢まで諦めてしまったらほんとに立ち直れなくなるでしょう」

「夢？」

「日本画の修復について研究したいんです」

たしかに、怪談の中でもそんなようなことを言っていた覚えがある。

納得した様子の芦屋を見て、蓮根は呟くようにポツリと言った。

「……芦屋くん、僕はまだ、月浪さんのことを許せてないです」

東美怪奇会で日本画学科の二年生は蓮根と縁の二人だった。サークルでは学科の垣根をこえて友人ができたりするものだが、やはり同じ学科同士の方が課題の進捗のことなど話すこともあるだろう。縁も深く付き合わないなら愛想が良《い》いので、蓮根と縁はそこそこに親しくしていたはずだ。

もしかすると、だからこそ、蓮根は縁に深く怒りを覚えたのかもしれない。

しかし芦屋が蓮根の目を見返すと、蓮根は気圧《けお》されたように目を伏せる。

「この怒りが、理不尽だってことはわかっています。あの日、井浦さんの部屋で口にしたことがなんの正当性もない、八つ当たりだったと、自分でもわかっている。けど……」

蓮根は苦しげに眉根を寄せる。

「月浪さんは井浦さんに、自分は霊能力者なのだと、厄払いのために素顔を描かせてほしいと打ち明けることはできなかったんでしょうか。なにか、方法はなかったんでしょうか。自分が怪異を呼び寄せてしまう体質だと知っていながら、対策を打たなかった月浪さんのことを僕が許してしまったなら、井浦さんに申し訳がない気がするんです」

蓮根の言い分も、理解はできる。

芦屋は固く目をつむり、開いた。

「人間に、全部を完璧にこなせって言うのは無茶だと思う。相手がどんな才能を持っていたとしても」

本当は、蓮根だってそんなことはわかっているに違いない。それでも芦屋は伝えるべきだと思う。

「蓮根は月浪の描いた絵を見たことあるか？」

蓮根は一瞬、なにを聞かれたのか分からなかったようで怪訝《けげん》そうな表情を見せたが、すぐにコクリと頷《うなず》いた。

「自分と関わりのある人間を〝全員〟絵に描いたことあるか？」

虚をつかれた様子の蓮根に芦屋は続ける。

「月浪と同じくらいの精度で、描けると思うか？」

「あの、どういう……」

戸惑う蓮根をさえぎって、芦屋は低く告げる。

「〝厄払いの絵画〟は落書きじゃダメなんだと。一枚一枚自分が納得した絵を描かないと、厄払いにはならないんだそうだ」

改めて口にして感じる。縁に課せられたルールは一から十まで残酷だ。

『絵描き自身が納得できる絵』とは『妥協の要素が一つもない絵』だ。つまり一枚一枚を描くにあたって一切の気の緩みも許されない。傑作を描くつもりで制作に臨み、紛《まが》うことなく傑作を完成させなければならない。誰にでもできることではないはずだ。

けれど、どれだけ丁寧に、時間をかけて描いた絵も赤いテクスチャに台無しにされることを前提にしなくてはいけない。それが〝厄払いの絵画〟のルールだからだ。

「全力を注いだ絵に赤いテクスチャが浮かぶことは、月浪にとっても当たり前に苦痛だったんだと思う。手塩にかけた作品が自分じゃない誰かに手を入れられてズタズタにされるのは、作家にとってなにより辛《つら》いことだって、俺たちは知ってるはずだよな」

蓮根は黙って頷いた。

その上〝厄払いの絵画〟は人の厄を払う代わりに縁の可能性を奪っている。本領である人物画を、縁は公にすることができない。世に出した絵が変化すれば当然騒ぎになるから、縁が公にするのは人物画以外の絵だ。だから、誰も月浪縁という作家の本当の実力を知らないのだ。あまりにももったいないし、無念だと芦屋は思うのだが。

「それでも、月浪は描くのをやめなかったんだ。これまで、ずっと」

おそらくは人の不幸を軽減することに、縁は意義を感じていたのだろう。

そうでなければ、井浦がまだ行方不明だと思われていたころ、描き損ねたことを気にして焦る縁の姿を見ることはなかったはずだ。

「月浪は井浦さんのことが嫌いだったかもしれないが、わざと描かなかったわけじゃないし、少なくとも俺には描けなかったことを悔やんで見えた。……蓮根が月浪を許せないと思う気持ちも理解はできるが、それだけは知っておくべきだと思う」

蓮根は黙って考え込んでいるようだったが、どこか腑《ふ》に落ちたような顔をしていた。きっと、芦屋の言いたいことは伝わったのだろう。

芦屋はホッと安堵《あんど》のため息をついたあと、話題を変えた。

「あと、こんなことを聞くのは自分でもどうかと思うんだが、聞きたいことがある」

「なんですか？」

あらたまった様子の芦屋に蓮根もつられて構えた。芦屋はおずおずと口を開く。

「月浪縁と井浦影郎って……似たもの同士か？」

「はあ？」

蓮根は怪訝という表情のお手本があるとすればこんな顔だろうという顔で芦屋を見やった。心なしか丸メガネもずれて見える。

芦屋自身変なことを聞いている自覚はあるものの、縁自身が井浦と自分を『クソ野郎同士』とくくって話をしていたのがずっと気になっていたのだ。

「俺は井浦さんとちゃんと話したことがないから判断のしようがない。その点蓮根なら二人を比較できるだろうと思ったわけなんだが」

「全然違いますけど」

メガネを定位置に戻しながらの迷いのない即答である。

芦屋は頭をかいて椅子の背もたれに寄りかかった。

「だよなあ？」

聞いておいてなんだが芦屋も蓮根と同意見だった。伝え聞く限り、井浦の人となりが縁と似ているとは思えない。

なのに縁はなぜ、と首を捻《ひね》る芦屋に、蓮根は口元に手をやって考えるそぶりを見せた。

「……ああ、でも、月浪さんの本領が〝厄払いの絵画〟にあるなら、ある意味では似てるのかもしれません」

目を合わせた芦屋に蓮根は頷いて続ける。

「井浦さんは大衆のために、人から求められる作品を作っていました。そのために手段を選ぶことはなかった。月浪さんの〝厄払いの絵画〟は人の災いを祓《はら》うための絵だ。その上、もしも赤いテクスチャを取り除くまでを制作過程とみなすなら」

蓮根は少しの憤りを込めて、静かに口にした。

「どちらも、大衆のために身を削って作品を作る作家ですよね」

この見解にはピンとくるところがあった。

が、それだけで縁が自分自身をああも激しく自己批判するだろうか、とも思う。井浦と縁自身を重ねて自虐的に話したのには、蓮根の見解に加えてなにか、もう一つ理由があるような気がする。

腕を組んで考え込み始めた芦屋に蓮根は小さく笑みを浮かべた。

「月浪さんですけど、最近鹿苑《しかぞの》さんと一緒にいるのを見たって、風の噂で聞きましたよ」

「え？」

芦屋が思わず顔を上げると、蓮根は淡々と応じた。

「今日、日本画棟にいたのは月浪さんを探しに来てたんでしょう？」

「あぁ。そうだが」

芦屋は少し考えて、

「……すまん、ありがとう」

と、一番端的な言葉を選んだ。

蓮根はトートバッグを肩にかけると席を立って、去り際に笑って言った。

「僕も、借りを作りっぱなしにするのは趣味じゃないんですよ。芦屋くん」

※

油絵棟のアトリエの一室。ブルーシートにあぐらをかいた鹿苑旭《あさひ》が入室してきた芦屋に気づいて朗々と声をかける。

「よう、芦屋。なんか用事？」

鹿苑は白いタオルを頭と首に巻いたツナギ姿という出立《いでた》ちである。カーキ色のツナギには絵の具のしぶきが飛んでまさしくアーティスティックな着こなしになっていた。この柄は常に変化している。鹿苑は三六五日、四六時中絵を描いているからだ。

しかし、芦屋は鹿苑本人よりもすぐそばにある物体に釘付《くぎづ》けになっていた。

「うわ、ちょっと見ないうちに進んでるし、すっげえな……」

「そうだろ！　自分で言うのもなんだけど結構いい感じだと思うんだよな、これ！」

「いい感じ」どころの騒ぎではない。

鹿苑の前にあるのは鼻先からツノまで一メートルほどある巨大な龍の首だ。

東美怪奇会は今年の文化祭で中華風・百鬼夜行をテーマにお化け屋敷《やしき》を作ることになった。演出の一部に中国の祭事にある龍舞から着想した見世物を取り入れる予定だ。鹿苑の手前に佇《たたず》む龍の首は日本画で描かれる龍をより厳かにしたような代物で、着想元である龍舞の龍の華やかさやユーモラスな雰囲気は抜けている。ちょうど、波打ち際に打ち捨てられたように横たわるクジラやダイオウイカのような、巨大な生き物の死骸と似たようなものを感じた。なにも知らないで動く〝これ〟と出会うのは勘弁してほしいと素直に思う。

さすがは鹿苑旭。お化け屋敷の要である大道具係の長。油画に現役で首席合格してからトップをひた走り続けている男だ。腕がある。

「最近個展もやってたよな？　同時進行だったのか、これと」

「そうだよ。そっちにも顔出さないといけないし課題もあるし、進捗どうなるかなとは思ったけど案外なんとかなりそうでよかったわ」

あっはっは、と明るく笑う鹿苑に、芦屋は感心を通り越して呆《あき》れていた。鹿苑は芦屋が乾いた表情を浮かべていることには興味がないらしい。むしろ芦屋が首から下げている一眼レフのほうに関心を向けだした。

「芦屋は最近どんなん撮ってんの？　俺と喋《しゃべ》るんなら駄賃がわりに見せてくれよ」

「どんな駄賃だよ。いいけど」

芦屋は肩に引っ掛けていたリュックサックからノートパソコンを取り出し、起動するとすぐに作品をまとめたフォルダを呼び出した。それをそのまま鹿苑に渡す。

鹿苑は画材を適当に端に寄せて芦屋に座るよう促し、食い入るように画面を眺めた。ノートパソコンに備え付けのタッチパッドを自分のもののように操り、作品を品定めする。

一通り見終えると鹿苑は満足げに頷いた。

「こうやってズラッと並べるとわかりやすいけど、上手《うま》くなってんな」

「そりゃどうも」

自信家で実際腕のある鹿苑からの評価はそれなりに信頼できる。芦屋は素直に賛辞を受け止めた。

「人を中心に撮り始めたのが去年の夏か？……今年の春と、あと最近になって作風がグッと締まった。この辺になんかあっただろ。心境の変化的なやつが」

サムネイル表示された作品の中で、奥菜玲奈の一件と、井浦影郎の一件以降の作品とを指差して鹿苑は言う。的を射た批評だ。縁に借りを返すために事件に関わるたび、芦屋の作品は確かに、変わった。その自覚もある。

「わかるか？」

尋ねると鹿苑は頷いて朗々と答える。

「春以降の作品は撮ってる人間の表情が良くなった。最近の作品はいろんなテクニックをガンガン入れてるだろ。春頃にモデルらしさを引き出せるようになって、最近は……なんだろな、色々チャレンジしたい感じ？　いまんとこ割と上手くいってるし合ってるけど技術を見せつけるだけの作品はつまんねえから程々にな」

「……突然講評が始まったわけですが」

一方的に批評されるのは気に入らないとジト目で鹿苑を睨《にら》むが「趣味なんだよ、大目に見てくれ」と言うばかりで堪えたそぶりもない。

「しっかし芦屋はわかりやすいな。あ、誤解しないでほしいんだがこれ褒め言葉な。作品に考えてることが全部出るし、それが割と長所になってると思うわ。わかんねえ奴は全然わからんし。例を出すなら……あれだ、月浪。芦屋と仲良かっただろ？」

思わぬ話題の展開だ。鹿苑の口から縁の名前が出てきて芦屋は瞬《まばた》く。言葉を選びはしたが、言える範囲で素直に答えた。

「割とそつなくなんでも描くし、描ける奴だと思うが」

「そこだよ。そつがなさすぎる。ていうかあいつ手ェ抜いてるだろ、いつも」

恐ろしいことに、縁が公にしている絵が本領でないことを鹿苑は見抜いていた。

「で、手ェ抜いてても腕はあるからそれなりに絵のクオリティは保ってるんだよな。腹立つ。あんだけ描けるんなら月浪がマジになって描いた絵も一枚くらいは見たい……」

それまで立板に水を流すように話していた鹿苑の言葉がぴたりと止まった。あごに手をやって、珍しく静かに呟《つぶや》く。

「いや、最近描いてた絵はマジだったたな。すっげえキレてる絵だったけど」

「キレてる？」

意味がわからず首を傾《かし》げた芦屋に、なぜか鹿苑の方が怪訝《けげん》そうに眉をひそめた。

「なにおまえ、見てないの？　こないだまでしょっちゅう一緒にいたのに？　喧嘩《けんか》でもしたか？」

「喧嘩ではない」

喧嘩にもならなかったのが問題なのだ。

鹿苑は仏頂面の芦屋を見てなにか合点がいったようだ。「ははーん？」と訳知り顔で頷《うなず》いている。

「なるほどね、俺に用事って月浪のこと聞きにきたわけね。確かに最近になって怪奇会がらみで話すことが増えたな。言われてみりゃ月浪の様子もちょっとばかし変だったか」

そう言うと、鹿苑は腕を組んで、なにから話したものかしばらく考えているようだった。

「芦屋、おまえ『麒麟《きりん》の筆』って話、聞いたことあるか？」

首を横に振った芦屋に、鹿苑は「月浪から聞いた話なんだけど」と前置きしてから、始めた。

私立東京美術大学・油画学科二年、鹿苑旭は語る。

【鹿苑旭】

美大生なら誰でも一回くらい絵筆を握ったことがあるだろ？　あれの原材料を気にしたことはあるか？　軸の部分は竹とか木、プラスチック。先の部分は豚や馬なんかの動物の毛か、あとはナイロン製も多いらしいな。高価なら自然由来、安ければ人工由来だとざっと思っておけばいいよ。

それで、我らが母校、私立東京美術大学・油画科の研究室、保管庫には麒麟を材料にして作られた筆が眠っているらしい。この麒麟っていうのは首が長い方じゃなく、神獣の方の麒麟だ。東京・日本橋に像がある方の麒麟だよ。

この幻の動物・麒麟の骨を軸に、尻尾の毛を筆先にして作ったあり得ざる筆を『麒麟の筆』という。

これは魔法の筆で画材なんだ。これを使うと、なんでも思い通りの作品を作ることができるんだと。

思い通り、というのは頭の中に浮かんだ構想そのままを、的確な構図で、適切な色選びで、適当な大きさに出力できる、という意味だ。筆で空中を撫《な》でるとキャンバスや板なんかの支持体ごと、はたまた彫刻まで3Dプリンターよろしく自在に生み出せる魔法の筆なんだよ。しかも自分のアイディアがそのまま出るんじゃなく、〝洗練された〟形になる。

つまり麒麟の筆を使って制作すると、自分で考えていた以上の作品になることが約束される。そして、出力された作品を見ると確かに「自分が生み出したものだ」という確信が芽生えるらしい。麒麟の筆さえあれば、技術が未熟でも、材料を揃《そろ》える金がなくてもいい。アイディアさえあれば素晴らしいものが作れるんだ。

でも、そもそも麒麟っていうのは神獣なんだよ。血なまぐさいのを大いに嫌う。麒麟を傷つけたり、なんなら偶然死骸を見つけた人間にさえ不吉なことが起きると言われているそうだ。そんな幻の動物の死体を原材料に作った筆が、メリットばかりを使用者に与えるわけがない。

デメリットはシンプルだ。当然、代償がある。〝寿命〟が減る。

しかも親切なことに、寿命の減り具合は筆の毛色の変化で分かるらしい。最初は白金色だった毛先がどんどん黒く濁っていくそうだ。ご想像の通り、この筆の毛が完全に黒くなったら持ち主は死ぬというわけ。

麒麟の筆がなんでうちの油画科にあるとされてるのかは定かじゃない。名家出身の中国からの留学生があるとき持ち込んだものだとか、麒麟の筆を使っていた作家が引退前に講演会に呼ばれて大学に来た際、こっそり忍ばせたものだとか諸説ある。ただ、なんでか麒麟の筆は国内外の芸術・美術大学の研究室を転々としているようだ。

なんでだろうね。麒麟の筆は意思を持っていて、将来芸術で飯を食っていきたいと考える若者のアイディアを形にしたいのかな？　もしかして協力してるつもりなのかね？　その割に『寿命と引き換え』なんていうバトル漫画的なデメリットがあるのは底意地が悪いよな？

それで、まことしやかに存在を噂《うわさ》されていた麒麟の筆なんだが、十中八九こいつは麒麟の筆を使っていただろうっていう作家が一人いる。

美術作家・イラストレーター・グラフィックデザイナーの青背《あおせ》一究《いっきゅう》。我が校が誇る輝かしい経歴の卒業生の一人で、今年の二月に若くして突然死した、超売れっ子作家だよ。

俺は麒麟の筆の話を聞いて、改めて青背のことを調べてみたんだけど、本当に凄《すご》い経歴の人だよな。

舞台・映画のポスター、装丁、テレビ・ネットＣＭ、宣伝広告……、ありとあらゆる分野に青背の絵が使われて、そのほとんどが商業的に大成功をおさめている。

それでいながら美術作家としての評価も高く、青背は死の直前、三十になったばかりの頃に海外の現代美術館で個展までやってる。異例だよ。「青背が描けば売れる」みたいな言葉もあったらしいじゃん。間違いなく一世を風靡《ふうび》した作家だ。

この人の特長はいくつかあげられる。作風があまりにも多岐にわたっていること。超速筆なこと……でも、一番特筆すべきはデザインとマネジメントまで自分でやって完全に成功させていることだと思うね。一流の画家と一流のデザイナーは違う。けれど青背は両立していた。おまけに自己プロデュースまでできるんだから、もはやバケモノだよ。

検索した青背のインタビューによると、青背は大学在学中からバンバン仕事して国内外のコンクールに応募しまくってたわけだけど、猛烈な勢いで作品を発表しだしたのは大学二年の九月から。それ以前の話はあんまり出てこない。

唯一、大学二年以前の青背の評価らしい話が出たのがウチの大学広報誌の、教授との対談記事だな。あるだろ？『社会に出てキラキラ活躍してる卒業生紹介！』みたいな嫌みなインタビューが。

それによると青背は一年の頃は影が薄い学生だったらしい。二年になって『意識を変えた』から成功したって言ってたよ。なんと意識変革前の作品は大学合格作品から予備校時代のデッサン、スケッチブックに至るまで全部燃やしたらしいから本当に黒歴史扱いしてたんだな。これだけ成功しちゃったら、落書きですらなんか凄い値段つきそうなもんだけどね。死んだ後展覧会でケースに入れられるような感じで。……ま、それが嫌だったのかもしれないが。

青背の死後、東京とシカゴにあるアトリエは警察が隅々まで調べたらしいが、日記はもちろん、スケッチブック、アイディアメモの類は一切なし、それどころか絶筆になった作品もない。青背は死ぬ前に全ての仕事を終えていたらしい。

使っていたパソコンは完膚なきまでに破壊されていて、データの救出《サルベージ》はできなかった。SNSは使っていたけど、超ビジネスライクに運用していて淡々と自分の描いた作品を紹介しているだけ。

青背の作品には経過が見えなかった。制作途中を誰にも見せない。絶対に人に触らせない。それがポリシーで、死んでも貫き通したかったことなんだろうな。インタビューの全部で、作品づくりについてはずっと一貫したことを言っていた。

『完成したものだけに価値がある。途中経過を他人に見せるのは死んでも嫌ですね』『僕が唯一誇れるものは発想力です。それをただ形にするだけ、ただ完成させるだけなんですよ』っていうのが決めセリフだった。

死んでもそのポリシーを守った人間にこんなことを言うのはなんだが、しゃらくせえ男だよ。

ただ、そんな感じで身辺整理を完璧に済ませていた青背だけど、死因は自殺ではないわけだ。

本当に突然の、心臓発作かなんかで死んでいる。報道を信じるなら薬物も使ってないんだろ？　実際のところはよくわからんが、もともと素行が悪かったって噂もないし、創作者が陥りがちな不摂生もしてなかったっていう。

なんせニュースだのインタビューだので出てくる顔写真さ、「作家かよ、これ」みたいな。筋肉すごいしスポーツ選手みたいだったもんな。健康に気を遣うあまりオタクの域に入ってたっていうじゃん。それが突然死するんだから「人間死ぬときは死ぬんだな」と、しみじみ考えた時に、ちょっと待てよと、思ったんだ。

「自殺じゃないなら、なんで青背一究は自分のパソコンぶっ壊したんだ？　まるで、自分の死期をわかってたみたいじゃないか」って。

青背の死には不可解な点がある。

海外での個展で成功を収めた直後だったのも手伝って青背の死にまつわる状況はめちゃ

くちゃ根掘り葉掘り報道された。とはいえ、断片的な情報しか見てない俺がそんな風に思うんだから、世の中の人はもっとちゃんと調べようとするんだろうなって思ったら、意外とそうでもないんだな。

青背の死はいわゆる『天才芸術家の早すぎる死』として大衆に消費された。死んだ人間の死んだ理由や顛末《てんまつ》をほじくり返してあでもないこうでもないって言うのも趣味が良《い》い話ではないけど、俺としてはなんとなく腑《ふ》に落ちないことも多いな、と思ったんだ。

そういう話を昼の購買で鉢合わせした月浪にしたら、お返しと言わんばかりに『麒麟《きりん》の筆』の話をされたというわけだよ。

「寿命と才能を前借りして、なんでも思い通りの作品を生み出す『麒麟の筆』を青背一究は使っていたのかもしれない」ってさ。

正直、最初は「なに言ってんだこいつ」って思ったけど、なんか、考えるうちに帳尻が合うことが多くて、変な説得力があった。

絵に描いたような作家としての大成功を収めたこと。成功する前の作品を全て処分したこと。制作過程を全く見せたがらない姿勢。極端な速筆。早すぎた死。自分の死期を悟ったような行動。これ全部、青背一究が『麒麟の筆』を使ってたって考えるとしっくりくる。

……与太話だとは思いつつそう感じたんだ。

だって俺はこんな風に思うんだ。

青背は完璧に死ぬことで——『天才作家の早すぎる死』を完成させたことで、本当の遺作を作ったつもりだったんじゃないだろうか。青背は自分の人生さえ、作品としてデザインしてしまったんじゃないかってさ。

【芦屋啓介】

語り終えて鹿苑は肩をすくめて見せた。

「とはいえ実際、麒麟の筆なんてもんが存在するとは思えないんだけどさ」

「散々語っといてなんだよ」

芦屋が突っ込むと鹿苑は「別にいいだろ、雑談だよ。雑談」などと適当なことを言う。

「〝もしもの話〟を続けるとだな？　青背一究が本当に麒麟の筆を使ってたとしたらがっかりだと思ってんだよ。きちんと自分の手で作り上げるところまでやりきって欲しかった。そこまで徹底できてこそ、〝本物〟なんだと思うから」

本物よりも本物らしいハリボテの龍の首をぼんやりと撫でて、鹿苑は呟《つぶや》く。

「まあ、麒麟の筆があるとしたら、使う気持ちは理解できなくもないんだけどさ」

「……鹿苑でもそう思うんだな」

　正直なところ、意外だった。

　芦屋から見れば思いのままに次々と作品を作り出している鹿苑でも、麒麟の筆に魅力があると認めるとは。てっきり「麒麟の筆なんて使う意味がわからん」とバッサリ切り捨ててしまうものだと思っていた。

　芦屋のそういう感想が如実に顔に現れていたらしい。鹿苑は「おまえ、俺を超絶自信家のアホだと思ってるだろ」と半眼になって芦屋を睨《にら》む。

「そりゃあ、俺は創作に全力で取り組みはするけど完璧にできた試しなんかねェからな。技術・時間・金・メンタル・体力・人間関係諸々がツイてるゴールデンタイムに合わせて作ろうとしたら一生無理。なんにも作れねェよ。なんかしら妥協が入ってふつうだ」

「鹿苑の言いようだと妥協しない作家はこの世にいないってことにならないか？」

　芦屋が縁のことを思いながら問いかけると、鹿苑は珍しく真面目な顔で答える。

「もしも一切の妥協をしないで作品を作れるならそいつは間違いなく本物の天才な上に、たぶんゴールデンタイムの中にいる。いろんな条件が完璧に揃った最高のコンディションなんだろうよ。羨ましい限りだ」

　悪態めいた口調で言った鹿苑は、なぜか途中で声色を変えて芦屋を諭すように続けた。

「でもな、ゴールデンタイムは絶対に永遠ではないんだ。いつかは終わる。誰でも歳《とし》はとるし、赤ん坊から老人まで置かれる状況がまったく変わらないなんてことはない。そうなると活動期間のどこかで必ず妥協するようになる。どんな天才であっても」

だから『妥協した状態であってもそうは見えない』状態まで持っていくのが作家としての最低限の仕事である。そうなると作家自身だけが自分が妥協したことを知っている状態になったりもするのだと鹿苑は語り、深々とため息を吐いた。

「もちろん、したくてしてるわけじゃないからな、妥協なんて。できるもんなら妥協しなくてすんだ自分の作品を見てみたいっていう気持ちくらいわかる。……麒麟の筆に頼るのはごめんだけどね」

鹿苑の繊細な一面を感じた芦屋だが、そんなことよりも気になることがある。

麒麟の筆の話は〝怪談〟であるように思う。いわゆる『やってはいけない話』の亜種だと言える。『使ってはいけない道具の話』だ。これがただの怪奇会員からの伝聞だったなら芦屋は気にしなかったが、この怪談を月浪縁が口にしたというのが引っかかる。

霊能力者として、縁は怪談を除霊の手段として使っていた。怪異の正体を怪談を通して見極め、物語の型にはめて怪異を単純化する。そうやって神秘と怪異の力を削《そ》ぐのだ。

しかし、今回はむしろ怪談を通して怪異の力を高めてはいないだろうか。

「なあ、本当にこの話——麒麟の筆の話を月浪から聞いたのか？」

芦屋がなにを懸念しているのかわからない鹿苑は不思議そうではあったが、聞かれたことには素直に答えた。

「そうだよ。あいつこの手の話をどこから仕入れてくるんだろうな？　もしかしてこの話から絵の着想をしたのかね？」

なんの気なしに言ったのだろう鹿苑の言葉に、芦屋は思い出していた。

「麒麟……」

奥菜玲奈の一件に関わっていたとき、芦屋が訪ねた日本画棟のアトリエで縁が描いていたのが麒麟だった。当時はまだ下絵の段階だったが完成していたらしい。そして、どうやらその麒麟の絵が周囲を畏怖させるほどの出来になっているようだ。

見るものに畏怖を覚えさせる麒麟の絵。使う人間の命を吸い取り傑作を生む麒麟の筆の怪談。麒麟と月浪縁の二つの要素がつながりそうでつながらないままの芦屋に、鹿苑が言った。

「月浪の描いた麒麟の絵なら講義館の一階、一番目立つとこに展示されてっから、気になるんなら見に行けば？」

芦屋は鹿苑に頷《うなず》いた。

縁の描いた麒麟を見れば、鹿苑に麒麟の筆の怪談を口にした理由がわかるかもしれない。

そういう根拠のない確信を持って、芦屋はそのまま講義館に向かった。

※

大勢の学生が行き来する講義室が集められた一棟の一階。通称〝講義館〟。コンクリートとガラスで覆われた現代的なエントランスホールの壁に日本画学科・二年生の選抜作品が展示されていた。中でも、月浪縁の絵は一際大きく目立っている。通りかかる人間はその絵に睨まれると必ず一度歩みを止めた。

使われている画材は麻紙に岩絵具《いわえのぐ》。鹿苑旭から聞いていた通り、そして芦屋啓介の予想通りに、描かれているモチーフは麒麟だ。傲岸不遜に一瞥《いちべつ》をくれている麒麟——芦屋は煌々《こうこう》と燃えるその目に吸い寄せられるように近づいた。

虹色のたてがみをなびかせ、肌を覆う鱗は一枚一枚が宝石のように輝く。水墨画を思わせる荒々しいタッチで描かれた岩肌、木々の間から姿を現した極彩色の神の使いからは滴るほどの生命感、エネルギーを感じる。まさしく、神がかりの絵だった。

「——すごい」

芦屋が感嘆の息を吐いて呟くと、耳元で男の声を聞いた。

「まったく、妬ましいほど見事な麒麟だ。そうは思わないかな芦屋くん？」

芦屋と縁の所属する東美怪奇会《オカルトサークル》の会長・梁飛龍《リャンフェイロン》に間近で声をかけられて芦屋はギョッ

と目をむいた。この、怪奇会をまとめる男はやたらに気配が薄い。常に愛想よく振る舞っているのだが、芦屋にとってはにわかに緊張を強いられる相手だった。

「……もうちょっと気配を出してくださいよ会長」

「や、すまない。僕は裏方気質でね。前に出て自分の存在を知らしめようとするのがあまり得意じゃないんだよ」

静かに距離をとって切れ長の目をスッと笑みの形に細めてみせる梁に、芦屋は当たり障りのないあいづちを打った。

梁がどことなく油断ならないのはこの、常に笑っているようで笑っていない黒々とした瞳のせいかもしれない。梁は指を背中で組んだまま尋ねる。

「芦屋くんは講義かい？」

「いえ、鹿苑に聞いてこの絵を見に来たんです」

梁は納得した様子で麒麟の絵に視線を移した。縁の筆致を丁寧に眺めながら、意味ありげに呟く。

「しかし麒麟。麒麟ねえ。才覚を司《つかさど》る獣ならばもっと他にいるだろうに、どうして麒麟なんかを描いたんだろうな、月浪くんは」

「どういう意味ですか？」

芦屋が聞くと梁は人差し指を立てて言った。

「麒麟というのはもともと、優れた王様が国を治めていると現れる瑞獣《ずいじゅう》——簡単に言うと縁起のいい幻の動物だ。慣用句にもなっている麒麟児《きりんじ》というのも麒麟が賢王を象徴するところから来ている」

梁は教師のようによく通る声で朗々と語る。

「だから、というべきかな。麒麟というのは男にしか懐かないのだよ」

梁の語る麒麟の性質には馴染《なじ》みがなかったので芦屋は軽く瞬《まばた》いた。

「……知りませんでした。ユニコーンの逆みたいな感じ、なんですかね」

確か、西洋の幻獣ユニコーンが清らかな乙女にしか懐かないという性質を持っていたような気がする、と素直に答えた芦屋に、梁は珍しく意外そうな顔をした。

「おや？　そうなのか。麒麟児という言葉も主に少年に使われるものだから、これはてっきり通説だと思っていたんだが」

梁は会話の最中なにかに気づいた様子で「なるほど」とつぶやき、一人で頷いていた。

梁は東美怪奇会のトップだけあって妖怪や神獣などに造詣が深い。もちろん、怪談にも通じている。芦屋はもしかすると梁ならば麒麟の筆についてもなにか知っているかもしれないと思い、尋ねた。

「梁《りょう》会長は『麒麟の筆』の怪談を知っていますか？」

黙って芦屋を見つめる梁から読み取れるものはない。芦屋はさらに続ける。

「俺は鹿苑から、鹿苑は月浪から聞いた話です。東京美術大学《ウチ》で流行《はや》ってる話なのかと思うんですが」

「ふむ」

梁は口元に手をやって考えるそぶりを見せたかと思うと、すぐに口角を上げ、ニンマリとした笑みを作った。

「その怪談については僕も耳にしている。確かに、油画学科や日本画学科の学生を中心にポツポツと流布している噂《うわさ》だね。ついでに言うと、僕はその筆の実在を疑っていない。麒麟の筆は、この世にあるよ」

「は？」

思わず芦屋は梁の顔を注視した。涼しげな笑みは全く揺らがず、冗談を言っている様子でもない。

「実物を故郷で見たことがある。怪談のとおり、青背一究も使ったのだろうね、彼の作品を見る人が見ればわかるはずだ」

芦屋はもしかして、と思って尋ねる。

「梁会長は青背が麒麟の筆を使った詳しい経緯を、知ってたりするんですか？」

「さあ？　そこまでは知らないな」

思い切り肩透かしを喰《く》らって落胆する芦屋に、梁は付け加えた。

「でも〝推測〟ならできるよ」

幸運なことに、芦屋の口から「もったいぶりやがって」という言葉が出るより先に梁は話し始めた。ただし、梁は芦屋の内心を見透かしたようにその反応を面白がってはいたが。

「東美怪奇会は歴の長いサークルだ。僕は部誌の管理がてらだいたい目を通しているんだが、ちょうど青背が在学中、十年くらい前に麒麟の筆の怪談が語られたという記述があった。当然、当時語られたのは青背ではなく別の早逝した作家だ。つまり、麒麟の筆の怪談は作家の名前が何度も入れ替わりながら語り直されているんだよ」

「青背一究も麒麟の筆の怪談を聞いて……麒麟の筆のメリットとデメリットを把握してから麒麟の筆を使った可能性が高い、と」

芦屋が確認すると梁は首肯する。

「加えて、これは僕の想像なんだが、麒麟の筆は都市伝説の〝テケテケ〟なんかと似たパターンの怪異だと思っているんだ。『怪談を聞いた人間の元に来る』タイプ。ただし、他の怪異と違うのは、麒麟の筆はターゲットを選別している。麒麟の筆は一定の条件をクリアした、才能のある人間の前にしか現れない」

「青背は特に才能の質が麒麟の筆と嚙《か》み合《あ》ってしまっているから、よくなかったのかもな」と、梁が苦笑して言うので、芦屋は首を傾《かし》げた。

「才能の、質？」

「彼の作品は着想を評価されている。例えば、いつだか青背は、果物と生花を使ってアイドルの衣装とセットを組んでいたが、あれはすごく華やかで話題になったけれど、アイドルと本物の果物や生花をふんだんに使ったビジュアルは否応《いやおう》なく〝旬〟とか〝一過性の美しさ〟を想起させるから、作品にはかなりの皮肉が込められていた。『挑戦的で毒があるけれど華やかで美しい消費材』、まさしく〝アイドル〟のコンセプトに合わせて作られた作品だっただろ？」

梁が例にあげた青背の作品には覚えがあった。有名アイドルとのコラボということでテレビや街頭でも何度も映像が流れた上に、葉山をはじめとして映像学科の友人連中のあいだでも「どうやって撮っているのかわからない」と話題になったからだ。

梁の評価は妥当なところだろうと、芦屋は頷く。

「そうですね。確かにクオリティが高かったし、コラボ先を引き立てるような仕事だった。なによりコンセプトに対して百点満点のイメージを出してきたって、葉山――友人も褒めていました」

「かと思えば、別のアーティストとの仕事では針金を使った無機質な印象の作品を、個展ではバスキアのようなストリートアートの流れを汲《く》む作品を作り、ファッションブランドと仕事をしてみせる」

鹿苑も語った通り青背一究の作風は幅広い。梁はさらに青背の才能を掘り下げた。

「見る側に『これしかない』というビジュアルを提示する——『多種多様・無尽蔵かつ的確なアイディア』、これが麒麟《きりん》の筆が青背一究を寵愛《ちょうあい》するに足る、天賦の才能だ」

改めて言葉にされると、すごい才能ではある。優れたアイディアが湧き続けるというのは作家として全く羨ましい限りだ。

だが梁は残念そうに首を横に振った。

「そしてこの才能は、麒麟の筆と相性が良《い》い。もしかすると麒麟の筆を使わなければ、青背がアイディアを生む速度に、作品を完成させる速度が追いつかなかったんじゃないかと僕は思う。アイディアには鮮度がある。思いついたことをすぐに作品に昇華しなければ古くなる。普通なら浮かんだアイディアを選抜して作品作りにあたるものだが……麒麟の筆を前にして、青背は浮かぶアイディアの全てを実現したいと思ったのだろう」

確かに、もしも芦屋に青背と同じ才能があるなら、麒麟の筆は今よりもずっと魅力的に思えたかもしれない。思いついたアイディアを実現したいと思うのは、ごく普通のことだ。自分の思いついたアイディアに自信があって、全部が魅力的に思えるなら、取捨選択することさえ惜しくなる気持ちは、わかる。

「着想の才能は汎用性が高いから、麒麟の筆を使わずとも青背一究はひとかどの作家として大成しただろうが、青背自身がそれを選ばなかった。『麒麟の筆を使わずに次々に生まれるアイディアのいくつかを捨てるか』『麒麟の筆を使ってアイディアの全てを結実させせる代わり早逝するか』の二択で、青背は後者を選んだのでは？」

そこまで語ると、梁は首を傾げた。前髪がサラリと揺れて目元にかかる。

「と、ここまでが僕の推測する青背が麒麟の筆を使うに至る理由だ。どうかな？　自分ではそれらしくまとまっていると思うんだけど」

芦屋は梁が出した結論に「それっぽいです」と頷《うなず》く。

梁が推測した〝青背一究が麒麟の筆を使った理由〟は、芦屋にとっても理路がわかる、納得がいくものだった。

それにしても、梁は〝推測〟だと前置きしていたが、青背が麒麟の筆に魅入られた経緯をあまりにも滑らかに、見てきたように語ったものである。

芦屋の脳裏に、鹿苑から聞いた怪談のフレーズがよぎる。

『名家出身の中国からの留学生があるとき持ち込んだものだとか』

梁飛龍は中国からの留学生だ。名家出身かどうかは知らないが身なりは常に整っているし、どこか浮世離れした雰囲気の持ち主でもある。

「まさか麒麟の筆を、梁会長が日本に持ち込んだんですか」

「……心外だな。違うよ。僕は麒麟の筆が嫌いなんだ」

芦屋の疑問に、梁の常に浮かんでいた笑みが崩れた。麒麟の筆に対する嫌悪を隠そうともしない。芦屋が驚いて口をつぐむと、梁は嘆息して、その理由を説明し始めた。

「麒麟の筆は人の命を代償にして才能を開花させて、短期間のうちに傑作を量産させるだろう？　しかもあれは才能がある若い男を選んで作らせているわけだ」

言われてみればその通りである。青背一究にしても三十過ぎで亡くなっている。普通ならまだ死ぬような歳《とし》ではないはずだ。

「若いうちにしか作れないもの、描けないものがあるなら、老いた先にしか作れないものだってあるさ。あれはそういう可能性を潰して『若くして死ぬ運命の才能がもつ、花火のような煌《きら》めき』を意図的に作って愛《め》でる。……まったく、醜い」

底冷えするような声で梁は囁《ささや》く。

「僕はそういうやり方が心底好かない。いやしくも僕の前に麒麟の筆が顕現したのなら、ためらうことなく壊すとも」

「あれも人を選ぶから、僕の前には出てこないだろうがね」などと言いながら、いつもの笑みが戻ってきた梁を見て、芦屋は眉根を寄せて腕を組んだ。

「あの……そもそも麒麟って芸術に関わりが深いとか、そういう逸話があったりするんですか？　なんで麒麟の筆は芸術家に特別な力を与えるのかが、俺にはよくわからなくて」

「僕は寡聞にして麒麟それ自体に芸術と関わり深いエピソードがあるとは聞かない。……が、瑞獣・麒麟を材料に作られた筆が画家になんらかの恩寵《おんちょう》を与えるというのは、そうおかしくもない話だと思う」

　麒麟についての持論を、梁はウキウキと語り出した。

「麒麟の姿に着目したまえ。ちょうど月浪くんの描いた麒麟が目の前にあることだから解説しようじゃないか」

　梁は芝居がかった所作で縁の絵を指差して言う。

「まず、麒麟の全容は鹿に似る」

「鹿」

　芦屋の目が縁の描いた麒麟の絵と梁の顔を往復した。「そこまで似てるか？」という正直な感想が顔に思い切り張り付いていたらしい。芦屋の反応に解説の出鼻をくじかれる格好になった梁は咳払《せきばら》いで気を取り直した。

「……まあ、これに関しては『ツノがあって四足歩行、蹄《ひづめ》を有している――と、特徴を挙げていくと他の動物よりは共通点があるよね』くらいの感覚でよろしく頼むよ」

　芦屋は納得しつつ、梁の指差す麒麟の部位を目で追っていく。

「麒麟の顔は龍に似る。尾は牛に似る。蹄は馬に似る。背中の毛は五色に彩られ、体は鱗《うろこ》に覆われている」

　スラスラと語られる麒麟の特徴は当然ながら縁の絵と完全に一致する。こうしてみると麒麟というのは多種多様の動物が組み合わさったキメラのようだ。

　梁は手を後ろに組んで、口の端をつり上げるようにして笑った。

「――さて、芦屋くんは映像学科だけれども、画材には詳しいかな？」

いつもならば、画材と麒麟の特徴になんの関係があるのかと首を捻《ひね》っていたところだが、梶川の一件で日本画の素材について考える機会があったせいで、その時ばかりは芦屋にもピンとくるものがあった。

鹿。牛。馬。

麒麟に類似する動物は、膠《にかわ》などの画材に使われている。

「いや、けど、鱗とかは違うだろ、龍に至っては実在しないんじゃ……」

思わず口に出して否定した芦屋に、梁は首を横に振った。

「鱗を魚に由来するものとみなすなら、日本画には魚の皮を使った魚膠がある。そして龍は深く芸術に関係する幻獣だ。画竜点睛《がりょうてんせい》の逸話は知っているだろう？」

梁は自身の右目を指差して言う。

画竜点睛の古事成語は絵の名人が壁画の龍に瞳を描き入れた途端、命が吹き込まれた龍が絵の中から飛び出していった逸話に由来する。

梁は芦屋から視線を外し、再び縁の描いた麒麟の絵を仰ぎ見る。

「これは一つの解釈だが、『描くために命を使われた獣と、描かれて命を得た幻獣の集合』が麒麟とも言えよう」

梁の解釈は妙にグロテスクに思えた。縁の描いた麒麟がひどく歪《いびつ》な生き物に見えてくる。

幻の生を頭に、現実の死を四肢に纏《まと》った獣。

「こう考えると幻獣・麒麟が『才能』の象徴とされているのはなかなか示唆に富んでいるような気がしてくるね。一般的に麒麟は優しく、殺生などのケガレを嫌うというが――『才能を司《つかさど》る獣が優しく清らかであるはずがない。傲岸不遜の獣である』というのが麒麟を恐ろしく威厳ある姿で表した月浪くんの見方だろうか。……いやはや、手厳しい」

眉をひそめて皮肉めいた笑みを浮かべた梁は『麒麟の筆』が怪奇現象を巻き起こす理由までも推察する。

「麒麟の筆が自らを使う人を祝福して呪うのは『我らと同じく、表現のために命を捧《ささ》げろ』とでも言いたいのかもしれないな。あるいは『才能に身を捧げる覚悟なしに才能を謳《おう》歌《か》すること許さず』か。あの怪談、我々クリエイターの卵に対する警告と誘惑を同時にやっているわけだが、……今回誘惑された人間がちょっとルールを理解していないそうなのが気になるね」

「ルール？」

梁の見立てに大きな異論はないが、話の展開は飛躍しているように思えた。芦屋がオウム返しに尋ねると、梁は芦屋に向き直って言う。

「『麒麟は才ある男に恩寵を与える』、これが麒麟に定められた絶対厳守のルールだ。麒麟という伝説の獣の姿・性質は長い時間をかけて人が絵に描き、物語で描き、定着したために一朝一夕で覆すことはできない。怪異は融通がきかないんだ。怪異の性質が変容するためには幾千幾万もの命ある人間が変容や例外を認めなければならない」

梁はスポットライトのただ中で定められたセリフを述べる舞台俳優のように、いきいきとしていた。

「ゆえに、月浪くんが麒麟《きりん》の恩寵を得ることはない。それどころか麒麟は彼女に危害を加えるに違いない。いくら天賦の才があったとしても彼女は女性だからね」

「……はあ」

芦屋は梁の話の持って行き方が腑《ふ》に落ちない。この期に及んで間の抜けた返答の芦屋に焦《じ》れったくなったらしい梁はいよいよ本題を口にした。

「つまり月浪くんは麒麟の筆を使うこともできないわけだ」

「なんで月浪が麒麟の筆を使いたがってること前提で話をしてるんですか？」

芦屋は納得できないと梁に言うが、梁は縁が麒麟の筆を欲しがる動機には触れず、その行動から推察したのだと語る。

「だってそうでなければ、月浪くんが鹿苑くんに麒麟の筆について語る理由がないだろう？」

梁の指摘に芦屋は虚を衝《つ》かれて瞬《まばた》いた。

「月浪くんは鹿苑くんを利用して麒麟の筆を手に入れようとしてるのでは？」

縁が鹿苑に麒麟の筆の怪談を聞かせたのにはわけがあるとは思っていた。けれど、梁の指摘したような理由には思い至らなかった。縁は麒麟の筆など必要としない人間だと芦屋は思っていたからだ。

――しかし、本当に、そうだろうか。

思索に耽《ふけ》る芦屋を横に、梁は訳知り顔でつるりとしたあごを撫《な》でている。

「鹿苑くんなら確かに麒麟のお眼鏡にかないそうだ。彼は自分の描くべきものと描きたいものが常に一致しているし、審美眼も良い。貪欲で好奇心旺盛。なにより純粋で野心がある。まさしく麒麟好みの青年だ。そして芦屋くんに鹿苑くんが麒麟の筆の怪談を話したということは、彼が麒麟の筆の話に興味を持っていることの証明にもなる。鹿苑くんは興味のないことをいつまでも覚えているタイプじゃない」

そして、梁は知るよしもないだろうが縁は霊媒体質だ。縁本人は自分に他人がどれだけ関われば怪異を呼び寄せるのかを把握してはいなかったが、少なくとも関われば関わるほどに怪奇現象に巻き込む確率は上がるだろう。縁が鹿苑と話す機会を増やしたのは、麒麟の筆を手に入れるためだったと考えると、縁の行動に筋が通る。通ってしまう。

「互いが互いに興味を持っている状態だ。マッチングしてるよね。麒麟の筆は鹿苑くんを誘惑するだろう。が、彼は創作に関しては高潔だ。それゆえに麒麟の筆を必要としない」

梁は愉快そうに言う。

芦屋も梁と同意見だった。

鹿苑は麒麟の筆に興味を抱いていても、おそらくは筆を使おうとはしないだろう。けれど、魔が差さないという保証もない。縁はかなり危ない橋を渡っている。そこまでして、友人を危険に晒《さら》してまで麒麟の筆を欲しがる理由が芦屋にはわからない。

「月浪くんは、麒麟の筆を手に入れるべく、筆が鹿苑くんに振られたあとを狙うつもりなのだろうが……うーむ。ルールを誤認してるなら、危ないな」

麒麟の筆を使えるのは男だけであるというルールを、縁は把握していないのでは、と言う梁に、芦屋は思わず呟《つぶや》いた。

「月浪がルールを誤認するなんてこと、あるか？」

これまで、縁は的確に怪異の正体を見破ってきた。

「月浪は、少なくとも俺より怪談・怪異に関して詳しい。たぶん、麒麟に関しても梁会長と同じくらいの知識は持っているはずだ。……じゃないとこんな絵は描けない」

芦屋は縁の描いた麒麟の絵を見上げる。

縁は麒麟をモチーフに選んで描いているのだ。作品にする以上、モチーフがどういう生き物なのかを縁は徹底的に調べ上げるだろう。麒麟の下絵のそばに散らばっていた資料の山を思い出す。モチーフやコンセプトに対して、縁は真摯に取り組む作家だったはずだ。

芦屋の言い分に思うところがあったのか、梁は、全くの無表情になった。

「ルールを的確に把握した上で、月浪くんは麒麟の筆を手に入れたいと？　ありえなくもないが、……ならば月浪くんは死にたいのだろうか」

「え？」

芦屋は思わず瞬く。

梁は笑みを取り払ったまま、冷ややかにも聞こえる声音で囁いた。

「彼女が麒麟の筆に触れるのは龍の逆鱗《げきりん》に触れるのと同じこと。月浪くん、死ぬよ」

梁の言葉に総毛立つような心地がした芦屋は、いても立っても居られず踵《きびす》を返《かえ》した。

できる限り早く、縁のもとに行かねばならない。


【月浪縁】


東京美術大学の油画学科の倉庫。ずらりと並んだ白く塗装されたアルミの棚の陰で、月浪縁は待っている。

逸《はや》る気持ちが抑えられずに、何度も腕時計の文字盤を確認した。鹿苑旭がこの倉庫に現れるまで、おおよそ、あと五分だ。

麒麟の筆の噂《うわさ》については入学して一ヶ月も経《た》たないうちに把握していた。奥菜玲奈と青背一究の展示を見に行った際に、ガラスケース越しに展示された作品に怪異の残り香を感じて麒麟の筆の存在を確信した。そのとき感じた香りがやけに芳しかったのを覚えている。

――もしかするとその頃から、縁は麒麟の筆に惹《ひ》かれていたのかもしれない。

使う者の才能を開花させる代わりに命を削る魔法の筆。文字通り命を削って作品を作らせるこの筆が、いま、縁は喉から手が出るほど欲しい。

麒麟の筆が使い手に求めるものは二つ。創作に対する並々ならぬ執着心。そして男であること。前者はともかく後者は縁にはどうしてもクリアできない条件だった。才能というのは得てして生まれついて変えることのできない、どうしようもない理不尽を飲み込めと迫ってくる。才覚を司る幻獣である麒麟が理不尽なのは、司るモノがモノなのだからしかたがない。

だが、癪《しゃく》に触る。

縁は自身の企ての結末が一つであることは承知している。月浪縁は死ぬ。しかしその過程については二つの可能性がある。

一つは麒麟の筆に触れた瞬間に死ぬこと。もう一つは、麒麟の筆を使って死ぬこと。

麒麟の筆は麒麟の死骸で作られた筆であって、麒麟そのものではない。麒麟に女が触れれば麒麟の激しい抵抗にあい、軽くて重傷、最悪の場合死に至るが、筆の場合はわからない。触って即、命を奪われることになるとも限らないはずだ。

麒麟の筆を才ある男が顕現せしめたあと、使用することはせずに放置したなら、それを縁が手に入れることができれば、縁が麒麟の筆を使える可能性はゼロではない。試す価値はあると縁は踏んでいた。なにより、どちらでもよかった。過程の差はベターか、ベストかの違いにすぎない。

鹿苑は、縁が知る限り最も麒麟の筆を顕現させ得る男だった。若く、寝食を惜しんで作り、卓越した審美眼を持ち、エネルギーとバイタリティに溢《あふ》れ、なによりも潔癖だった。

鹿苑は麒麟の筆の価値を認めはしても麒麟の筆を絶対に使わない。作家としての矜持《きょうじ》を強く持っているからだ。自分の手で全てを成し遂げることにこそ、作家としての本分本領があると信じて疑っていない。いっそ無垢《むく》と言っても良い創作哲学を持っている。

縁は麒麟の筆の好む〝麒麟児《きりんじ》〟とはこのような男を指すのだと思う。麒麟の筆を必要としない男こそが麒麟の筆の好む男なのだ。なぜなら既に鹿苑は〝麒麟の恩寵《おんちょう》〟を受けている。麒麟の筆は麒麟の死骸で作られた魔性の道具。本家幻獣・麒麟の力には及ばない。だから麒麟の筆が真に求める使い手に出会うことは、絶対にない。

「おまえを求めて利用しようとする者は私や青背のような、麒麟児に及ばない人間だと気づけ」と、内心で麒麟の筆に悪態を吐きながら縁は苦々しく時を待つ。時計の針が夕方六時から八分ほど過ぎたところで倉庫の扉が開いた。いつもと変わらないツナギ姿の鹿苑が入ってくる。

これまで邪魔でしかないと感じていた霊媒体質は、今回に限って良い仕事をしてくれた。

喫煙所の外でタバコを吸っているのを助手に見つかった鹿苑が、麒麟の筆が眠っているという倉庫の整理に駆り出される〝偶然〟を引き寄せたのだ。

縁は鹿苑の挙動を見守りながら、皮肉だ、と思う。より良く生きたいと思っているうちにはなんの役にも立たないくせに、より良く死にたいと思った途端に最高のパフォーマンスを発揮する。縁に備わっているのはそういう才能だったのだと、改めて痛感させられた。

月浪縁は死ぬ。自分ではどうにもならない〝才能〟に身を焦がして死ぬのだ。そうすることを縁自身が選んだ。選べる選択肢がそれしかなかった。

鹿苑はかったるそうなそぶりで、乱雑に積み上げられているガラクタの山を仕分け始める。不真面目な学生が倉庫に置き去りにした品々だ。

中途半端に使われた絵の具、曲がった針金、煤《すす》けた木板、丸まった紙、汚れたハケ、ぞんざいに扱われている作品、なにかの資料がまとめられたファイル、エトセトラ。

かつては美しい作品を生み出す可能性のあった画材や資料たちを燃える、燃えない、保留、の三種に分類する。ゴミは袋に、かろうじてゴミでないものは箱に。

手を動かすと集中し始めたのか、鹿苑はもくもくと作業する。

燃える。燃えない。保留。燃える。燃える。保留。燃えない。

縁は作業に没頭する鹿苑を観察する。

燃えない。燃える。燃える。燃えない。燃える。燃える。燃える。

ゴミ。ゴミ。ゴミ未満。ゴミ。ゴミ未満。ゴミ。ゴミ。ゴミ。ゴミ。ゴミ。ゴミ。

ガラクタと見なされるものが無慈悲に選別されていく様さえも縁の心をさざなみ立てた。

どのくらい選別を見守っていただろうか。

ふと、淀《よど》みなく手を動かしていた鹿苑の動きが止まる。鹿苑はしばらくジッと一点を見つめている様子だったが、やがて一冊のスケッチブックを手に取り、パラパラ捲《めく》り始めた。縁の位置からはスケッチブックの表紙が見えるだけで中身は確認できない。が、それが誰の持ち物かは縁にもわかった。

青背一究——麒麟の筆に命を捧《ささ》げた男の名前が、神経質そうな字でスケッチブックの表紙に記されていた。

鹿苑は難しい顔でスケッチブックを捲りながら時折首を捻《ひね》ったり、目を見張ったりしている。その様子からして青背のスケッチブックは鹿苑の満足いくような出来ではなかったのだろう。無理もないと縁は目をすがめた。

麒麟の筆に頼る前の青背には技術も金もなかった。ただ、実現不可能な煌《きら》めくアイディアばかりが脳内にあった。そのアイディアこそが、麒麟の筆が青背を選ぶに足る才能の証《あかし》であり、同時に、青背が麒麟の筆を使った理由でもあった。青背は自身の技術の上達を待てなかった。あまりにも次々に降って湧くインスピレーションに作っても作っても手が追いつかない。時間も金も何もかも足りない。その焦燥を、麒麟《きりん》の筆が埋めたのだ。

それにしても、麒麟の筆を得る前の過去の作品やクロッキー、エスキースなどの下絵の類を青背は処分したはずだ。それがこうして鹿苑の前に現れたということは、麒麟の筆が、鹿苑に干渉しようとしているに違いない。

縁が予想した途端に、カラン、カラカラカラ、と硬質な物が転がる音が倉庫に響く。スケッチブックから目を離した鹿苑は音の根源をすぐに見つけた。縁は固唾を呑《の》んで鹿苑の一挙一動と、転がる〝それ〟を見る。

白い大理石を固めたような軸に、束ねられた真っ白な毛がオーロラのような光沢を放っている。その筆自体が光を放つ芸術品のようにも見えた。縁が倉庫を探した時には一切片《へん》鱗《りん》を見せなかった麒麟の筆が、鹿苑の目の前に顕現していた。

鹿苑は唾を飲みこみ、恐る恐る麒麟の筆に近づいた。そっと壊れ物を扱う手つきで一本の筆を手に取り、電球に掲げるようにして麒麟の筆を観察していた。

縁の位置からは鹿苑の背中しか見えない。麒麟の筆を前にして鹿苑がなにを思っているのかは確認できない。縁は息を潜めて、鹿苑の次のアクションを待った。

鹿苑は麒麟の筆をどうするのか、持ち去るのか、それとも──。

「はぁー……！」

鹿苑は縁にも聞こえるほど大きなため息を一人で吐いた。思わず肩を跳ねさせた縁のことなど全く気づいていない様子で鹿苑は麒麟の筆を棚の一つにそっと置いた。

それから青背のスケッチブックを「燃える」に分類すると、「保留」の箱を部屋の隅に寄せる。溢れんばかりのゴミ袋はカートに積めるだけ積んで、鹿苑はまた、かったるそうな様子で出て行った。

縁は鹿苑が退室したのを見送ると、ゆっくりと、麒麟の筆に近づいた。

まだそこにある。二十メートル。鹿苑が置いていった棚に存在している。十メートル。縁を前にして麒麟の筆が姿を消すことはなかった。五メートル。埃《ほこり》っぽい部屋の中で麒麟の筆の輪郭だけが輝いて見える。一メートル。遠目ではわからなかったが、中華風の見事な文様が軸に彫刻されていることに気がついた。――もう手が届く距離だ。

命を落とすとわかっていながら火の中に飛び込まずにはいられない蛾《が》になった心地で、縁は手を伸ばす。

指先が筆の軸に触れるか触れないかで、止まった。

「月浪、おまえ……！　本当に、マジで、なにやってんだよ……！」

芦屋啓介が縁の手首を摑《つか》んでいた。

急いで来たのか呼吸が荒い。きりりとした眉が今は苦しげにひそめられていた。

呆《ほう》けていた縁を芦屋はひと睨《にら》みすると、縁を引きずるようにして麒麟の筆から離れさせる。縁は手首を強く摑まれた痛みと、遠ざかる麒麟の筆に舌打ちする。

「……ねえ、これは乱暴なんじゃないかな、芦屋くん」

「死のうとするのは乱暴以上の暴力だろうが！」

芦屋の指摘に縁は思わず息を呑んだ。芦屋は縁の目的を把握してここに来たのだ。精悍《せいかん》な顔に怒りを浮かべ、芦屋は刃物のような眼差《まなざ》しを縁に向けた。

「麒麟の筆には触らせない」

「……芦屋くん、手を離して」

「離すわけないだろこの状況で！」

「絶対離さん」と頑《かたく》なな芦屋にますます強く手首を握られ、縁は痛みと苛立《いらだ》ちに口を開こうとした。

その時だった。

シャン、とどこからともなく鈴の音が聞こえて、倉庫内の空気が張り詰めた。

芦屋が縁の手首を掴んだまま、目を見開いて縁の背後に釘付《くぎづ》けになっている。縁は、後ろを静かに振り返った。

ツノを持った四つ足の獣がこちらを見ている。ゆらゆらとたなびく金色の雲が獣の佇《たたず》む足元にまとわりついて、ときおり紫電を放ちながら美しく煌めいていた。縁もまたその生き物に目を奪われる。

麒麟。

縁の絵から飛び出してきたかのような、堂々とした姿で麒麟は芦屋と縁の二人を眺めていた。馬と似たけぶるまつ毛に縁取られた金色の瞳と視線が重なると、自分の背中一面に噴き出すように鳥肌が立っていくのが縁にはわかった。たったの一瞥《いちべつ》にもかかわらずの圧倒的な威圧感。その気になれば人の命など一瞬で吹き消すことができるだろう霊力が麒麟の全身にみなぎっていた。

麒麟は優雅に棚へと顔を寄せると、その口に麒麟の筆をくわえて、縁と芦屋へと近づいた。見上げるほどの巨体であるが、棚をすり抜けて真《ま》っ直《す》ぐに向かってくる。

芦屋がなんとか手を引いて、縁を自身の陰に隠そうとした。

プレッシャーに当てられてびっしりと冷や汗をかいている芦屋のこめかみが縁の目の端に見えたが、近づいてくる麒麟の存在感にどうしても気を取られてしまう。

麒麟は縁と芦屋の前で足を止めた。

首を下ろして芦屋と縁を観察するように顔を寄せる。麒麟は芦屋の顔を眺め回すと、縁の方へ首を垂れる。麒麟の筆はくわえたままだ。

縁は麒麟の顔を至近距離で見る。高度な知性を宿しているが絶対に人とは意思疎通が叶《かな》わない生き物へ、縁は芦屋に掴まれていない方の手を、伸ばした。

「月浪！」

芦屋が縁を突き飛ばした。床に転がった縁は、芦屋がポケットからなにかを麒麟に投げつけたのを見た。

本来ならば麒麟の体をすり抜けるはずの白い紙片は、麒麟と接触した瞬間に真っ赤に燃え上がる。

縁はああ、と感嘆の声を漏らした。

芦屋が投げつけたのは月浪禊の名刺だ。全ての怪異を祓《はら》う力を持つ最強の護符。禊の名前を囲むようにデザインされていた赤い紋様が飛び出し、麒麟を取り巻く炎に変わった。

現実を焼かずに怪異だけを燃やす火。その火が渦を巻くように麒麟へ纏《まと》わりついて退魔の紋様を描く。麒麟は後退《あとずさ》りし、迷惑そうに首を振った。

雷がほとばしる。麒麟は紫電でもって炎に応えるように別の紋様を描いた。

途端に、取り巻いていた炎がぴたりと空中に静止する。

麒麟の描いた紋様が何度か点滅して、やがて消える。炎はそれを見ると、麒麟の足元にたなびく金の雲に吸い込まれるように入っていく。金色だった雲は赤みを帯びて、炎は収まる。麒麟はまだ、そこにいる。

縁は尻もちをついたまま食い入るように麒麟に見入った。禊ですら麒麟を退治することはできなかったのだろうかと思った瞬間に、麒麟がくわえていた筆を縁の前に置く。

そこから手出しをする暇はなかった。

麒麟は筆を置いたかと思うと、フッと静かに吐息を漏らした。

――ロウソクの火を吹き消すように。

麒麟の筆も麒麟自身も、油画学科の倉庫から跡形もなく、その姿を消していた。


【芦屋啓介】


芦屋啓介は呼吸さえままならない緊張感から解き放たれて、麒麟が姿を消したと同時に深く息を吐いた。

梁飛龍から縁の生死が危ういという話を聞いた後、財布に入れておいた月浪禊の名刺をポケットに入れ直して、鹿苑旭の行動を見張った。

縁が麒麟の筆を欲しがっているのなら、いずれは鹿苑に接触するだろうという当たってほしくなかった予測は的中してしまったが、ギリギリのところで麒麟の筆に縁が触れるのを防ぐことはできた。まさか本物の生きた幻獣・麒麟と出くわす羽目になるとも思っていなかったが、芦屋の目的は達成された。月浪縁は生きている。床にへたり込んだまま、鬼の形相で芦屋を睨んでいるが、無事だ。

「やってくれたな」

地を這《は》う声で縁は言う。口元に笑みは浮かんでいるがいつもの余裕はない。芦屋は見下ろしたまま、問いかけた。

「おまえ、死にたかったのか」

「……そうだよ」

予想していた答えではあった。それでも本人の口から聞くと、衝撃は大きい。

縁は芦屋の顔を見て片眉を上げる。

「自分が余命宣告されたみたいな顔をするんだね、芦屋くん」

皮肉めいた言いように「なぜ」と小さく呟《つぶや》く。

「わかんないかな？　私の怪談に巻き込まれるようになってもう一年くらい経《た》つけど、ほんとにわかんない？」

芦屋は口をつぐむ。縁と行動を共にする時間が増えてからぶち当たった怪奇現象の中に、それらしい答えなんていくらでもあった。

しかし、それでも。

「それでも描き続けてきたのがおまえだろうが。なんで今更死にたくなった。そんなに蓮根の八つ当たりが堪えたのか」

「八つ当たりだったと思う？」

縁は静かに問いかけた。芦屋は頷《うなず》く。

「月浪はできることをできる限りやった。その結果どうにもならないことがあるのは……しょうがないだろ」

芦屋の言葉に、縁の顔が強張《こわば》った。

「しかたないわけない」

床に置いた縁の拳が固く握られて白くなる。

「しかたないなんて言葉で飲み込める訳がないだろ。ひとが一人死んでるんだよ。私ならなんとかできたかもしれないことで」

「おまえはどれだけ傲慢なんだよ」

芦屋は冷静に言い放った。前々から思っていたことだった。

「月浪の、厄払いの力は確かにすごいよ。だけど、ちょっと霊能力が使えるくらいでなんでもかんでも上手《うま》くいくわけがない。そんなことは神様にでもならなきゃできない」

「だから神の力を借りようとした」

芦屋を遮って、縁は淡々と言う。

「神獣・麒麟の死骸でできた筆は、使い手の思い通りの作品を生む手助けをする。だったら私が描いた人間全部を、怪異がもたらす死から遠ざけることだってできるはずだ。私の命と引き換えで、何百何千の人の苦痛を取り払うことができるなら、お釣りがくる……はずだったのに」

縁が麒麟の筆を求めた理由は、芦屋にはヤケクソの自己犠牲としか思えなかった。そんなのは不健康だし、無茶苦茶だと言いたかった。

　しかし、縁はもはや芦屋がなにか言いたげなことにも気づいていない。自問自答の延長に、芦屋との会話を使っている。

「麒麟の筆は移動した。たぶん、私が簡単に手出しできないくらいには遠くに」

　ぎりり、と歯嚙《はが》みして、縁は吠《ほ》える。

「ふざけるな、諦めてたまるか。やっと見つけたんだ。私が納得できる、終わり方を」

「どうしてだ」

　芦屋は有無を言わせぬ強さで尋ねた。

　井浦影郎を死なせたことに責任を感じているのはわかる。けれど、縁は、黙って自分の腕を磨き「次こそ死なせない。今度は守る」と、闘志を燃やして創作に臨む人間ではなかっただろうか。そうでなければ、これまで出会った人間を恐るべき精度で描いて描いて描き倒すようなことはしないはずだ。あまつさえ厄払いの絵画の副作用から作品を守ろうと奔走するような人間が、創作において捨て鉢になるのはおかしい。

　芦屋は、縁のある種の負けず嫌いな気質を信頼していた。

　だから、疑問がある。

「どうしてそこまで麒麟の筆に執着する？　そんなことをしなくても、月浪なら厄払いの絵画の力を磨いて、誰かを助けることだってできるはずだ。葉山と俺のことはそうやって助けたはずだろ？」

に、縁は苦く笑う。

「描けないんだよ」

芦屋は、縁の言葉をうまく飲み込めなかった。戸惑う芦屋に、縁は苦く笑う。

「梶川を祓って、私は人を描けなくなった」

縁は、呆然《ぼうぜん》と自分を見つめる芦屋の視線から逃げるようにうつむいて、独り言のように呟く。

「あの日からずっと考えてた。私にはもっとできることがあったのかもしれないって」

縁が口にしたのは、紛《まが》うことのない本心だった。

「蓮根くんから、井浦さんのことが嫌いだから、手を抜いたんじゃないかって言われて『そんなことはない』って、すぐに言えなかった。確かに私は、一生懸命じゃなかったかもしれないと思った」

その本心が後悔と懺悔《ざんげ》と弱音だったことに、芦屋は耐えるように拳を強く握りしめた。

「芦屋くんの言う通りだよ。〝厄払いの絵画〟の力は万能じゃない。それでも私に与えられた特別な力で、才能ってやつなんだ」

芦屋のことを気遣ってか、縁はおどけたように肩をすくめて見せる。

「だから私はそれ相応の振る舞いをしなくちゃいけない。持って生まれた力にあぐらをかいて、のうのうと生きるなんてこと、誰が許しても私自身が許せない。なのに私は、油断したんだ」

縁の顔からだんだんと表情が抜けていく。

「油断して、死なせた」

ポツリと、呟いた言葉が倉庫内に反響する。その言葉が栓だったのかもしれない。堰《せき》を切ったように、縁の口から自分自身への失望がこぼれ出した。

「私は私に与えられた才能に見合う能力がないのかもしれない。私は自分の才能のツケを払うだけの能力を、努力や技術で得ることはないのかもしれない。そう思ったら、筆が、迷うようになった。どんどん手が、動かなくなっていくんだ……」

芦屋は口を開きかけて、閉じる。またしても、かける言葉が見つからない。

縁は自身の前髪をぐしゃりと掴《つか》む。

「悔しい……！」

煮えるような怒りが縁自身に向けられていた。

「麒麟《きりん》の絵はそういう苛立《いらだ》ちを全部ぶつけて描けたのに！　どうして肝心の人間が描けないんだよ！　私に全部、これしかないって思わせておいて……！　これが、私に備わった才能だっていうなら、ちょっとくらい思い通りになってもバチは当たらないでしょ……!?」

怒りに震え、肩で息をしながら、縁は力なく笑った。

「……でも、描いても描いても全然納得できないんだ」

諦観の笑みだった。

月浪縁は自分の思い通りにならない才能に、ずっと苦しめられ、怒りも失望も、通り越した果てに——。

「疲れた」

全てを諦めて、無気力になったのだ。

「才能なんて名前をした、祝福なんだか呪いなんだかわからない、生まれついての、自分ではどうにもできないことと死ぬ気で向き合って格闘し続けるのがもう、うっとうしくて、面倒で、苦しくて、くたびれたんだよ」

芦屋は嘆く縁を見て、場違いにも「こいつは本当に天才だったんだな」と思い知る。

才能があったから今までずっと無茶を通してこられた。自分の作品に一ミリも妥協せず、人間を描き続けることができた。月浪縁は鹿苑旭曰《いわ》くの〝ゴールデンタイム〟に身を置いて、迸《ほとばし》るように筆を走らせていたに違いない。

「それに、これは君のためでもあるんだ」

芦屋が難しい顔で縁を見ていると、縁は真っ赤な目をしたまま無理やりに微笑《ほほえ》む。

「俺の？」

問い返すと、縁はこくりと頷いてみせた。

「芦屋くんには感謝してるよ。厄払いの絵画がきっかけだったにしても、私を助けようとしてくれたことが、怪談と関係ない関わり合いができたことが、嬉《うれ》しかった」

いつになく素直なことを言ったかと思うと、縁は歯嚙みするように低く述べる。

「でも、このまま描けない状態が続いて、君の厄を払えないまま、今まで通りに接してしまったら、大ケガさせたり、……死なせてしまうかもしれない。そんなのは耐えられない。私が死ぬのはどうでもいいけど」

縁は、芦屋の目を強く睨《にら》み据えて言う。

「君を巻き込んで傷つけるのだけは、絶対に嫌だ」

その目に射すくめられた芦屋は息を呑《の》んで、気がついた。気づいてしまった。

梶川密を除霊したあと、縁の才能のゴールデンタイムは終わった。スランプが訪れた。

縁は自分の絵に容易に納得できなくなった。

そうなったわけは蓮根修二が縁を痛罵したことが、井浦影郎を描き損ねたことが理由でもない。

芦屋啓介が月浪縁と気のおけない友人になったからだ。

縁は人の絵を描くときに文字通り全身全霊を注いで、一筆入魂の気持ちで筆をとっていた。代わりに現実の交友関係では明確な線を引いて、人と特別親密になることがなかった。

たぶん、縁が除霊をするたびに、除霊した相手との人間関係が壊れるからだ。

初めから失うことがわかっているものに縁は心を寄せたりはしなかった。そうやって希薄な人間関係を築いていくうちに、縁は自分の描く厄払いの絵画こそ、自分の存在価値であると思い込んだのではないか。

思い込んだ上で、縁はひたすら人間を描くことに注力した。多少の好感を抱いた相手であってもいずれ離れていく相手と割り切ったから、なにも思い煩うことなく描くことに全てを注ぎ込むことができた。他者とのコミュニケーションをギリギリまで削って厄払いの絵画を描くことに集中することで、月浪縁はゴールデンタイムを作り出した。

才能を引き出すための、最高のシチュエーションとコンディションの条件に縁は『孤独』を選んで、これまで描き続けてきたのだ。

芦屋啓介が、縁の除霊を手伝うと、言いだすまでは。

「せめて麒麟に殺されたい。筆に寿命を取られて引き換えに作品を生み出せるなら最善だ。触れた瞬間燃え尽きても、それはそれで私に似合いの最期だ」

芦屋は眉根を寄せて、首を横に振った。

「……そんなことを聞かされて、俺が止めないとでも思ったのか」

「許してよ」

縁は力なく笑って、止めないでほしいと言う。

「私に借りがあるって言うなら、一度くらいわがまま聞いてくれたっていいじゃない」

芦屋は「そんな借りの返し方をするために月浪を手伝ってきたわけじゃない」と言いか

けて、黙る。

縁の瞳が死への渇望で金色に燃えている。

『才能に身を捧《ささ》げて死ね』と迫る獣の瞳だ。

縁は怪異に取り憑《つ》かれている。いや、魅入られている。

そして、怪異と関わって命を削ってもどうでもいいと自暴自棄になるほど縁を追い詰めた要因の一つが、他ならぬ芦屋自身だ。

芦屋啓介が月浪縁のゴールデンタイムの幕を引いた。

芦屋と友人になったことで、縁は厄払いの絵画に〝全て〟を注力できなくなったから。芦屋を巻き込んで傷つけることを恐れて、ギリギリのところで保たれていた縁の才能の線が緩んだから。

芦屋は拳を固く握った。

ドッペルゲンガーの一件と同じだった。

芦屋が良かれと思って、励ましたつもりで提案したことが、友人・葉山英春を苦しめて怪異を生んだ。縁の助けになりたいと思ってとった言動が裏目に出て、麒麟の筆がつけ入る隙を生んだ。

だから、これ以上下手なことを言ってはいけない。

縁の助けになりたいのなら、するべきことは一つだけ。

——俺が祓《はら》うしかない。

これまで縁が友人たちから怪異を退けたように、芦屋が語り、語らせ、除霊しなければならない。

芦屋は覚悟を決めて口を開いた。

「月浪、怪談をしよう」

芦屋の言葉に縁は顔を上げた。憔悴《しょうすい》して眼差《まなざ》しは暗く、常の余裕など微塵《みじん》も残されていなかったが、芦屋の声に反応するだけの気力が、まだ残っている。

「おまえは麒麟の筆に取り憑かれている」

聞き手と語り手が入れ替わる。

そうしてまた怪談が始まる。

芦屋啓介はこれまで月浪縁の怪談に付き添ってきた。だから怪談を使った除霊において、踏むべき手順は理解している。

一つ。除霊の対象となる人間に、怪異に取り憑かれていることを認識させること。

一つ。怪異の名前と正体を突き止めること。

一つ。怪談によって怪異への恐怖心を取り除くこと。

除霊の対象となる人間に怪談を語らせることで、怪異を「物語」の中に押し込め、怪異の神秘を削《そ》ぎ、力を弱める。怪異のルールを解明し、弱点をついて無力化するのだ。最終的に、除霊の対象となる人間が「怪奇現象は終わった」「怪異を恐ろしく思わなくなった」時点で除霊が成功する。

「私が、麒麟の筆に取り憑かれている……?」

縁は倉庫の床に座り込んだまま呆然と芦屋のことを見上げ、反芻《はんすう》する。「芦屋がなにを言っているのか理解できない」という所感がそのまま顔に現れていた。常に煙《けむ》に巻《ま》くような笑みを浮かべていた縁らしくもない。

芦屋は縁の前に歩み寄ってその場に腰を下ろした。

芦屋はこれから、縁に取り付いた麒麟の筆を除霊しなければならない。縁が麒麟の筆に命を捧げず、死なずに済むための「物語」を即興で作らなければならない。自分の口先一つに人の命がかかっている。

身震いするほどのプレッシャーがのしかかる。けれど、芦屋が感じているこれは、きっと縁も味わってきたものに違いない。

座って縁と同じ目線になった芦屋は呼びかける。

「月浪」

縁は気を取り直した様子で、怪談を――対話を望む芦屋を睨んだ。

「私は、もうすでに語るべきことは語ったと思うんだけど」

「嘘《うそ》だな」

芦屋はほぼ間を置かずに指摘した。

確かに縁が麒麟の筆を求めるようになった顚末《てんまつ》は語っている。

梶川密を祓った一件以来、スランプに陥り、思い詰めた果てに鹿苑旭を利用して麒麟の筆を求めたことを。

だが、不足があると芦屋は不満げな縁に告げた。

「おまえが似合わない自己犠牲をやる気でいるのはわかったが、腑《ふ》に落ちないところもある。そもそも、なんで月浪は厄払いの絵画を描くのをやめなかったんだ？」

縁にとっては思ってもない質問だったらしい。険しかった顔が驚きにほどける。

「月浪は〝厄払いの絵画〟が描けなくなったから麒麟の筆に頼ろうとしてるんだろう。自分の命を削ることもいとわずに。なんでそこまで厄払いの絵画を描くことにこだわるんだ？」

縁は再び険のある顔つきに戻る。苦虫を嚙《か》み潰したかのように答えた。

「……私の霊媒体質に他人を巻き込むのが嫌だから、せめて霊障を軽減させたかったからだよ」

縁の霊媒体質は、怪奇現象を自分とその周囲に招き寄せる、あるいは巻き込まれる体質である。縁が厄払いの絵画を描くのは自分の体質への抵抗でもあった。

だが、本当にそれだけが理由な訳でもあるまい。

だからあえて、芦屋は縁を挑発するように言う。

「へえ。ボランティア精神ってやつだな。自分の体質に他人を巻き込むのが申し訳ないから、厄払いの絵画に浮かんだ赤いテクスチャを剝がすためって口実で、あちこち人助けのために走り回ってた。そういうことでいいんだな？」

「芦屋くん、これまで私の引き寄せた怪奇現象に散々巻き込まれておいてその結論に至るなら、君の目ん玉は全くのお飾りってことになるぜ」

案の定、縁は苦々しく皮肉を吐いた。

「自分のために決まってるでしょ」

縁は自分の胸に手を当てて言う。

「自分の作品に赤いテクスチャが——汚れがつくのが、自分の意図しない変化が嫌だったから行動した。その過程でモデルの不幸が軽減されるなら一石二鳥だっただけで、ついでみたいなもの。誤解しないでほしいな」

縁の憎まれ口は、作家としての矜持《きょうじ》の表れである。

厄払いの絵画の副作用のせいで、せっかく描いた傑作が縁の意図しない変化をする。それが一人の作家として許せない。ボランティア精神なんて利他的な感情ではあり得ない、純粋なエゴが縁の行動理由であり、モデルの厄を祓うことはおまけのようなものだと言いたいのだろう。

しかし、そもそもだ。

「月浪の悩みは描かなければ、作らなければ解決する。赤いテクスチャが浮かぶのは当然、月浪が誰かを描くからだ。人を描いた作品を作らなければ赤いテクスチャが浮かぶことはない」

芦屋は縁と接してきて、思うことがあった。

霊媒体質とは、縁が周囲に怪奇現象をもたらしていることを指すのではなく、もしかすると〝逆〟なのではないかと。

「月浪は『自分が霊媒体質だから、巻き込んだ人間の霊障を軽くするために厄払いの絵画を役立てて る』って言うが、どっちかと言うと厄払いの絵画を描くことで、月浪自身が進んで怪奇現象に巻き込まれに行っているように見える」

確かに縁が引き寄せてしまっている怪奇現象もあるのだろう。しかし怪奇現象に遭う人間を厄払いの絵画で特定していることで、他ならない縁自身が怪奇現象との遭遇率を上げている。

「描かなければ、誰が怪奇現象に巻き込まれるかなんて知るよしもない。霊媒体質のデメリットも厄払いの絵画の副作用も最低限で済むはずだ。どうして描き続けた？　苦しむこともわかっているのに」

芦屋の指摘に、縁は眉根を寄せて低く言った。

「ねえ、仮にも作品を作ってる人がそういうこと聞くの？」

縁を黙って見返し、無言のままの芦屋に、縁は視線を落として考えるそぶりを見せた。

「……でも、そうだな。たぶん、君の想定している理由とは少し違うはずだ」

縁は金色の瞳で芦屋を見やる。

「義務だからだよ。厄払いの絵画を描くのが」

縁の答えに、芦屋はほんの少しの痛みを覚える。縁の置かれている状況を鑑みれば当然の答えだったが、筆をとっている最中にうっすらと微笑《ほほえ》んでいた縁の姿を覚えている芦屋は、違う答えを望んでいた。

「『好きだから』じゃ、ないんだな。俺は、月浪は人を描くのが好きなんだと思ってた」

芦屋が肩を落として言うのを、縁は小さく息を吐いて受け入れた。芦屋の示した落胆は縁にとっては想定内の反応だったのだろう。

「私は描くことを嫌いだと思ったことはないよ。……でもね、好きとか嫌いとかはもう関係ないんだ。だって私が描かないと人が死ぬかもしれないんだから」

縁は吐き捨てるように言って眉をひそめた。

「しかも、私の体質のせいかもしれないことで」

芦屋は弾《はじ》かれたように首を横に振った。

「おまえのせいじゃない」

「そんな言葉はなんの慰めにもならないよ」

しかし、差し伸べられた手を振り払うように、縁はキッパリと言う。

「私は私の体質の後始末をするために厄払いの絵画を描かなくてはいけない。それが、私が最低限の社会生活を送るための義務だ。怪談をして赤いテクスチャをきれいに剝がさなくてはいけない。自分の作品を誰にも歪《ゆが》められたくないと思うのも作家として当然の振る舞いだ」

縁は笑う。自分の全てを嘲笑《あざわら》って、芦屋の目を見て、なんのてらいもなく言い切った。

「そうじゃなきゃ、私は人としても作家としても失格じゃないか」

芦屋は唇を引き結んだ。それから、なんとか緩めて問い返す。

「厄払いの絵画を描けなくなった自分に、作家らしく振る舞えない自分に生きる価値がないって言いたいのか」

「私は自分のやったことに責任を取れる自分でありたい」

縁は頑《かたく》なだった。取り憑いた麒麟《きりん》の筆の影響か、ぎらぎらと瞳が炎のように金色に光る。

「そうとも。自分の絵に手をかけられない作家に価値なんてないよ」

芦屋は目をつむる。

「……おまえの言いたいことはわかった」

自己責任の思想が強い縁をこのまま説得するのは無理かもしれない。悟った芦屋は話の舵《かじ》を切り替えた。

「月浪。そもそもの話をするんだが、もしも月浪が麒麟の筆を手に入れて絵を描いたとしても、厄払いの絵画にはならないと思う」

しばしの沈黙が二人の間をよぎった。

「……は？」

沈黙を破ったのはなんとか怪訝《けげん》の短音を絞り出した縁の方だった。その顔にみるみる怒りの色が浮かぶ。縁の組み立てた計画は全て無意味だと言わんばかりの芦屋の指摘に、縁は苛立《いらだ》ちを隠さずに問いかけた。

「なんで？　麒麟の筆は持ち主の思いのままの作品をなんでも作ることができる魔性の筆なんだよ」

「じゃあ月浪は青背一究を作家として心の底から認めてるのか？」

鋭く言った芦屋に、縁はたじろぐ。芦屋にも芦屋なりの根拠はあった。

「これまでの付き合いで、月浪が好ましいと思っている作家の傾向はなんとなくわかる。例えば……、梶川密のことは惜しいと思っていただろ。奥菜玲奈と鹿苑旭のことは認めていた」

梶川密の技術を縁は認めていた。モデルの意思を無視したり、描くことの暴力性を認識していないところを欠点だと思っていたが、それさえ克服できればひとかどの作家になれたはずだと惜しんでいた。

奥菜玲奈の演技を縁は心の底から称賛した。面移しの儀式のため、生贄《いけにえ》を油断させるための手段だった演技でも、磨き上げた作品と見なして縁は玲奈に敬意を示した。

鹿苑旭のことを縁は麒麟児《きりんじ》として一目を置いていた。麒麟の筆が見込む可能性の塊として鹿苑を尊敬していたからこそ、縁自身が麒麟の筆を手に入れるために利用したのだ。

芦屋は、縁の好みは割合わかりやすいと告げる。

「おまえが好きなのは、表現に手を抜かない作家。大衆のために作らない、誰にも媚《こび》を売らない作家。作ること、表現することを呼吸のようにする作家。徹頭徹尾自分のために、刃物を研ぎ澄ますように腕を磨く作家」

そして芦屋は、もう一人同じ性質を持っている作家を知っている。

「みんなおまえに通じる奴らだ。気づいてるか。全員、迷いはしても麒麟の筆に頼りそうもない奴らだよ」

純粋で利己的でストイックな作家ばかりだ。縁自身も本来はそういうタイプだろう。

「たぶん、おまえだって霊媒体質だの厄払いの絵画の能力だのがなければ麒麟の筆を使おうとは思わなかったんじゃないか」

「ずいぶん、断定的にものを言うんだね」

苦々しく目をすがめた縁だが、否定しないことがなによりの同意に違いない。芦屋は腕を組んでさらに続けた。

「もう少し断定するぞ。麒麟の筆は、おまえが描いたような麒麟の絵は絶対に描けない」

「なぜ？」

あまりにも芦屋が自信満々に言い切るので縁は真顔になって問いかけた。

「緊張感が作れないからだ」

芦屋は端的に述べる。

「作家が『絶対に傑作になる』道具を使って作品を作ったなら、確実にどこかで気持ちが緩む」

芦屋は縁の描いた麒麟の絵を思い出す。講義館のホールで一際異彩を放っていた。とてもスランプに陥っている作家が描いたとは思えない、月浪縁渾身《こんしん》の一作を。

「月浪の描いた麒麟の絵はすごかった。月浪自身も言ってたけど、人間をうまく描けない苛立ちやこれまでの鬱憤の全部を叩《たた》きつけるようにして、これまで磨いた技術の全部を総動員して作ったあの絵には、こっちをいまにも斬りつけてくるような迫力があった。あの迫力と緊張感は、全身全霊をかけて、怒っている月浪が描いたからこそ生まれたものなんだと思う」

写真越しでは伝わらないエネルギーを麒麟の絵は放っていた。肉眼でしか捉えられないものが確かにあるのだと、鑑賞する側に一目で理解させる絵画だった。

「麒麟の筆にはあんな攻撃的で迫力のある作品は作れない。作家が道具に頼りきって作った作品のどこに緊張感が生まれるんだ？『麒麟の筆を使ってるんだから必ず傑作が生まれるはずだ』って、緩んだ気持ちで作る作品が傑作であってたまるかよ」

縁の描いた麒麟の絵は裂帛《れっぱく》の気迫で描かれたからこそ、鑑賞者に居住まいを正させるほどの作品になったのだと芦屋は思う。麒麟の筆を使ったとして、あの絵と同じものが出来上がるとは到底考えられなかった。

「だいたい、モチーフ、コンセプト、構図、画材、基底材、そのすべてを麒麟の筆にコントロールされた〝おまえの作品〟におまえ自身が納得できるわけない」

芦屋は挑むように縁を見やった。

「月浪はそんな妥協に命をかけるつもりなのか？」

ヒュ、と息を呑《の》む音とともに縁の目が大きく見開かれる。

「俺は麒麟の筆で作られた作品を傑作だとは思わない。俺がそう思うくらいなんだから月浪が認められるわけがない。許せるわけもない」

芦屋は縁に真面目に告げた。

「おまえ、他の作家にも厳しいけど、自分にはもっと厳しいもんな」

「わかったような口を利きやがって」

苛立った縁の目が炎のようにゆらめいた。

「そんなの、使ってみなければわからないでしょ……！」

「なんでそうまでして命懸けの大博打《ばくち》に賭けてみたがるんだよ。完全に麒麟の筆に取り憑《つ》かれてるじゃねえか。絶対普通の状態だったらもうちょっと物わかりがいいだろ、おまえ……」

呆《あき》れぎみに指摘する芦屋に、縁はいまだ納得いかない様子で唇を嚙《か》んだ。

芦屋は自分の話術では麒麟の筆の価値をこれ以上は下げきれないと悟って、一つの疑問を縁に投げる。

「じゃあ、月浪は麒麟が俺たちの前に姿を現して、麒麟の筆を持ち去ったことをどう捉えてるんだよ」

縁は一瞬、言葉に詰まった。

「……そんなの、わかるわけない」

「そうか？　俺はなんとなく想像つくけどな」

突如として芦屋と縁の前に現れ、麒麟の筆を消し去った幻獣〝麒麟〟。

麒麟が現れた意図を芦屋なりに考えると、ある一つの仮説が浮かび上がる。これが正しいかどうかはわからない。けれど、芦屋自身と縁を説得することができそうな仮説だった。うまくいけば、かつて縁が奥菜玲奈や蓮根修二を除霊した時と同じことが、芦屋にもできるかもしれない。

芦屋はまず、麒麟の行動原理《ルール》を振り返った。

「『麒麟は才ある男にしか恩寵《おんちょう》を与えない』。これは大昔に決まったルールらしいけど、従っているヤツの内心はわからない。実際、月浪だってそうだろ。おまえががんじがらめな厄払いの絵画のルールを守って恩恵は受けても、本心では作品を汚されるのが嫌で苦しいと思ってた。それと同じで、麒麟が自分に課せられたルールに納得してるとは、俺には思えない。納得してたら俺たちの前に現れることもない、と思う」

加えて、麒麟と麒麟の筆はそれぞれ別の思惑で動いていたと思える節がある。

麒麟の筆は、姿を消してもなお現在進行形で縁に取り憑き、縁のことを殺そうとしている。縁の瞳が金色に燃え、「麒麟の筆を使いたい」「死にたい」と口にするたび尋常でなく煌《きら》めくのは麒麟の筆の与える影響に違いない。

逆に、麒麟は縁のことを助けたかったのではないか。

そうでなければ、麒麟が縁や芦屋の前に現れる必要はない。月浪禊の名刺から浮かび上がった炎と麒麟《きりん》の雷が交錯する様子はまるで意思疎通をはかっているようだった。和解した様子で炎と雷が消え去ったのも麒麟と禊の思惑が一致したからだと考えれば、一応のつじつまが合う。

だから芦屋は縁に言った。

「麒麟は、おまえに活を入れに来たんだ。『自分を描いた人間が麒麟の筆なんかに頼るような真似《まね》するんじゃねえ』って言いに来たんだよ」

「どうしてそんなこと言い切れるの？」

麒麟が縁を助けようとしたなら、理由はひとつだ。

「月浪が麒麟を描いたから。おまえの才能を麒麟は認めたから、月浪の描いた絵そのものの姿で現れたんだと思うからだ」

だが、縁自身は腑《ふ》に落ちなかったらしく、怪訝そうな顔で腕を組んだ。

「私が描いたのはオーソドックスな麒麟だよ。日本橋に置かれてる麒麟の彫像みたいに願いを込めて翼を付け足したりもしてない。あれが私の描いた麒麟だとは……」

言い切れないのではないか、と首を捻《ひね》る縁に、芦屋は頷《うなず》いた。

「確かに、月浪が描いた麒麟のパーツは伝説や過去に画家が描いた姿を踏まえている。けどな、俺は麒麟が俺たちの前に出てきたとき、正直死ぬかと思った」

芦屋の唐突な感想に縁は目を丸くする。

「は……？」

「あんな威圧感のある生きものは初めて見た」

「だって神獣だし、そりゃそうでしょ」

「麒麟は神獣だが、同時に伝説では虫も殺さない動物なんだろ？」

縁の描いた麒麟には伝説と異なる部分がひとつだけ存在する。縁は麒麟のことを気高く恐ろしい獣として、堂々とした威厳ある姿で描いた。いっそ苛烈なまでに。

その姿勢こそ伝説とは全く異なる、縁の付け加えたオリジナルの要素だった。

「単なる縁起の良《い》い優しい幻獣をあれだけ恐ろしく感じるなら、やっぱり意味があると思う。それがおまえの前に現れて、麒麟の筆を奪い去っていったのなら、なおさら」

麒麟の筆を縁の目の前でさらっていった麒麟を目の当たりにして、芦屋は直感していた。あの麒麟は仲間の死骸が縁を害そうとするのを止めにきた。縁が描いた麒麟の絵を素晴らしいものだと認めたために、ルールを曲げて、やってきたのだ。

「もう一度言う。あれは月浪縁の描いた作品のイメージを纏《まと》って現れた麒麟だ。麒麟は『おまえに麒麟の筆なんか必要ない』と伝えるために姿を現したんだ」

シャン、と鈴の音が応える。

縁も芦屋も、素早く辺りを見回した。

姿は見えなかったが、麒麟が答えたのだと芦屋は思った。

仮定が正解になった瞬間だった。

芦屋と同じ答えに行き着いたらしい縁は、呟《つぶや》く。

「麒麟は、女を嫌うように定められた生き物なんだって……、絶対に私のことだって気に入らないだろうって、思ってた……」

霊能力者で怪異に造詣の深い縁だからこそ、芦屋と同じ答えに行き着くことができなかったのだろう。

「怪異のルールは人間の認識に左右されるんだろ。俺は麒麟児が男だけに使われる言葉だって知らなかった。だんだん言葉の使い方が変わってきてるなら、固定観念《ルール》も変わるってことだ。たぶん」

呆《ほう》けたように芦屋を見つめる縁の視線を受け止め、手応えを覚える。

今なら祓《はら》い除《の》けることができる。

麒麟の鈴の音があった今なら。

確信を逃さないよう、芦屋はいつも縁がやっていたように、今度は断定の言葉を放った。

『『月浪縁に、麒麟の筆は必要ない』』

芦屋を見上げる縁の目尻から、金色の光がこぼれていく。麒麟の筆を渇望し、才能に殉じて死ぬことを望んでいた目が瞬《まばた》くたびに正気を取り戻していく。やがて縁の口から乾いた笑いが漏れた。

「嘘《うそ》だろ……。ド素人のくせに。私から麒麟の筆を、祓いのけたぞ、君……」

ひとしきり笑った縁は、ふっと肩を落とした。

「クソ野郎なりに、せっかくうまい責任の取り方を、見つけたと思ったんだけど」

静かに呟く縁に、芦屋は、まだ足りないと思う。

ただ麒麟の筆を祓っただけでは縁のことを助けられない。同じことを繰り返してしまうかもしれない。だから口をついて出たのは、率直な非難だった。

「死んで責任を取るなんてのは逃げだ」

縁はバツが悪そうな顔で目を逸《そ》らした。どうやら自覚がないこともないらしい。芦屋は深々とため息をついてぼやいた。

「おまえが命を捨てれば確実に守れる何百、何千の命があったとしても、おまえがこれから人間を描けるようになってから守れる命の方が絶対多いんだから、責任とるって言うならそういうやり方にしろ」

懇切丁寧に説明してやると一応は芦屋の言いたいことを理解したらしいが、それでも縁は不満げだ。

「また厄払いの絵画が描けるようになる保証なんかないのに」

「月浪はこれまでは保証があったから描いてたのか？」

芦屋はまさかとは思うが、と前置きして問いかけた。

「間違いなく、絶対に、自分の描く絵は完全無欠の傑作だって、月浪は描く前からわかって描いてたのか？」

素朴な質問にもかかわらず縁はうんともすんとも言わなかったが、やはりそれが答えだった。つまり、縁自身自分の描く絵について絶対の自信があったのだ。

芦屋の口から乾いた笑い混じりの言葉が飛び出た。

「麒麟の申し子みてえな奴だな、おまえ。傲岸不遜の極みかよ」

「なにを……」

揶揄《やゆ》されてむっとした縁を遮って芦屋は言った。

「月浪縁のゴールデンタイムは確かに終わった」

俺のせいで、という言葉は呑み込む。そんなことを口にしようものなら、きっと「自惚《うぬぼ》れるなよ」などと悪態じみた気遣いを投げかけられるのだとわかっていた。だから、わかりきったことを芦屋は口にするしかない。

「それでもおまえが、もしも自分の霊媒体質の責任を取るつもりでいるなら、描き続けるしかない。傑作を描くためには、どうしたって手を動かすしかないんだ」

「……何枚描いても納得できなくても？」

芦屋は腕を組んでキッパリと言い放つ。

「そういうことはもっと枚数を描いてから言えよ」

「はぁ？　簡単に言ってくれるじゃん……」

縁は半眼で引きつった笑みを浮かべる。まさしく笑うしかないといった様子で。

そんな縁に、芦屋は真顔で言う。

「ゴールデンタイムが終わっても、それでもおまえはあの麒麟を描いたんだから、描けるだろ」

笑うところなんて一つもない言葉のつもりだった。

「なんたって麒麟直々に作者《つきなみ》へ挨拶に来るくらいだし」

才能を司《つかさど》る獣である麒麟が縁の命をすり減らす麒麟の筆を、ご丁寧に縁の目の前で消し去ってまで退路を断つのだから、自力での創作を期待されているに決まっている。

「……ははは ッ！」

芦屋の言わんとすることを正しく理解した縁は笑った。ヤケクソな笑い方だった。

「ああ、まったく！　結局その原始的な答えに行き着くんだな⁉」

他にどうしようもないことに気づいたらしく天を仰いだ。仰いだところで簡素な豆電球と薄灰色の天井しか見えないだろうが、それでも縁はどこか晴れやかに見えた。

「……芦屋啓介くん」

向き直って、告げた。

「君に聞いてほしい話があるんだ。私が、また麒麟の筆に取り憑かれたりしないように」

頷いた芦屋に、縁は始めた。

私立東京美術大学・日本画学科二年、月浪縁は語る。

【月浪縁】

本物の麒麟児《きりんじ》・鹿苑旭の創作哲学の中には『ゴールデンタイム』という概念がある。芦屋くんも聞いてるよね。そう。技術・時間・お金・メンタル・体力・人間関係……置かれる状況が才能を発揮するのに完璧に適した期間のことだ。

実は、私にはゴールデンタイムの実感があるんだ。私のゴールデンタイムは中学二年生の夏から、今年の夏にスランプに陥るまでの約六年間。芦屋くんに指摘されたとおり、この期間はなにを描いてもうまくいく確信があったし、描けば描くほどうまくなった。

ゴールデンタイムは存在する。

ただ、鹿苑くんと私で意見の違いがあったりもする。私は、ゴールデンタイムはギャンブルのように偶然に発生するのではなく、自分から作り出すものだと思う。万全のコンディションをいつでも引き出せるよう努力することがゴールデンタイムを生むのだと。

そのために必要なのが『ルーティーン』だ。自分に適したルーティーンを開発することで、実力を発揮しやすくする習慣づけを行う。例えば、温かいコーヒーを一杯飲み干す。

頭の中でスイッチを入れる自分をイメージする。音楽を聴く。人と会話をする。座右の銘を唱える……たぶん、方法はいろいろあると思う。私の場合は、周りに人がいたとしても関係なく〝ひとりになる〟ことだった。

それから、もう一つ。……怪談を催して、一度頭をリセットすること。

ひとりになることがルーティーンの条件だとは早くに自覚があったけど、怪談がルーティーンになってるのを自覚したのは、井浦さんと会ってから。鹿苑くんの個展で、井浦さんと鉢合わせしたときからだ。

ちょうど、芦屋くんがドッペルゲンガーに悩まされていたときだよ。渋谷《しぶや》で偶然会ったよね？　あの日、私は鹿苑くんの展示に顔を出した帰りだったんだ。

鹿苑くんのことは一学期の課題で大作を作ってたから知っていたし、自分からがむしゃらに動いていく姿勢を好ましく思っていた。

一年の九月までに広々としたギャラリー一部屋を埋めるくらい作品を描いていて、しかもそのどれも格好よかった。よく覚えてるよ。

渋谷のビルの二階、鋼板の階段を上った先にあるギャラリーの壁の全てにかけられた鋼鉄のような絵。油膜に浮かぶ、虹色のあぶくをモチーフに描いていた。レースみたいに緻密な描線の土台にしてるのは、油絵具《あぶらえのぐ》を何層にも塗り重ねた鉄色のテクスチャ。繊細なのに大胆な絵だった。テクスチャをわざと剝がした部分が虹色に光って、もう絵の具とは別の、金属にも液体のようにも見えた。油絵具のオイルの匂いさえも作品の一つに組み込んでいた。

キャプションは簡素で『固体・液体・気体を感じさせるような絵を目指しました』の一行が最初にあるだけ。展示タイトルも『三態変化』で「あとは観《み》ればわかるだろ」と言わんばかりの説明を排除した展示だった。いっそ潔かったね。いま思うと作品だけで語らおうとするのは鹿苑くんらしいな。

一通り見終わって感想を伝えようと鹿苑くんを探した。頭にタオルを巻いたツナギ姿の鹿苑くんはギャラリーの白い壁にもたれかかり、退屈そうに客を眺めていた。挨拶しに行ったら最初は無愛想だったのに名乗ると、

「あんたもしかして東美の日本画？　なんかお手本みたいな風景の絵描いてなかった？　上手《うま》いんだけど一切気が入ってないやつ」と尋ねてきた。私が描いた課題作品を覚えていたらしい。

率直な感想だったから嫌な気はしなかったよ。むしろちょっと面白かったくらい。

感想を伝えてからは結構話が弾んだんだ。

ゴールデンタイムとルーティーンの話もした。

いくつかの雑談を経た話の流れで、私は鹿苑くんを東美怪奇会に誘っていた。鹿苑くんはチームでの創作活動をやってみたいけど自分から誰かを誘うのに向いてないって言うから、だったらウチに来ないかとスカウトをかけた。梁会長は大勢の人間を取りまとめるのがとても上手な人だし、鹿苑くんもうまくやっていけるだろうと思って。鹿苑くんも興味を示してくれていたところに、井浦影郎が来たんだ。

「こんにちは、鹿苑さんと月浪さんだね」

ぬっと長身を差し込むようにして私と鹿苑くんの間に入ってきた井浦さんは、鹿苑くんのことはもちろん、私のことも知っているみたいだった。黒いマスクで口元を覆っていたけど、目が愛想よく笑みの形に歪《ゆが》んでいた。

井浦さんは手際よくカードケースを取り出して、私と鹿苑くんに名刺を渡してくれた。これまで手がけたイラストの仕事の中でも特に知名度が高いものを選んで名刺の裏側にプリントしてたのが印象的だった。私は井浦さんの素行についていろいろ聞いていたから、私たちに声をかけてきた理由はなんとなく想像がついていた。もちろん、ことを荒立てるような真似《まね》はしないつもりだったよ。鹿苑くんにちょっかいかけるんならどうにかしようとは思ってたけど。

「俺は院生で二人は大学生だけど同じ東美だし、仲良くしてよ。そういえば、さっきチラッと『怪奇会』って単語が聞こえたけど」

井浦さんは梁会長と仲がいいのだと言っていた。それから鹿苑くんに作品の感想を伝え始めた。基本的には褒めてたと思う。

『熱がある絵だ。液体・気体・固体のタイトルがついた絵を順に飾ることで蒸発・融解・凝固・凝縮のサイクルを表現していて、展示空間そのものがエネルギーに満ちている。金属で三態変化をやるのも独特だな』

ざっくりこんな感じのことを言ってたかな。

鹿苑くんはしばらく井浦さんの感想に相槌《あいづち》を打って、どうしてか「やまびこみたいだな？」と呟《つぶや》いた。

やまびこは山や谷で起きる音の反射のこと。オウム返しに音が返ってくる現象で、元々は山の神さまを指す。

なんで急にそんなことを言い出したのか気になって鹿苑くんの顔を窺《うかが》ってみると、鹿苑くんは井浦さんに向かって真面目な顔で口を開いた。

「あんた、こっちが『客に言ってほしい言葉』全部言うんだもんよ。びっくりしました。作品とキャプションから情報を汲み取《くと》る力がすげえのかな？　デザインの仕事も結構やってるっぽいからその影響？　クライアントから求められてるイメージを引き出すのが上手そうっすね。ヒアリング的な」

名刺をひらひら掲げながらのコメントはいかにも値踏みしているようで、井浦さんは困惑していたけど鹿苑くんは全然構う様子がなかった。

「でもなんつーか、濾過《ろか》されてない水飲んでるような気分になるな。あんたの言葉聞いてると。あんた独自のフィルターが入ってないから、つまんねぇよ」

あけすけに言い放った鹿苑くんの言いたいことは、私にもなんとなく理解できた。

井浦さんの感想には「自分の感情」がなにも入ってなかった。好きか、嫌いか、作品を見てどう思ったのかがないんだ。国語の試験の解答みたいに、作品を正しく読み取れてはいるんだけど、そこに個人的な意見が何もない。鹿苑くんが作品を通して投げかけたメッセージをそのままオウム返しに繰り返しているだけ。

……これね、やられると分かるんだけど、作家としては自分のメッセージが相手に伝わっているだけでも安心するんだよね。「この人は自分の作品を正しく理解してくれる」って安堵《あんど》が生まれて、相手に好感を抱きやすいんだよ。

ただ、鹿苑くんにとっては自分の作品の意図が他者に理解されるのは当然だという認識なんだな。しかも鹿苑くんが欲しいのはそこから先。自分の作品が好きか嫌いか。好きならどこが好きなのか。嫌いならどこが嫌いなのかを知りたがっていた。だから、井浦さんのペースにはハマらなかったんだ。

挨拶もそこそこに井浦さんはスッと潮が引くようにその場を後にしてしまった。

鹿苑くんはガリガリとタオル越しに頭をかいて、退場するタイミングを逃した私を振り返ると人差し指を立てて、出口を指差した。

「あのさ、月浪。あの人……井浦さんには気ィつけたほうがいいと思う」

「……なんで?」

鹿苑くんの言わんとすることは薄々わかっていたけど、念のために聞いてみる。すると大真面目な調子で、

「勘」

と断言した。……鹿苑くん、割といい加減だよね、あの人。

「でもその様子じゃあ月浪もわかってたみたいだな」

おまけに、鹿苑くんは井浦さんの性質の悪さを理解しているようだった。鹿苑くんは私が呆《あき》れていたのも井浦さんを警戒していたのもわかっていたようで「気ィ回して損した」と、凝った身体《からだ》をほぐすように伸びをしていた。

ギャラリーの外に出ると、入り口の横にある喫煙スペースで井浦さんはタバコをふかしていた。

井浦さんは私を見つけるとタバコを携帯灰皿に押し付けて微笑《ほほえ》む。

「少し話してもいい?」との提案に、私は応じた。井浦さんがなにを話すつもりなのかに興味があった。マスクを掛け直した井浦さんは、

「月浪さんって、ルーティーンがあったりするの？」

と質問してきた。

「鹿苑くんと面白いことを話してただろ？　ゴールデンタイムとルーティーン、だっけ。俺もね、似たようなものがあるからわかるんだ」

どうやら、井浦さんは私と鹿苑くんとの会話を聞いていたみたいだった。

「井浦さんのルーティーンは実際効果がありそうですね」

「食って走るだけ」

井浦さんはサラリと述べる。含みがあるのはわかっていた。

「強いて言うならそれくらいかな。簡単だよ。やってみる？」

「運動は苦手なので」

なるべく当たり障りのない会話になるよう心がけていた。井浦さんだって同じだったはずなのに、この時点で私はどうも、嫌な感じを覚えていた。私が苦笑すると、井浦さんも目だけで笑って見せた。

「へえ。月浪さんの今のルーティーンは？」

「ひとりになることですかね」

「他人がいると邪魔になるタイプか。俺とは真逆だ」

井浦さんは意外そうに片眉を上げた。

「でもそんなコミュニケーションに難アリなタイプには見えないな」

「人と喋《しゃべ》るのは嫌いじゃないですよ」

腕を組んで答えると、井浦さんは面白そうに言った。

「むしろ得意なタイプだ」

半ば断定されたので疑問に思った。初対面なのにどこで判断されたのかも気になる。

「……なぜ？」

「月浪さんと話してる鹿苑くんは楽しそうだった。月浪さんは合いの手を入れたり、呼吸を読むのがうまいのかな。会話のコントロールが異様に上手。話し慣れてる人だと思ったんだけど、違う？」

井浦さんは腕を組みながら言った。確信があるようだった。

「ネット配信とかそういうのをやってる人の中でも、ひとりじゃなくって何人かと一緒にやってる人特有の感じ。企画じゃなくってアドリブの会話が上手い人でしょ。実は月浪さん配信者だったりしない？　チャンネルあるなら教えてよ」

「いいえ、そっちの方面は特にやってないですね」

口元に手をやって私が正直に答えると、井浦さんは本気で驚いているようだった。

「そうなんだ。こういう直感は外したことなかったんだけど、鈍ったかな？」

マスク越しにあごに手を当てている井浦さんを見て、私は鏡を連想していた。

ミラーリングだ。井浦さんは私の仕草を真似ている。

黙ったままの私に、井浦さんはチェシャ猫のような笑みを浮かべて言った。

「俺ね、人の才能を見抜くのがうまいんだ」

私は冷めた気持ちになっていた。自分のルーティーンが二つあることに気がついたからだ。同時に、井浦さんを見てなんでこんなに心がさざ波立つように癪《しゃく》に触るのかも分かった。まだ暑い季節だったのに指先が驚くほど冷えていた。

「きっと、私たち似た者同士だと思いますよ」

「そう？」

「得るものもたぶん、なにもないです」

井浦さんは黙って私の顔を注視する。それに応えるように、笑みを作った。

「クソ野郎同士つるんだところで駄作しか生みませんよ」

「なるほど」

井浦さんは突然罵られた格好になっても取り乱したり怒ったりしなかった。堪えた様子もなく、ごく自然な所作で頷《うなず》いた。

「残念だな」

マスクで覆われた口元がどういう表情をしていたのかはわからなかったけれど、形だけ笑う暗い目元を見て、私は井浦さんのことを嫌いだと思った。

井浦さんは他人のことを消費材にしか思ってなかった。隙を見せたら、たぶん鹿苑くんのことも私のことも嚙《か》み砕《くだ》いて自分の作品にしちゃおうと目論《もくろ》んでいた。そうしないと作品が作れない人なんだってなんとなくわかった。井浦さんのルーティーンには、人を食い物にすることがどうしたって組み込まれていた。

何度か顔をあわせる機会もあったけど、会うたびにどんどん嫌いになっていった。他人を咀嚼《そしゃく》して作品を作るからか、井浦さんには個性が希薄だった。それは作品だけじゃなくて仕草や会話の所作にも表れていた。会話をしていると井浦さんはミラーリングをよくやった。私が腕を組むと、井浦さんも腕を組む。私が口元に手を持っていくと、井浦さんも同じ仕草をする。本当に、鏡みたいに。

だから、私は井浦さんとの会話で、自分のことを突きつけられたように思ったのかもしれない。井浦さんが最初に嗅ぎとった私の特技は『語り手』としての技量だった。思い当たる節はある。私は怪異を払うために怪談をする。厄払いの絵画から赤いテクスチャを落とすために人から話を引き出して、語らせる。怪異を怪談に落とし込んで、力を弱めるために物語としての精度を上げる。

鏡みたいな井浦さんに『語り手』としての資質を指摘されたとき、私は自分と井浦さんのルーティーンに共通点があることに気がついた。

厄払いの絵画を描いて、浮かんだ赤いテクスチャを取り除くために怪談を催す。

怪談を終えると私の脳みそはスイッチを切り替えた後のようにリセットされる。まっさらな気持ちで新しい絵を描けるよう、最適化された状態になるんだ。

私は、不幸を呼び寄せる自分の体質に抗《あらが》うために描く。描くために怪談を語る。ずっと繰り返しているんだ。

気づいてからずっと自問自答を続けていた。これは、ある種のマッチポンプなんじゃないのか？　だって怪談をするには、誰かの不幸が必要不可欠なんだ。不幸を取り払うために、不幸を必要とするんだ、私は。

私が井浦影郎を嫌うのは同族嫌悪じゃないのか？　私も井浦も、人を踏みつけて描く作家だ。そのくせ、井浦は人に求められる作品を描いて、私は人を助ける作品を描く……。虫唾《むしず》が走る。反吐《へど》が出るよ。

その日から私に、とびきりの才能が備わっていればいいのにと思うようになった。作家になりたいなんて贅沢《ぜいたく》なことは言わない。

ただ、人を踏みつけなくてもいいだけの才能が欲しかった。

麒麟《きりん》の筆の話を聞いてどうしても欲しいと思った。

死ぬかもしれないとわかっていても、手を伸ばさずにいられなかった。

だって私はそれでも描きたい。

好きだからじゃない。嫌いだからじゃない。厄払いの絵画を描くことはそんなのを通り越して私の義務に、生きる理由になっていた。私は死ぬまで筆をとりたい。描けない私は、私じゃない。

それが、誰かの不幸を消費することだとわかってる、今ですら。

……私は、どうしようもない、クソ野郎だから。

【芦屋啓介】

「語ってみてわかる。……私はやっぱりどうしても、描くことをやめられない。これからも赤いテクスチャが浮かんだなら、私は怪談をやるだろう。次の傑作を描くために。……傑作になるかどうかの確証もないくせに」

うつむいて自嘲する月浪縁には悪いが、芦屋啓介は最後まで縁の話を聞いてなお、縁と井浦影郎がそれほど似ているとは思えなかった。

縁が気に病んでいるらしい「怪談」を創作のルーティーンに組み込んだことだって、それで救われている人間がいることも、縁自身が危険に身を投じていることも知っている芦屋にとってはどうってことないように思える。

けれど、縁にとっての井浦影郎は、おそらくは葉山英春にとってのドッペルゲンガーのような役目をしたのだ。縁は井浦の中に自分の醜さを見つけた。たぶんこの醜さというのは他人が「そんなことはない」と否定したところで振り払えない類の呪いだ。呪われた縁は自己嫌悪を拗《こじ》らせて、麒麟の筆に魅入られた。

だからこそ芦屋はあえて口にする。

「……いいんじゃないか。それで」

芦屋の反応が気に障ったらしく、縁の眼差《まなざ》しが尖《とが》る。

「いいわけないだろ、私は人が怖い思いをしたり、苦しんだりしたことを踏み台にして絵を描いているんだ。そんなのは……」

「罪悪感があるんだな」

言い募ろうとする縁を遮った芦屋の言葉に、縁は怯《ひる》んで首をすくませる。

「だったらその罪悪感こそが、月浪が人の不幸を踏み台にして、絵を描くことの対価にあたる」

そういう理由をつければ、月浪縁は死なずに済むし絵も描けるだろう。死を選ぶことさえ厭《いと》わないと思い詰めた縁のために、芦屋はあえて縁を断罪した。

縁は一瞬、なにか言いかけるように口を開いたが、唇を引き結んで言葉を飲み込む。芦屋がどういう意図で縁を裁いたのか、わかっているようだった。

少しの逡巡《しゅんじゅん》の後、縁は芦屋を見つめて頷いた。

「……わかった。描くよ」

芦屋が瞬《まばた》いて縁を見返すと、縁は真面目な顔で頷いた。

「苦しんで生きて描くことが、私への罰で、私の義務で、……私の希望にもなるんだな」

「理解した」と腑《ふ》に落ちた様子の縁に、芦屋は小さく息を呑《の》んで、それから安堵《あんど》のため息をこぼした。

「伝えそびれていたが、葉山が二学期から復学するのは知ってるか」

「え？」

驚いた声がする。芦屋はうつむいて縁の顔を見られないまま、淡々と尋ねた。

「健さんから聞いてないのか？　回復したんだよ」

「最近あんまり話してなかったから。……そうなんだ」

縁は実感がなさそうに応じた。

その感慨もなにもない態度に「こいつはなんにもわかっていない」と芦屋は思う。

縁は今まで厄払いの絵画を描き続けてきたことを「生きる意味」であると当然のように言うし、誰かを救い損ねたことをとてつもなく気に病むくせに、自分が救った人間については特になんとも思っていないらしい。

だが、確かに縁は怪談をすることで葉山を救ったのだ。それがどれだけ意味と価値のあることだったのかを縁に理解してほしくて、芦屋は使命感にも似た気持ちで口を開いた。

「葉山は俺にとっては友だちで、恩人だ。あいつが居たから俺は高校時代腐らず済んだし、美術を進路に選べた……」

芦屋は手のひらを組んで、固く握りしめる。いままで、決して誰にも口にしなかったことを口にする。

「俺も死にたかったんだ」

声に出すと、高校一年生の頃の自分が蘇《よみがえ》ったかのように、当時の感覚が戻ってくる。

事故に遭ってから葉山に会うまで、芦屋の脳裏にはずっと死がこびりついていた。行動に移したことはなかったけれど、それでも、飛び降りるなら何階がいいかとか、ロープの長さはどれくらい必要かとか、そんなことばかり考えていた時期があった。

打ち明けた芦屋に、縁はなにも言わないでいる。黙って芦屋の言葉の続きを待っている。そんな気がしたので、芦屋はゆっくり、言葉を選んだ。

「事故に遭うまで、当たり前のように俺も親父《おやじ》と同じ警察官になるんだって思ってた。目標もハードルも全部はっきりしていて、自分がどう生きればいいのかガキなりにわかってるつもりで。なのに、事故に遭ってから全部めちゃくちゃになった。努力すれば越えられるはずのハードルは絶対に越えられない壁になって、それまで頑張ってきたことが全部無意味になった」

芦屋は蘇る負の感情を振り払うように小さく首を横に振った。

「俺が、立ち直れたのは、葉山が、写真を教えてくれたからで。そんなのは全部たまたま、偶然だった。なんなら俺が夢中になるのは、写真じゃなくたってなんだってよかったかもしれない。それでも、腐りかけの俺に出会ってくれたのは葉山で、写真なんだよ」

大袈裟《おおげさ》ではなく、葉山英春は芦屋啓介にとっての命の恩人だった。葉山本人はきっと「俺、そんな大層なことしてないって」とヘラヘラ笑って見せるだろうが、本人がなんと言おうと芦屋にとっては恩人なのだ。

「だから、俺のせいで葉山がドッペルゲンガーを生んだって知った時は、」

声が震える。

芦屋は一拍、深呼吸して、気を取り直した。

「一歩間違えたら死んでたかもしれないって聞いて、すごく怖かった。俺は、なにも知らないで、俺のことを助けてくれた奴を死なせるところだったのかって。怖くなって、情けなくなって。それ以上に」

芦屋自身が原因だったことを悔やむより先に。

「葉山が死ななくてよかったと思った」

葉山が助かったことを喜んだ。

後悔はもちろんある。それでもお互いに生きているなら取り返しの機会は作れると、芦屋は信じている。その、取り返しの機会を与えてくれたのが縁だった。これだけは顔を見て言わなくてはならないと、芦屋は顔を上げて、凪《な》いだ表情の縁の目を見て、言った。

「月浪、おまえのおかげだ」

月浪縁がいなければ、芦屋も、葉山も死んでいたかもしれない。

「月浪の言う、人の不幸を利用するようなマッチポンプの怪談で、厄払いの絵画を描くルーティーンで、おまえにとってはついでの善行で、俺と葉山は助かったんだ」

芦屋は下を向いて、眉間に組んだ手を押し当てた。

「あとな、今からすっげえ今更なことを言うけど笑うなよ。……散々止めておいてなんだけど、月浪が厄払いの絵画を描けなくなって、麒麟の筆に頼ろうとした気持ち自体は、わかる」

スランプになって厄払いの絵画が描けなくなった縁が、麒麟の筆を使ってでも厄払いの絵画を描きたかった理由は、厄払いの絵画を描くことが自分の人生の使命であると、信じていたからに違いない。

事故に遭う前の芦屋啓介が、将来警察官になることを信じて疑っていなかったように。

「月浪も、とっくの昔に自分がどう生きていくか決めていたんだろ？　厄払いの絵画を描けなくなる自分なんてきっと想像もしてなかったはずだ。……疑いもしなかった将来や、自分自身が全部めちゃくちゃに崩れていくのがわかったら、死にたくもなるよな」

否定の言葉は返ってこない。

「それでも、俺は、月浪が死んだら悲しい」

芦屋の握った拳に涙が滴り落ちる。

「だから、いま、月浪が生きることを選んでくれたことが、嬉《うれ》しいんだ」

ため息だったか、息を呑むような音だったかが聞こえた気がした。

縁を死なせるか死なせないかの緊張から解き放たれたのと同時に、涙腺の堰《せき》を切ってしまったようで、一向に芦屋の涙が止まる気配はない。

「こんな……当たり前のことも言わなきゃわかんねえのかよ、とは正直思ってるけど。でもこれは、黙ってても分かるだろ、口にしなくても察してくれるだろって、思ってる方がダメだって、おまえと関わってから嫌ってほどわかったから、もう全部言うことにした」

死ぬほど格好悪いことは承知の上で、芦屋は顔を上げ、言い募っていく。

「俺は月浪縁に生きてて欲しい。頼むから……自分が死ぬのはどうでもいいとか言わないでくれ。……どうでもよくないんだよ！」

縁がどんな顔をしているのかは滲《にじ》んだ視界ではわからない。それでも顔を向けて話した。

「だって俺は、おまえが月浪縁だったから、絶対に借りを返したいと思った。俺と葉山を助けてくれた。クソ真面目に描いた人間全員、描いた作品全部を怪異から守ろうとした月浪だから、月浪の通したい無理を通せるよう、手伝おうと思ったんだ。でも、今は」

その言葉は芦屋も知らないうちに懇願するような響きを含んでいた。

「友だちだから」

床に置かれていた縁の指が、小さく震えた気がした。

「借りも貸しもどうでもいい。友だちだから手伝わせてほしい。巻き込んでほしい。力になりたいんだ」

縁がどう思っていようが知ったことではなかった。一つも慮《おもんぱか》ることなく、芦屋は好き勝手に本心を並べ立てる。

「才能がどうとか、責任がどうとかは知らない。おまえがおまえをクソ野郎だと思い込んでても、俺はおまえを良《い》い奴だと思ってる。おまえがむしゃらに描いてきたことに、意味があったって知ってる。たとえこれから一枚も描けなくなったって、才能《それ》だけが月浪の価値じゃないってわかってるから」

長々と述べて見せたが、結局はこの一言に尽きると、芦屋は泣きながら笑った。

「月浪が死なないでくれて、本当によかった」

言うべきことは全部言った。ちょうど止まってきた涙を芦屋は乱暴に拭う。

縁は一言も口を挟むことなく、黙って芦屋の話を聞いていた。いまだになんの反応もない。返事が、ない。

芦屋の胸に、ふつふつと居《い》た堪《たま》れない気持ちが湧き上がってくる。

――もしかして自分は今、泣きながら駄々をこねるように散々好き勝手なことを言ったのではなかろうか。まさか月浪は「いきなりこいつ泣き出してなんか言ってるけどどうしよっかな……」などと困惑しているのでは？

と思い至った芦屋は焦って助け船を出さねばと口を開きかけて、止めた。

縁は顔を覆って、震えている。

「……そんなふうに」

初めて見る顔だった。顔を覆う手のひらの隙間から大粒の涙がこぼれ落ちる。

「そんなふうに、思ったことなんてなかった。思ってもらえるとも、思ってなかった
……！」

泣きじゃくる縁に芦屋は瞬き、ぐっと奥歯を噛《か》んだ。

こんなことなら、芦屋はもっと早く伝えるべきだったのだと思った。芦屋が当然のよう
に思っていた言葉が、あの月浪縁が泣くほど欲していたものだったと知って、芦屋は少し
の後悔を覚える。

それでも、いまここで伝えることができて、よかった。

「礼を言うのが遅くなってごめんな」

芦屋は縁に歩み寄る。しゃがんでその手をとって、改めて言った。

「俺と葉山を助けてくれて、俺と友だちになってくれて、本当にありがとう」

エピローグ

【芦屋啓介】

芦屋啓介《あしやけいすけ》はコンパクトカーの後部座席で腕を組み、眠気に抗《あらが》えずうつらうつらしていた。横に座る月浪縁《つきなみよすが》も車窓の外をぼーっと眺めており、早朝の車内には静かに疲労感が漂っている。

「お疲れだな」と運転席で苦笑する月浪健《たける》だけがやたらに爽やかな雰囲気でハンドルを握っていた。

縁と芦屋が朝からこうも疲れているのには理由がある。

今日はいよいよ二人の所属するオカルトサークル・東美怪奇会の晴れ舞台たる芸術祭初日……なのだが、おおよそ三時間前まで縁と芦屋は作業に追われていた。

芸術祭の準備期間に組み上げられたお化け屋敷《やしき》のセットに不足が生じたためである。百鬼夜行の仕掛けの一つ、巨大な鳳凰《ほうおう》のオブジェにつけるボロボロに加工した羽根。これがみすぼらしさを演出するにしても余りにもみすぼらしすぎるということで、急きょ、羽根の数を増やすことになった。

これを手がけるよう梁飛龍《リャンフェイロン》から直々に指名されたのが縁である。この羽根の作り方というのがやたらに手間のかかるもので、一本二メートルほどの針金にきらびやかな紙と布を使って赤い孔雀《くじゃく》の羽根のようなものを作り、完成したものをわざと汚してボロボロにする……という作業が生じる。芦屋は縁につかまってその作業を手伝わされたわけである。報酬に文化祭後の焼肉で手を打ったので付き合わされたことに文句はないが、縁本人も凝り性なのでギリギリまでクオリティアップを試みた結果、芦屋は朝日が目にしみる羽目になっている。

なんとか完成させた五十本の鳳凰の羽根。これを抱えて電車で登校するのも迷惑だろうということで健が車を出してくれたのはラッキーだった。

線路が網の目のように張り巡らされた都心に暮らしていると車のありがたみを感じる機会はそうないが、今日はとてつもなくありがたい。

芦屋が車の利便性をひそかに嚙み締めていると、気だるそうに窓の外を眺めていた縁が「兄さん」と声をかけた。

「ちょっとスーパー寄ってもらっていい？　ガムテープ家に忘れたから」

縁の頼みに健は眉を上げた。

「ああそう？　じゃあ俺が出すから適当に飲み物とかおにぎりとか買っておいで。君たちなにも食べてないだろ」

奢《おご》ると言う健に芦屋は深々と頭を下げる。

「すみません、ありがとうございます」

こういうときに遠慮するべきではないと、芦屋は健の好意を素直に受け取った。健は愛想よく微笑《ほほえ》むと、縁に向かって続ける。

「俺は芦屋くんと話があるから、悪いんだけど買い出しは縁だけで行ってくれるか？」

「え？」

縁と芦屋はそれぞれに瞬《まばた》いた。縁は芦屋に目をやって無言のまま視線だけで「兄さんとなんかあったの？」と尋ねる。

芦屋は健と話すべきことなど特に心当たりがない……と思ったが、一つ、気になっていたことがあるにはある、と縁に向き直った。

「すまん。適当に頼む」

「……わかった。本当に適当に買ってくるけど、芦屋くん好き嫌いとかあった？」

「ない。あればなんでも食うし飲む」

ざっくりとした返答に縁は頷《うなず》く。

スーパーの駐車場に着くと、健からかなり多めに小遣いを渡された縁はどこか釈然としない様子ではあったが、トートバッグを肩に引っ掛けてさっさと車を降りていった。

残されたのは当然、健と芦屋だ。

「話ってなんですか」

と言いながら、芦屋はたぶん自分が話をする機会を健が作ってくれたのだよな、と思う。

「芦屋くんは俺に言いたいことがあるんじゃないかと思って」

案の定、にこやかな調子で健は言った。

穏やかで常に笑みを崩さない月浪健は縁の兄らしく、全く食えない人物である。

芦屋はため息をひとつこぼして、尋ねた。

「あの、どこから計算してたんですか？」

芦屋は縁に取り憑《つ》いていた麒麟《きりん》の筆を祓《はら》った。後悔はしていないし、あれはやるべきことだったと認識しているものの、どうも健に誘導されたように思えてならないのだ。いや、健だけではない。縁の母親・月浪禊《みそぎ》も、芦屋に退魔の名刺を渡したあたりから察するに、芦屋が縁を除霊することを織り込み済みだったのかもしれないとさえ思う。

芦屋の疑問に、健は笑みを崩さずに答える。

「母も俺も、残念ながら予知予言の力はないんだよな。強いて言うなら、縁の厄払いの絵画が予知に近いけど、芦屋くんの言いたいことはそういうことじゃないよな？」

愉快そうな言葉ははぐらかしているようにも聞こえて、芦屋は眉根を寄せた。

「九月の初めに俺が葉山《はやま》を見舞ったときにはもう、妹が麒麟の筆に取り憑かれてるって、きっと健さんならわかってましたよね？」

つまり縁の母と兄は、縁が怪異に取り憑かれることをあらかじめ悟り気づいていながら、自分たちが霊能力者であるにもかかわらず除霊をせずに、ド素人の芦屋啓介に全てを任せたということになる。

縁を虐げているわけではなさそうだが、何故《なぜ》自分たちで対処しなかったのか。納得できる理由があるなら聞きたいと、芦屋は健の答えを待った。

「残念ながら俺と母には縁の除霊ができなかったんだ」

あっさりと健は白状した。

しかし芦屋は信じられずに眉をひそめる。

「……霊能力者で家族なのに？」

「霊能力者で家族だから、かな」

頭に疑問符を浮かべる芦屋に、健は淡々と続けた。

「身内だからね。縁の性格も能力もだいたいは把握しているし、あいつがいざってとき、母や俺の忠告なんか聞かないことくらいはわかってる。縁が無理しがちなのは、月浪家の人間全員が場合によって無理も無茶もするし、道理を踏み倒して意志を通すのをやむを得ないと思っているからだ」

なんてこともないように、健はさらりととんでもないことを言ってのけた。

「つまり、説得力がないんだ。『自分を大事にしろ、少しは自重しろ』って俺が言っても母が言っても、『じゃあおまえは同じ状況で自重できるのか？』って縁に問い返されたら、俺たちは『できない』としか答えられない。そんな人間の忠告なんか素直に聞けるわけないだろ？」

「自覚してるのに治せないもんなんですか、それ」

思わず率直な言葉が口から飛び出る。

ここぞと言うときに全く自重せず、無茶も無理も押し通すのが月浪家の家訓だとでも言うのだろうか。そのくせ健は縁の無理を心配するそぶりを見せるのだから訳がわからない。

だが、健は苦笑してきっぱりと断言する。

「ははは、手厳しいな。……うん。治せないと思う」

頑《かたく》なな答えだった。芦屋の言葉一つで納得してくれそうもない、それが自分の信念だと言わんばかりの。健は静かな諦観を滲《にじ》ませた声で自嘲する。

「なるべく道理に適《かな》った生き方をしたいけれど、俺たちは道理から外れた生き物だから」

「こじらせた中学生みたいなこと言わないでくださいよ」

芦屋はため息交じりに断じた。

あまりに切れ味よく斬り込まれて驚いたらしい、健の丸くなった瞳がミラー越しに芦屋を捉える。

「人間でしょう。月浪縁も、あなたも」

健はますます目を丸くすると、ふっとミラーから視線を外し、ハンドルにもたれて背中を丸めながら小刻みに震え出した。

「……なに笑ってんですか」

「いやー、あんまりかっこいいことをさらっと言うから面白くなっちゃった！　あはは！」

「…………」

爆笑する健に芦屋は釈然とせずに口をつぐんだ。タイミングがいいのか悪いのか、ビニール袋を携えた縁が戻って来た。車内に乗り込んで真っ先に目に入る仏頂面の芦屋と、運転席で大ウケしている健を見比べて怪訝《けげん》そうに首を傾《かし》げる。

「なにこの状況。芦屋くん滑らない話でもしたの？」

「……知らん」

トゲのある声で返した芦屋に、健が笑いながら謝り倒すのを縁は「まあなんでもいいんだけど」と流して、不機嫌な芦屋にペットボトルの緑茶を手渡した。

「ところで月浪。俺のこと描きまくってたって健さんから聞いたけど、その絵っていつ見せてくれるんだ？」

「は⁉……兄さん、芦屋くんに絶対余計なこと言ってるでしょ⁉　なに言ったの⁉」

「あっ、ちょっと芦屋くん、それいま言うのずるくない？」

動揺する縁に鬼のように詰められる健を見て、芦屋は静かに溜飲《りゅういん》を下げた。

やられっぱなしは芦屋の好むところではないのだ。

東京美術大学の駐車場。からりと晴れた青空の下、芦屋と縁は積んでいたボロボロの鳳凰の羽根を二人で抱えた。なかなかシュールな絵面である。

縁は運転席にいる健に声を掛けた。

「送ってくれてありがとう」

「いやいや、せめて運転くらいはさせてよ」

健は仕事の都合でどうしても休めないらしく、文化祭には参加できないのだと言う。

健はどうも未練があるようで残念そうだ。

対して縁は「写真たくさん撮るから後で見せるよ」などとあっけらかんとした様子である。

健は職場に直接向かうらしく、Uターンして去っていった。

芦屋と縁は駐車場から少々距離のある校門へと向かう。

「しかしよく間に合ったよね」

「バタバタだったな」

お互い遠い目をして言う。

『修正すれば良くなるとわかっていながら修正しないのは怠慢以外のなにものでもない』

という、梁の信条はあまりに痛切に理解できるものだから芦屋も縁もギリギリまで作業にあたったが、もっと余裕を持ってできなかったものか。余裕があったところでギリギリまで精度を上げるために時間を費やす羽目になることも承知で、そう思わずにいられない。

縁は寝不足の目を芦屋に向けた。

「芦屋くん個人でも展示やるんでしょ。よく時間作れたね」

「ほぼ月浪に横流ししてる人物写真の流用だからそんなに締切《しめきり》はキツくなかった」

今回の文化祭では個人でも展示を行っている芦屋だ。

縁に渡していた写真を厳選して、一つの展示としてまとめた。

テーマは「人間」。

芦屋は縁と関わっていく中で、人間を撮るのが難しく、面白く、奥深い作業であることに気がついた。

人を撮るのは、ただモデルをカメラの中心に据えてシャッターを切るだけではダメなのだ。「その写真を作品にしても良い」と許可を得るところまでが創作活動で、モデルから表情を引き出すこともカメラマンの仕事である。撮影技術だけで善し悪《よ》《あ》しが決まらないところが気に入っている。

縁は「シフトの合間に見に行くよ」と言うので展示場所を教える。

縁は抱えた羽根を持ち直すと、小さく息を吐いた。

「チーム作業も嫌いじゃないけど、私も個人制作に集中したいなあ。しばらくは人間描くのに没頭したいや」

「傑作量産習慣ですか？」

芦屋が茶化すように言うと、縁はわざとらしく眉を上げた。

「なにそれ。芦屋くんたまに嫌みなこと言うよね」

しかし縁はサラリと答える。

「三枚描いて二枚納得できるなら好調って感じだ。前みたいなペースには戻ってない」

どちらが嫌みなのだろうか、と芦屋は思う。

充分に〝傑作量産週間〟と言って不足のないペースで傑作を生んでいるということになるが、縁はやはり満足していない様子で深々とため息をついた。ただし、顔に悲壮感はなく、どこか吹っ切れた様子である。

「でもまあ、地道に愚直に描きますよ。私にはそれしかできないからね」

それしかできないという言葉が気楽な調子で放たれたことに芦屋は瞬き、縁の横でつられるようにして微笑む。

月浪縁と芦屋啓介は軽やかに校門をくぐった。

あとがき

本作は架空の美術大学を舞台にした架空の美大生や霊能力者、怪異たちが登場するホラー、ミステリー、オカルト、コメディ、青春小説、ライト文芸、などなどの要素を含むエンターテイメント・キャラクター小説です。

本作に至らないところがあるとすれば全て筆者に責があります。

筆者の好きなものを全部詰めて書いたのでこういう、「ジャンルを定めない和洋中全部盛りの異様なフルコース」みたいなことになりました。筆者は書いてて楽しかったのでよかったです。読者の皆様にも楽しんでいただけたらいいな、と思います。

「第一章　ドッペルゲンガー」は写真の加工・修正作業で「除霊」というスラングが使われているところから着想しました。

芦屋啓介《あしやけいすけ》と葉山英春《はやまひではる》が通っていた高校は超進学校なので、芦屋、葉山の学年で美大に進学しようという生徒はこの二人くらいしかおらず、「葉山も芦屋と気の合う友だちになれて嬉《うれ》しかったんだろうな～」と考えていたら、こうなりました。月浪縁《つきなみよすが》がいないとこの二人は生死が怪しいです。「縁と知り合いでむしろラッキーだった人たちだな～」と思います。

「第二章　仮面」に登場する「とうとうたらりたらりら～」の言葉はお能の演目『翁《おきな》』冒頭の祝詞《のりと》を拝借しています。本来はおめでたい言葉です。

奥菜理花《おきなりか》と奥菜玲奈《れな》の二人はあえて名前を寄せた（ラ行始まりの二音、漢字二文字、最初の漢字に「王」のつくりが入るので字面も似てる）んですが、めちゃくちゃ混同してミスタイプしまくったので「もう二度とやらねえ……」と思いました。

「第三章　コレクション」は筆者が現役美大生だった頃に考えていたものをブラッシュアップしました。井浦影郎《いうらかげろう》と蓮根修二《はすねしゅうじ》、梶川密《かじかわみつ》の三人は縁と芦屋より先に原型があったわけです。当時、梶川はともかく、井浦はもうちょっといい人だったと思いますが色々変更になった結果、こうなりました。WEB掲載前の初稿を見てもらった友人には井浦を指して「この手の男になにか恨みでもあるのか……？」と引かれましたが、特にありません。

ちなみにこの章の推敲《すいこう》のために読み上げ機能を使って冒頭の別れ話を再生したところ、梶川の詰め方のせいでものすごいヒリヒリした空気が展開されたので、筆者は推敲どころじゃなくなりました。興味のある方は電子版か、『カクヨム』版で読み上げ機能を使ってみてください。面白いので。

「第四章　麒麟の筆」の〝麒麟の筆〟は筆者が考案した魔法の道具です。縁と芦屋の最後の問答はかなり苦労して書いた覚えがあります。縁が全く説得されてくれないので「芦屋！　なんとかしてくれ！　じゃないとどうにもならんだろ！　頑張れ！」と思っていましたが「どうしたらいいか一緒に考えてくれよ……」と言わんばかりに芦屋のセリフを書く手が止まったので、メンタルケアに関する本やインタビューなどを追加で読んだり、推敲を他のどのページより念入りに重ねて現在の形にしました。

キャラクターが勝手に動くのは善《よ》し悪《あ》しで、筆者の書く人たちはあんまり筆者の言うことを聞かないです。苦労します。

本作は小説投稿サイト『小説家になろう』と『カクヨム』が初出です。『第8回カクヨムコンＷｅｂ小説コンテスト』に参加はしつつもまさか受賞・刊行されるとは夢にも思っていませんでした。

ＷＥＢ掲載前の初稿に率直な意見をくれた画家の友人、多くのＷＥＢ小説から本作を見《み》出《いだ》して下さったＷＥＢ版の読者の方々、レビュアー、担当編集から大変なお力添えをいただきました。出版にあたっては素晴らしい表紙イラストをご恵投下さったイラストレーター・Minoru 様をはじめ、デザイナー、校正者、印刷所の方々など、多くの人の手を経て一冊の本に仕上がっております。

そしてなにより書籍『美大生・月浪縁の怪談』を手にとっていただいた読者の皆様へ、心から感謝申し上げます。本作が少しでも皆様の興味をそそるよい暇つぶしになったのなら、嬉しく、光栄なことと思います。ありがとうございました。

『続：美大生・月浪縁の怪談』もカクヨムで掲載のため制作進行中です。本作発売と同時に連載スタートできるよう尽力しております。

せっかく縁と芦屋を「東美怪奇会」なるオカルト制作サークルの部員にしたのに、本作ではサークル活動の様子をあんまり書けず、作ったお化け屋敷《やしき》の全貌などもお披露目できなかったので未練があり、「次があるならその辺りを書きたいな〜」と思っていました。

そのため続編では縁と芦屋たちが頑張って作ったお化け屋敷がマジで怪奇現象の舞台となってしまうわけです。かわいそう。ごめん。ですが主役の宿命ですから縁と芦屋には存分に苦労……もとい、活躍してもらおうと思います。

本作に登場した梁飛龍《リャンフェイロン》と鹿苑旭《しかぞのあさひ》にもスポットが当たるので、ぜひぜひチェックしてみてください。

またご縁がありましたら、あなたのお目にかかりたいものです。

白目黒《しろめぐろ》

本書は、２０２２年から２０２３年にカクヨムで実施された「第8回カクヨムＷｅｂ小説コンテスト」で特別賞（ライト文芸部門）を受賞した「美大生・月浪縁の怪談」を加筆修正したものです。

お便りはこちらまで
〒一〇二―八一七七
富士見L文庫編集部　気付
白目黒（様）宛
Minoru（様）宛

富士見L文庫

美《び》大《だい》生《せい》・月《つき》浪《なみ》縁《よすが》の怪《かい》談《だん》

白《しろ》目《め》黒《ぐろ》

2024年2月15日　初版発行

発行者　山下直久
発　行　株式会社 KADOKAWA
〒102-8177　東京都千代田区富士見2-13-3
電話　0570-002-301（ナビダイヤル）

印刷所　株式会社暁印刷
製本所　本間製本株式会社
装丁者　西村弘美

ISBN 978-4-04-075298-3 C0193